異世界に落とされた…

Dropped into another world

浄化は基本！ 5

ほのぼのる500

ILLUST イシバシヨウスケ

TOブックス

目次 contents

イラスト イシバシヨウスケ
デザイン 萩原栄一（big body）

翔とゆかいな森の仲間たち

天《てん》王《のう》 翔《あきら》

勇者召喚によって誤って異世界へと飛ばされた三十路《みそじ》の掃除屋。
動物思いの優しさから「浄化」の能力で魔物たちを救い、知らないうちに森の救世主に。尚、彼らが伝説級の魔物であることは気づいていない。深いことは考えない超ポジティブ人間である。

a n o t h e r w o r l d

コア(♀)

翔にオオカミと勘違いされている「フェンリル」の長。
年長者らしい古風な言葉遣いで姉御肌。少々頭が固めで心配性。

チャイ(♂)

翔に犬と勘違いされている「ダイアウルフ」。
狩りが得意で活発。コアが好きだが、押しが弱い。尻にしかれ気味の若者。

カレン(♀)

翔に鳥と勘違いされている「フェニックス」。
小鳥から急成長を遂げた。翔からもらった魔石を大切に持っている。

アイ(♂)

翔に唯一犬と正しく認識されている「ガルム」のリーダー。

上下関係を重んじ、謙虚で気配りができる。だが、ご飯の争奪戦では狩猟本能が目覚める。

ゴーレム(?)

翔にお手伝いロボットと勘違いされている「ゴーレム」。

一目見ただけで何でもこなす万能ぶりで、仕事ごとに違った形の同族がいる。

親玉さん(♀)

翔に蜘蛛だと勘違いされている「チュエアレニエ」。

死の番人と呼ばれる強者で、シュリのライバル。たくさんの子蜘蛛を持つ肝っ玉母さん。

D r o p p e d i n t o

シュリ(♀)

翔にアリだと勘違いされている「アンフェールフールミ」。

地獄の番人と呼ばれる強者で親玉さんのライバル。たくさんの子アリを持つ放任主義の母さん。

ふわふわ(?)

不思議な「毛玉」の生き物。実は「水龍」。

遊び盛りで翔とよく水遊びをしている。一番のお友達は「飛びトカゲ」。

アメーバ(?)

翔にアメーバと勘違いされている「精霊」。

氷、土、火、風など様々な属性がいる。いたる所に生息している。

番外編. ヒカル

ドサッ。

「いだっ」

なんだ？　何が起こったんだろう？　全身が痛い。体が動かない。

「また、失敗か！　何がいけなかったんだ？　どうしてあの力が生まれないんだ！」

なんだろう、怖い。近くからひしひしと恐ろしい何かが迫ってくる。

「うっ」

全身が悲鳴を上げる。うっすらと目を開けると、白い服を着た、青い髪の綺麗な男性が俺を睨《にら》みつけていた。怖い、ただ怖い。ここは嫌だ。誰か！

「ちっ」

男性が俺を放り投げたのだろう。地面に叩《たた》きつけられる。

「ぐっ」

痛みに意識が朦朧《もうろう》としてくる。

「たす……」

「これはどうします？」

「今まで通り実験にでも使え。どうせ、すぐ死ぬだろうが。いや、あの魔法を試してみるか。上手《うま》くいけばずっと使い続けることができる」

聞こえてきた言葉が理解できない。俺は何をしたんだろう。ただ、今日は……そうだ、今日は俺の一四歳の誕生日で、良い日になるはずだったのに……。なんでこんな目に……。助けて。


この場所に連れてこられて、どれだけの月日が流れたのか分からない。いつの頃からか、俺の体は寝ることを必要としなくなった。そして意識を飛ばすことも、できなくなった。その状態で、行われる実験。全身に痛みが走り、意識がぐらぐら揺れるのに、何かに引き戻される。そして、また実験、実験、実験。もう、嫌だ……疲れた。

ドサッという音と共に、体中に走る激痛。痛いから体を丸めたいのに、そんな力は既にない。ただ、投げ出されたらそのままの状態で、次の実験が始まるまで待つ。体はどこも動かせない。指の一本すらもう動かす力は残っていない。ギィッという音が耳に届く。今日はもう終わりのようだ。だって、目の前の扉が閉められて暗闇が広がったから。その音だけが、俺に安心を与えてくれる。

疲れた、死にたい。誰か……俺を殺して……。

ギィッと扉の開く音がする。今日も死ねなかった。そしてまた、始まる地獄。

バンッと、大きな音が鳴り響く。その次に、たくさんの足音。いつもと違う音がする。

「なんだこれは！　そいつらを早く捕まえろ！　逃がすな！」

何かが触れる。そこから痛みが走る。グッと握られて腕が焼けるように熱い。痛い、痛い。やはりまた実験が始まるのか。誰か殺して！

何かが壊される音。次の瞬間、スーッと意識がなくなるのが分かった。あれ？　死ねるの？　そうか、ようやく終わるのか。もう苦しまなくていいんだ……ふふっ。

230. ある子供の今。

なんだろう、暖かい。ずっと感じることのなかった暖かさ。気持ちがいい。死んだのかな？　もしそうだったら嬉しいな。

「それで、随分ひどいけど？　なんで？」

誰の声？　怒っているのか、とても冷たい声。もしかして、まだ生きているのかな？　嫌だ死にたい。

「じつは、捕まえた神達を調べていたら『新たな力を得るための魔法陣』という魔法の話が出たんだ。調べると、三〇〇年ほど前からあることが分かった。既に何度か試され、被害者がいることも確認された。ようやく魔法を作りあげた神の居場所を突き止め捕まえた。この子供は、奴が研究していた場所の地下に捕まっていた被害者だ」

「新たな力って？」

「それが分からないんだ。捕まえた奴らに聞いても、すべてを変えることができる新たな力としか言わないから。残された魔法の資料を調べてもらったが、どんな力なのか一切不明だと言われた。何度か魔法を実際に試したことは分かったが、成功した例はないと確認されている」

「何度か？　なぜこの子だけをここに？」

「他の子達は、皆死んでしまっているんだ」

「そうか。この子はいくつぐらいなんだ？」

「その子供がいた場所にあった書類を読む限り一四歳。だが、実験台にされてから数十年は過ぎている。力が不安定で安定しない。我々でなんとかしようと頑張ったのだが神力が通じない。そのため掛けられている魔法を取り除くこともできなかった」

「魔法というより呪《のろ》いだろう、これ」

「えっ分かるのか？」

「いや、どんな魔法なのかは分からない。ただ、触れるとドロドロとした嫌な印象を受ける」

「そうか」

「ただこの呪い、俺の力でゆっくりとだが解決できそうだ」

「本当か？」

「あぁ、どうにかしてみせる。そういえば捕まえた奴はどうした？」

「ああ、そのまま拘束してある」

何の話だろう。よく分からないけど、怒っている人は俺に向かって怒っているわけではないみたい。

「今すぐ処刑というなら」

「いや、それはいい。それはこの子が決めることだ」

そっと俺に触れる手だろうか？　それを感じて痛みに耐えようと思った。あれ？　痛みがこない。どうして？

「えっ？」

「被害に遭った子が、断罪する権利を持っていると思う。だから、今は何もしなくていい。野放しは困るけど」

「分かった。牢には入れてあるから問題ない。力も封じてある」

「そうか、ありがとう。この子はここで預かるよ」

ふわりと風が動く。体全体が温かな何かに包まれた気がした。気持ちがいい。

「よかった。あの」

「はぁ、まだ何かあるのか？」

「他にも子供がいた場合、助けてもらいたい」

「あのさ、既に七人の子供を引き取ったこと、忘れてないよな？」

「もちろん。すまないと思っている」

「仕方ないな。それと八人分、すべて貸しだからな」

「貸し？」

「あぁ、貸しだ。だからいつか返してもらうからな」

「分かった。何か我々の力が必要になったら言ってくれ」

「その言葉、忘れるなよ」

眠たくなってきた。この温かな何かに包まれてずっと寝ていたい。これって夢かな？　起きたら、またあの苦しい時間が始まるのかな？

「おやすみ。もう大丈夫」

大丈夫？　本当に？　いや、だまされたら駄目だ。きっと起きたらまた始まる。起きたくない。気持ちがいい夢のまま死にたい。

「大丈夫だ。俺達が君を守るから」

何度も目が覚めたような気がする。そのたびに、あの温かな何かを近くに感じた。

「いらないものは取り除こうな」

俺の中から何かがゆっくりゆっくり消えていく。そのたびに、体が軽くなる。何が起こっているのだろう。あっ、またあの温かい何かが傍にある。これ、好きだ。

「起きたのか？」

だれ？　あっ、この温かいのは知ってる。俺の好きなやつだ。

「まだ、寝ているのか？」

「あぁ。数十年、時を止めて閉じ込められていたから、簡単には疲れが抜けないんだろう。精神的なこともあるだろうしな」

「ひどいことを。そういえば、よかったのか？」

新しい声が聞こえる。不思議だな。声は低くてちょっと怖そうなのに、怖くない。

「何がだ？」

「あの神に、何も求めなかっただろう？　なんでも言ってやればよかったのに」

「えっ？」

かみ？　かみってなんだろう？

「飛びトカゲ、俺はちゃんと貸しは返してもらう予定だよ？」

「そうなのか？」

「もちろん。俺達ではどうすることもできない問題が起こった時に、返してもらう予定だ。拒否権なしで」

「なるほどな。俺はてっきりあれを許したのかと思っていた」

「許すも何もこの子を傷つけた神は別だからな」

「まぁ、そうだな」

よく分からない。けど、なんだか温かな風が増えた気がする。ここはどこだろう。温かくて、気持ちがふわふわする。この夢、ずっと続かないかな。そうすればもう痛くない。

「早く目を覚ませよ。そしてこれからのことを、一緒に考えような。それに紹介したい仲間がいるんだ。そうだ、目を覚まして元気になったら君は長男だぞ。下の子達は……元気な子ばかりだ」

「最近火の攻撃を覚えて、楽しそうに庭で試しているな」

「飛びトカゲ、それはやめてくれ。まだあの子達は八歳ぐらいなんだぞ」

「主《あるじ》、手遅れという言葉がある」

「知ってるよ！」

楽しそう。目を覚ましたら、その輪に入れるのかな？　でもきっと、目が覚めたら消えてしまうんだ。だからまだまだ覚めたくない。このままで目が覚めなければ、ずっと夢を見続けられる。


どれくらい寝ていたのだろう。不意に目が覚めてしまった。……死んでない。それに目が覚めてしまった。どうしよう、どうしよう。また始まる。

「んっ？」

ぼやけている視界が、何度か瞬きするとはっきりしてくる。そしてやはり、体は動かない。あっ、でも少し腕が動く。

「うっ」

スッキリした視界に大きな目が映り込む。それがじっと俺を見ている。一瞬、恐怖に襲われかかったが何か違う。見られているのに怖くない。

「起きた？」

えっ？　しゃべるの？　岩のような体に目が一つのこれは、生き物？　そんなに大きくはないみたいだけど。

「あれ？　一つ目達、どうしてここにいるんだ？」

この声、あの温かい何かに包まれた時に聞いていた声だ。どこだろう？　体が動かないのでキョロキョロ目を動かす。でも、どこにいるのか分からない。

「あれ？　もしかして目が覚めたのか？」

「少し前に目が覚めたよ。主に報告しに行こうと思っていたんだ」

「そうだったのか、ありがとうな」

「えへっ、役に立った？」

「もちろん、いい子だな」

この場所は温かいな。なんだか気持ちのいい風が吹いている。

「大丈夫か？」

そっと触れてくる手に少し恐怖を感じて目をギュッと閉じる。体が少し震えたかもしれない。痛みと恐怖に怯《おび》えていると、ふわり、ふわりと頭を優しく撫《な》でられた。

「…………」

いつまでたっても痛みはこない。そっと目を開けると、男性の姿。じっと見ていると、ふわりと温かい風が俺を包み込むのが分かった。

「目が覚めたんだな。よかった。おはよう」

優しく笑う目の前の人を見ていると、視界が歪《ゆが》んだ。

「泣いていいよ。よく頑張ったな」

あれから何度か目が覚めた。そのたびに、あの一つ目と呼ばれる子達が傍にいた。目が覚めたと分かると、手を振ってくれたり、ペタペタと顔に手を当てたりしてくれた。なぜか、嬉しかった。ずっと一人、暗い場所にいたからなのかな。ここがどこかは分からないし、これからどうなるのかも分からないけれど、嬉しかった。少しずつ、体を動かすことができるようになっていく。最初は手、次に肩まで動くようになって。体を起こそうとすると一つ目達が手伝ってくれた。綺麗に整えられたベッドに寝ているとに気がついたのはこの時。周りを見ると、不思議な空間だった。あの暗い怖い部屋とは全く違う明るい部屋。でも、記憶にある病院とも違うと感じた。

「………？」

『ここはどこだろう？』と声に出したつもりだった。なのに声が出ない。口を何度もぱくぱくと動かす。でも、ヒューヒューと何か嫌な音がするだけ。怖くなって、ギュッと手を握り締める。

「大丈夫？　今、主が来るよ」

「どこか痛いところでもありますか？」

二体の一つ目達が俺の手を両サイドからギュッと握ってくれる。一つ目達は岩のようだなと思っていたけど、意識がはっきりして驚いた。本当に岩だった。ごつごつした肌触りで冷たいのに、温かいと感じた。

「すごいな、もう起きあがれるのか。ん？　どうした？　何かあったのか？」

温かな風で包み込んでくれる男性が来た。話したいと思った。なのに声が出ない。口をパクパク動かしてみるが、ヒューヒューと空気が出ていくだけ。

「もしかして声が出ないのか？」

男性の質問に頷《うなず》く。

「そうか。ちょっと体に触るな」

男性がそっと俺の頭に手を置く。そして、ふわっと体の中を何かが通り過ぎたのが分かった。

「ん？　どこも問題ないみたいだな。ということは心かな？」

よく分からないが、声が出ない原因を探してくれたみたいだ。俺はどうなるの？　話せないと分かったら、不要な者として捨てられる？　じっと男性を見る。

「大丈夫。話ができなくても気持ちを伝える方法なんて色々あるし。ここにいる者達は俺のせいで慣れてるし。皆いい方に勘違いしてくれるしな。うん。気にするな」

どういう意味だろう？　いい方に勘違いってなんだろう？　とりあえず、捨てられないのかな。

「ゆっくり心を癒《い》やしていったらいいよ。そうしたらまた話せるようになるだろう。だから今は焦る必要はないよ。俺なんて一年以上意思疎通ができない状態だったからな～」

男性も話せなかったのかな？　意思疎通ができないってそういうことだよね。だったら、捨てられないよね。グッと男性の手を握る。

「ん？　何か心配事か？」

「目が覚めたの？」

「あるじ～、目が覚めたって聞いたよ～」

「煩《うるさ》くするとこの子に負担がかかるだろう。落ち着けお前達！」

なんだ？　男性が来た方向を見るが、誰もいない。不思議に思って男性を見ると、上を向いている。つられて上を見て、一気に血の気が引いた。三匹の巨大な蜘蛛《くも》が天井にいた。怖い。握っていた男性の手に力をこめる。俺はもしかしてエサなのか？

「ん？　あっ、大丈夫。彼らは仲間だ」

殺されるのか。やっぱりここも怖いところなんだ！

「大丈夫」

腕を引っ張られてギュッと抱きしめられる。そして背中を一定のリズムでやさしく撫でられる。

「怖がらせてごめんな。あの子達は仲間なんだ。だから君に何かすることはない」

「怖がらせて、ごめんなさい。目が覚めたって聞いて様子を見たかったんだ。みんな心配しているし」

「そんなに怖がらないで」

「怖くないよ～。元気になったら一緒に遊ぼう」

ぶらーんと天井からぶら下がる蜘蛛達。正直、怖い。でも、よく見るとなんだか怖さが薄れていく。なぜだろうと思っていると、蜘蛛達の目が優しいことに気がつく。巨大な蜘蛛だから怖いけど、目は怖くない。不思議な存在。

「こいつらは子蜘蛛達だ」

こ蜘蛛？　その『こ』ってどういう『こ』だろう。まさか『子供』という意味ではないよね？

「ん？　どうした？」

えっと、どう伝えればいいんだろう。蜘蛛達を指して、大きさを両手を広げることで伝えてみる。

「あぁ大きさか？」

伝わった！　何度も頷《うなず》く。次はどう伝えればいいんだ？　えっと、「『こ』とは『子供』という意味ですか？」なんてどうやったら伝わるの？

「大きさを質問したわけではないよな。そうだ、親蜘蛛達はもっと巨大なんだ。子蜘蛛達の五倍以上ある親蜘蛛達もいるからな。元気になったら乗せてもらって森を散歩したらいい」

親蜘蛛？　ということは、本当に子供という意味の『子』なんだ。っていうか五倍以上？　そんな大きいの？

「あれ？　何か知らないけど解決した？」

男性に何度も頷く。

「そうか、よかった」

子蜘蛛達を見る。天井からぶ～らぶ～ら。うん、怖くないな。

「ん～、やっぱりジェスチャーで伝えるのは難しいよな！　以心伝心《いしんでんしん》で意思の疎通ができないかな？」

以心伝心？

「どうした？　以心伝心がわからないか？　心で思ったことを伝えること……だったはずだ。あれ？　間違った？　いや、以心伝心でいいよな。うん、大丈夫だろう」

心で思ったことを伝える？　だったら、話せなくても俺の言いたいことが伝わるのかな？

「魔法を掛けてもいいか？」

魔法を？　俺の体に掛けるの？　正直、怖い。でも、俺の言いたいことが伝わらないときっと困るよね。

「主、先ほども魔法を掛けていませんでしたか？」

そうだよ。さっき体を調べるために、魔法を掛けられたし大丈夫だよね。

「さっき？　あれは魔法を体に通しただけだろう？　掛けたとは言わないだろう」

「そうでしたか」

さっきの魔法とは違うのか。ギュッと手を握って頷く。痛くないといいな。

「じゃ、掛けるな。えっと、糸電話をイメージしてみたらいいかな……よし！　以心伝心」

男性から何かが俺に向かってくるような気配を感じた。これが魔法なんだろうか。さっきは体を通り抜けたのに、これは体の中に入ってくる。怖い！

「あれ？」

男性の戸惑った声に、ギュッと閉じていた瞼《まぶた》を開ける。

「えっと、何か考えて俺に伝えようとしてくれる？」

何かを考えて伝えようとする？　『ありがとう』伝わって、伝わって。どう？　視線で問うと、男性は首を傾げる。

「どうやら失敗したみたいだな」

えっ、失敗。俺のせいだ。もっとちゃんと伝えようとすれば、もう一度今度は強くギュッと瞼を閉じると。ポンと頭に温かい体温を感じた。閉じた瞼を開けると、やさしい笑顔をした男性。

「ごめんな、俺が失敗したみたいだ。さっき魔法を掛けた時に手応えが感じられなかったんだよ」

男性のせい？　俺じゃないの？

「君のせいではないよ。そんなに泣きそうな顔しないでくれ」

「大丈夫？　どこか痛いの？」

「俺達でできることがあったら言ってくれ。手を貸すからな！」

天井からぶら下がっている子蜘蛛達が心配そうに俺を見ている。一つ目達も俺をじっと見て、心配そうだ。視界が滲《にじ》む。

「「「あっ」」」

何だろう、周りが慌てているのが分かる。でも、どうしてだろう。周りが滲んでよく見えない。目も悪くなっちゃったの？

「頑張ったな。もう大丈夫だ。好きなだけ泣いていいぞ」

そうか、俺泣いてるんだ。男性が少し強めにギュッと抱きしめてくれた。あとから、あとから出てくる涙。背中に少しひんやりした冷たさを感じた。きっと一つ目達だ。どれくらい泣き続けたのか呼吸が少し苦しくなる。

「大丈夫、ゆっくり深呼吸して。吸って、吐いて。吸って、吐いて」

声に従うように深呼吸を繰り返す。しばらく続けていると、意識がふっと遠くなる感覚がした。

「ゆっくり休め。起きたら仲間達を紹介するな。ちょっと個性的だけど、みんな優しいから」

仲間達がいるんだ。楽しみだな。

そろそろとベッドから足を下ろす。ぐっと力を入れようとするが、入らない。もしかして歩けないのかと心配になる。

「大丈夫ですか？」

一つ目が俺の足をそっと撫でてくれる。それに頷いて『大丈夫』と伝える。が、不安な気持ちが顔に出ていたのか、一体の一つ目が手をギュッと握ってくれた。

「筋力が落ちているだけなので、歩けるようになりますよ。少しずつリハビリをしていきましょう」

その言葉にほっと安堵《あんど》する。よかった、歩けるんだ。リハビリを頑張らないとな。

今日は、丁寧な話し方をする一つ目達が俺の面倒を見てくれるみたいだ。一つ目達には個性がある。「おはようございます」に「おはよう」「おっはよ～う」「やっほ～」など挨拶《あいさつ》からして皆違う。見た目が変わらないため、最初は戸惑った。でも、よく見ているとそれぞれ仕草が異なることに気付いた。それからは、まだ完ぺきではないが区別がつけられるようになった。一つ目達も、それを喜んでくれているようだ。

「おはよう。無茶をしちゃ駄目だぞ」

部屋の出入り口から男性が入ってくる。そういえば、この建物の中には他の人はいないんだろうか？　この男性以外に見たことないんだけどな。それに、いまだにこの男性の名前を教えてもらっていない。何度か教えてほしいと伝えたが、残念ながら伝わらなかった。主と呼ばれているので、それでいいのかもしれないけどなんとなく名前が知りたいと思っている。

「ずっと寝てばっかりで暇だろう？　仲間も紹介したいし、リビングへ行こうか」

嬉しい。仲間という人達にも会えるみたいだし。無意識に頷いていたようで、男性は笑って俺の頭を撫でてくれた。

「頼むな」

頼む？　首を傾げると、扉から巨大な蜘蛛が部屋に入ってくる。その大きさに体がびくりと震える。えっ、いやいや、大きすぎる！　あまりの大きさに呆然《ぼうぜん》と巨大な蜘蛛を見つめていると、いつの間にか目の前にいた。

「この子は親玉さんな」

へ？　親玉さん？……親蜘蛛ってことか？　まさか名前ってことはないよな。そんなおかしな名前をつけるわけないし。

「親玉さん、この子をリビングまで運んであげてほしいんだ。まだ足腰が弱く一人で体を支えることができないから」

……もしかして名前なのかな？

「分かった。よろしく頼むぞ」

こちらを向く多数の目に、無意識に何度も頷く。というか、話すことができるのか。ここはどんな世界なのか、すごく気になるな。親玉さんという巨大蜘蛛は前脚を俺に向けた。なんだろう、握手？　蜘蛛と握手ってなんだか不思議だけど……目の前にある巨大な蜘蛛の手をじっと見る。すると前脚の先から何かするすると出てくるのが分かる。これって糸？　あれ？　蜘蛛の糸ってこんなところから出るんだっけ？　確かお尻じゃなかった？　昆虫図鑑で見た記憶があるんだけど……かなり昔のことだから間違って覚えているのかも。そっか、蜘蛛の糸って前脚から出るんだ。

「これを使ってくれ」

男性が持ってきたのは木の椅子。座るところにはクッションが置かれている。どうするのかと見ていると、グイッと体が持ち上げられる。驚いて体を硬くしていると、スーッと横に体が移動してクッションの上に乗せられる。どうやら親玉さんの糸で体を持ち上げられたようだ。蜘蛛の糸って強いんだな。感心していると、木の椅子がぐっと持ち上がり地面から一五センチぐらい上で止まる。俺の体はいつの間にか、木の椅子に親玉さんの糸でくるくると固定されていた。落ちないかと不安がよぎるが、親玉さんが歩き出しても安定している。ほっとするが、やはり自分の足で歩きたい。リハビリを頑張って早く一人で歩き回れるようになろう。

俺がいたところは建物の二階だったようだ。それにしても広い建物だな。廊下がずっと続いている。それに驚いていると、男性に頭をポンと撫でられた。

「広いだろ？」

男性の言葉に頷く。記憶のある中で一番の大きさの建物みたいだ。

「子供達が増えたから、岩山をもう少し大きくしてもらったんだ。まぁ、そのために畑の大移動があって大変だったんだけど」

子供達が増えたから岩山を大きく？　どういうことだ？　もしかしてこの建物が岩山とか？　周りを見る。木の床に壁に天井。岩山の要素など、どこにも見当たらない。聞き間違えたのかな？　それに畑の大移動？　別の場所を耕したのではなく、大移動？　よく分からない。

「ここがリビングだ。みんな、連れてきたぞ。まだ体が元に戻っていないから、無茶なことはさせないでくれよ」

男性の声にリビングから嬉しそうな声が上がる。歓迎されているのか？　それだといいな。少し緊張しながら、リビングに入る。そして、ちょっと唖然《あぜん》としてしまった。

「待っておったぞ」

どう見ても凶暴な顔の犬？　がいる。それもたくさん。あれ？　人は？　リビングを見渡す。あっいた。でも、人ではないかもしれない。だって、人は空中に浮かんだりしないもんな。あ〜、やっぱり違うな。羽を持ってた。ん？　ケモ耳がついた人？

「少し強面《こわもて》の奴らもいるけど、みんな、いい奴だから。仲間思いだしな」

男性が部屋の中心に行くと親玉さんもついていく。

「ここでいいかな？」

空中に浮いていた椅子が床に置かれると、ふわっと体だけが近くにあったソファに移動させられた。

「これでよし！　親玉さん、ありがとうな」

男性がそう言うと、親玉さんという巨大蜘蛛の体を撫でている。すごい、普通に撫でてる。そっと手を伸ばして俺も撫でてみる。ひんやりとした冷たさが伝わる。俺が撫でたので驚いたみたいだが、特に嫌がるそぶりもなく受け入れてくれた。

「紹介していくな。この子から……」

男性の隣にすっと並んだ、強面で大きいサイズの銀色の犬？　犬にしては体が大きい。あっでも、この世界は蜘蛛ですらあのサイズだ、すべてが大きい……ってことはないか。男性は俺が知っている大きさだった。それに、浮かんでいる人の姿をした彼らもそれほど大きくない。ケモ耳を持った彼らもだ。

「コアにその相棒のチャイ。種は違うけど夫婦だな。で、隣がえっと……二匹の子供達だ。そっちはアイとネア。ちなみにコアはフェンリルでチャイはダイアウルフ。アイとネアはガルムという種類だ」

フェンリルってどこかで聞いたような気がする。なんだったかな？　伝説の生き物？　って、まさかそんなことはないか。

「親玉さんは紹介したな、隣のアリがシュリだ。親玉さんは確かチュエアレニエという種類でシュリはアンフェールフールミという種類だ。で、リス達だ。体は青緑で角があるけどな。彼らの種はなんだったかな？」

「主、我々はラタトスクです」

「そうだった。ごめん」

やはり親玉さんは名前だったのか、どういう経緯でそんな名前になったんだろう。それにしても巨大蜘蛛に巨大アリ。存在感がありすぎる。それにリスには角があるし、そもそも体の色が……。

「で、今日はみんな小さいサイズになってくれているけど、右から『ふわふわ』『飛びトカゲ』『マシュマロ』『毛糸玉』『水色』だ。種は見たまんま龍」

ん？　今何かおかしな言葉が並んだよな？　ふわふわ？　飛びトカゲ？　マシュマロ？　毛糸玉？　水色？　この流れからいったらこれが名前だよな？　えっと、本気でこの名前？

「あ～、言いたいことは分かる。だけど俺だってもっとかっこいい名前に変えようとしたんだ。なのにみんながそれを気に入ってしまって……。何度か挑戦したけど、無理だった」

なるほど、男性のせいではないのか？　いや、そもそもそんな名前はどこから発想したんだ？　ふわふわっていったいどこから？　龍の姿から毛糸玉なんて出てこないよな？

「あっ！　そういえば君の名前を知らないな」

今のこの流れで名前とか訊かれるのは、ちょっと怖いな。

「自分の名前を憶《おぼ》えてないか？」

えっ？　名前？…………分からない。首を横に振る。

「そうか。ん～、何がいいかな？」

あっ、知っていると言っておいた方がよかったかも。男性を見る。何かを考えているようす。って、何かではなく名前だよな。普通の名前がいいな。

「ヒカル、なんてどうだ？」

よかった。普通の名前だ。

「気に入らない？　だったら別の」

しまった。安心して反応するのを忘れた。隣にいる男性の腕を必死に摑《つか》む。そして何度も頷く。

「名前……ヒカルでいいのか？　もっと頑張って工夫するぞ？」

やめて！　それでいい、ヒカルでいい。

「そんな必死に首を振らなくても。まぁいいか。今日からヒカルと呼ぶな」

ほっとして息をつく。

「みんな、この子はヒカルだ。仲良くしてやってくれ」

よかった。……あれ？　あの浮かんでいる彼らの紹介がまだだよな。というか、ずっと浮かんでる……。ここってどういう場所なんだ？

「どうした？　心配しなくても大丈夫だ。焦らずゆっくりここに慣れていけばいいからな」

男性の手がゆっくりと髪を撫でると、じんわりと温かいものが流れ込んでくる。その温かさに笑みが浮かぶ。気付かなかったけど、緊張してたみたいだ。


主の性格がだいたい分かってきた。細かいようで大雑把。そして無茶苦茶強い。たぶん想像できないぐらいだと思う。本人が知っているのか知らないのかは、よく分からないけど。そしてすごく仲間思いで優しい。そしてすごく温かい。

「おはよう！」

ウサの言葉に、軽く頭を下げて挨拶を返す。ウサは犬の獣人らしく、元奴隷だと聞いて驚いた。

その奴隷から解放してくれたのが主らしく、すごく尊敬しているし大好きなのが見ていて分かる。同じ元奴隷のクウヒもウサに負けないぐらい主が好きみたいだ。

「ヒカ兄ちゃん、おはよう」

元気な声と共に、俺の体がひょいっと空中に浮かぶ。前を見ると、盛大に廊下を滑っていく男の子。名前は風太。俺と同じように、主に引き取られた子供の一人だ。それよりも、体が空中に浮いている。天井を見ると、俺を糸で持ち上げてくれた子蜘蛛の姿があった。

「風太。ヒカルはまだしっかり立てないんだから、後ろから飛びついたら駄目だろう?」

「あっ!」

クウヒの言葉に、慌てて立ち上がって俺を見つめる風太。目がぱちくりしてて可愛《かわい》い。なので、大丈夫という気持ちを込めて頷く。

「ヒカル、ちゃんと怒らないと」

なぜかクウヒに怒られた。怒るなんて……。

「まだ、無理か」

「私達だって、時間がかかったよね」

クウヒとウサが空中から下ろされた俺に手を差し出しながら言う。二人に支えられながら立つと、首を傾《かし》げる。時間とはなんだろう?

「行こう、朝ごはんできてるよ」

クウヒが俺を支えるように手を持ってゆっくりと歩き出す。それに小さく頭を下げて、一歩一歩歩いていく。みんなに紹介してもらってから、一カ月。俺の体はそうとう弱っていたのか、なかなか歩くことができなかった。両足で立って一歩、足が前に出た時は泣いてしまった。それからも皆がリハビリに付き合ってくれて、ゆっくりとだが歩けるまでに回復した。主が引き取った子供達は俺も含めて八人。七人は俺より小さくて八歳だと聞いた。でも、俺より体力があって力もある。主が言うには、七人の子供達の力は神力とも魔力とも違うらしい。まだまだ不安定だから、目が離せないと言っていた。

「おはよう」

「おはようございます」

リビングに入ると、あちこちから声が聞こえてくる。部屋を見渡すが主がいない。それにちょっと落ち込む。なんとなく、いないと落ち着かない。

「おっ、おはよう。体の調子はどうだ？」

ポンと乗せられた重みに、パッと視線を後ろに向ける。

「どうした？　どこか、痛みがあるのか？」

主から感じる温かい風に笑みが浮かぶ。首を横に振って、頭を下げる。

「大丈夫ならいいんだ。しっかり食えよ」

キッチンへ行くと、クウヒの隣の椅子に座る。座ってから一分ほどで、テーブルの上に朝食を並べる一つ目達は本当にすごい存在だと思う。

「「「「いただきます」」」」

主達と一緒に手を合わせて、心の中で「いただきます」と言うと温かいスープから食べ始める。しっかり形の分かる野菜と肉が入ったスープは、体が温まるし味もしっかりついていて美味しい。みんなと一緒の食事ができるようになるまで三週間かかった。最初は、胃に優しい味の薄い水みたいなもの。少しずつ味は濃くなったけど、なかなか固形物が出てこなかった。なので、大きめの野菜と肉が入ったスープが出てくると、ついつい笑みが浮かんでしまう。食事が終わると、ゆっくりとみんなでお茶と果物を楽しむ。

「ヒカル」

主の言葉に、果物を食べていた手を止める。

「今日の午後、アイオン神が来ると連絡があったんだ。話がしたいらしい、大丈夫か？　いやなら断っても問題ない。心配することはないからな」

アイオン神というのは、主に頻繁に会いに来る神の名前だ。いつもは主や龍達とだけ話すのに、俺も一緒？　もしかして、ここから追い出されるのかな？　音が消え、目の前が暗くなりだす。

「ヒカル！　ヒカルはこの世界の住人で俺の家族だ」

主の『家族』という言葉が耳に入る。

「？」

「いいか、ヒカル。ヒカルは俺の大切な家族だ。ウサやクウヒの家族でもある」

主の言葉に、隣に座っていたクウヒが「そうだぞ」と頷く。

「そんな大切な家族を追い出すわけがないだろう」

あっ、俺の不安に気付いてくれたんだ。

「アイオン神は、光にずっと会いたいと言っていたんだ。確かめたいことがあるからと。それをずっと断っていたんだが、煩いから一回だけでいい、会ってやってくれ。どうしても無理なら、追い返すから問題ない」

追い返す？　神様を？

「ヒカルは心配するな。ヒカルが会いたくないなら、あんな奴はすぐに追い出してやる！」

そう言って、俺の頭に顔を乗せる風龍の水色。視線を背後に向けると、頭から顔を上げて俺を見る水色の住んだ綺麗な瞳があった。口を開くが、声が出ないことを思い出し口を閉じる。こういう時、話せたならと思う。ちゃんとお礼が言いたい。

「会えそうか？」

主の言葉に頷く。

「分かった。悪いな」

それには首を横に振る。それから、広場でみんなの特訓の様子を見る。いつか、あそこに交じって強くなろう。みんなに恩返しできるように。

「雷、翼、紅葉！　火魔法は力加減をしっかりしないと駄目だぞ」

主のため息を隣で聞きながら、笑ってしまう。子天使と一緒になって空中に飛びながら、地面に向けて火の球のようなものを連続で落としている三人。その下では親蜘蛛達が、火の球を木の棒のようなもので打ち返している。

「全くあいつらは」

「随分と飛ぶのが上手くなったな」

主とよく一緒にいるコアが、主の足に顔を乗せて寝そべると主がゆっくりとコアの頭を撫でる。一緒に来たチャイがそれを見て、少し不貞腐《ふてくさ》れた表情をする。

「コア、チャイが拗《す》ねてるぞ」

「拗ねてはいない」

チャイはそう言うが、表情を見ると不服だとすぐに分かるほど険しい顔をしている。しかも、声のトーンが低くなっているので心情が丸わかりだ。

「ふっ」

コアが小さく笑ったのが分かる。主は何も言わず、ただコアの頭を撫でる。コアの近くに座ったチャイの前足が、コアのお腹に乗る。そっと視線をずらし、雷達を見る。今のチャイを見たら、笑いが止まらなくなりそうだ。

「ん？　来たな」

主の視線が空に向かう。

「はぁ、また彼奴《あやつ》か。懲《こ》りないな」

コアのため息交じりの声。それに笑う主。

「そう言ってやるな。ここには愚痴《ぐち》を言いに来ているようなものだ。今日は、ヒカルに会うという理由もあるが」

「ヒカル。会うのか？　面倒くさいなら、攻撃してやるぞ」

コアに慌てて首を横に振る。ここにいるみんなは、神様を小ばかにしているような気がする。きっと俺の知らないことがあるのだろうけど、大丈夫なのかと心配になる。

「コアは過激だな」

主は笑っているが、コアの目は本気の目だ。広場の隅に光が集まると、神様の姿になっていく。

「真ん中に堂々と姿を見せればいいのにな」

「あはははっ」

コアの言葉に主が笑う。神様がここに通い始めた頃、広場の真ん中に登場したことがあると聞いた。そしてなぜか、広場にいた者達から一斉攻撃をされたそうだ。「敵だと思った」と皆が主張したらしいが、神様は俺でも分かるほど独特の気配を持っているからなぁ。きっと、二度と広場の真ん中には現れないだろう。

「ヒカル」

主の言葉にコアが顔を上げて「ぐるっ」と喉を鳴らし、俺に視線を向ける。それに笑みを見せると、大丈夫という気持ちを込めて、コアの頭をゆっくりと撫でる。

すっと視界に手が差し出されたので視線を向けると、主が柔らかい笑みで手を差し出していた。その手を取ると、椅子から立ち上がりアイオン神のもとへ歩き出す。

「行こうか」

俺の歩くスピードを見ながら、ゆっくりと歩く主。記憶の中で俺は、一五歳だった。なのでクウヒ達は弟や妹の感覚なので大丈夫だが、主と手を繋《つな》ぐのはちょっと恥ずかしい。

「久しぶりだな。元気だったか？」

「二週間前に、仕事をさぼって来ていたのは気のせいかな？」

アイオン神の言葉に、笑顔で返す主。なんだろう、笑顔なのに怖いような……。

「話すのは久しぶりだね。大丈夫か？」

目の前にいるアイオン神に小さく頷く。よかった、前みたいなことにはならないようだ。俺がホッとした表情をすると、アイオン神も安堵した表情を見せた。そのアイオン神の態度に、申し訳なくなる。

アイオン神に悪気はなかったのだ。ただ、目の前に俺がいたからいつも通り挨拶をしただけだった。だが俺はその時、神に強い恐怖心があって話しかけられたことでパニックになってしまった。たまたま一人でいたのも、運が悪かったとしか言いようがない。声が出ないので悲鳴こそあげなかったが、混乱した俺は大泣きし震えた。その様子を見た親玉さんが、糸でアイオン神をぐるぐる巻きにして俺から引き離した。その間一〇秒ぐらい。恐怖で震えていたが、目の前からアイオン神がどこかへ飛ばされた時は、震えるのも忘れて驚いてしまった。

俺が、アイオン神を怖がっていると皆に伝わると見事な連係プレーで、アイオン神に正面から会うことはなくなった。でも、アイオン神はたびたびこの世界に来るのでその姿はよく目にした。最初は目にするだけで怖かったが、よく観察するとふわふわや水色に悪戯《いたずら》されて水浸しだったり。畑に落ちたせいで、畑を守っているゴーレム達に追い掛け回されたりと、なんだか大変そうだった。

俺が知っている神とはあまりにも違うその姿に、いつしか恐怖心は薄れていった。この間なんて、理由は知らないが一つ目のゴーレム達に正座をさせられて一時間ほど説教をされていた。主によれば、アイオン神は神様の中でも上の方の立場だと聞いていたけど、全く威厳はなかった。周りの目を誤魔化すための演技なのかと怪しんだりもしたが、無駄な時間だった。ここで過ごすアイオン神は、ただ気ままにそこにいて、みんなと楽しく過ごしていた。主曰《いわ》く「上からも下からも問題を押し付けられて、ストレスが溜まっているのだろう」とのこと。ストレスを溜める神を想像したら、残っていた微《かす》かな恐怖心もなくなった。

「つらくないか？　怖かったらすぐに言え」

隣にいるチャイは、俺の様子をじっと見つめる。それに笑顔で大丈夫と頷く。チャイの周りを見回すがコアがいない。珍しいなと感じて、首を傾げる。

「ヒカル。コアはフェンリルだけの集まりがあって、ここにはいないんだ」

俺が何を疑問に思っているのか気付いた主が答えてくれる。なるほど、だから別々なのか。いつもよりチャイの耳がしょんぼりしているのはそのためか。本当にコアとチャイは仲がいいよな。これがおしどり夫婦というものなんだろうな。

「えっと、話をしていいか？」

アイオン神が俺を見て、少し情けない表情をした。色々思い出していて、目の前にいるのを忘れていた。もう一度、アイオン神に頷く。

「ありがとう。ヒカルを、生まれた世界から誘拐した神とそれに協力した神達、それと実験していた神とそれに関わったすべての神達は捕まえてある。今は創造神、神々の一番上の神が管理する地下牢に繋がれている状態だ。翔《あきら》に相談したら、被害者であるヒカルが罰を決めるべきだと。だから、彼らをどうするのか決めてほしいと思っている」

前に主からも聞いている話だ。俺に色々していた奴は捕まえてあるから、俺がどうしたいのか決めていいと。その際、どんなことでも受け入れさせると。

「難しく考えなくていいぞ」

主の言葉に頷く。

「奴らのことを考えたくないなら、アイオン神に丸投げでもいい」

えっ？　いいの？　その言葉に驚いて主を見る。主は俺の頭にそっと手を乗せ、撫でてくれた。伝わる熱が気持ちいい。

「なんでもいいんだ。ヒカルが後悔しないように決めたことなら」

そうか。なんでもいいんだ。重く考える必要はないのかな？　俺は、奴らをどうしたいんだろう？　考えると胸がムカムカする。きっと目の前に来られたら、恐怖で悲鳴を上げると思う。アイオン神は大丈夫になったけど、奴らは無理。まだ怖い。どうしたい？　二度と会いたくない。絶対に会いたくない。

「ヒカル、決まったらこの球に手を置いて気持ちを伝えてほしい。これは、話せなくても相手に気持ちが伝わる伝玉《でんぎょく》というものだ」

「へ～、便利なアイテムがあるんだな」

主がアイオン神の持っている伝玉を見る。透明の球に、青と黄色と緑の線が各一本入っている。どこかで、似たようなものを見た気がする。どこでだったかな？

「これ、ビー玉みたいだな」

主の言葉に、もう一度伝玉を見る。確かに、三色の色が交じったビー玉のようだ。懐かしいな……。お母さんが、お姉ちゃんに袋に入ったビー玉を買ってきたことがあったんだよな。それを、「綺麗だよ」と、お姉ちゃんが見せてくれて……。会いたいけど、もうきっといないんだろうな。

どれだけの月日を閉じ込められていたのか分からないけど、随分と長い間だったような気がする。そうだ、何かをしてほしいとは思わない。俺がやられたことをやり返したいという思いはあるけど、そこまで落ちたくない。だけど、俺がされたように閉じ込められればいいと思う。俺が閉じ込められた以上の長い時間、あの暗闇に……。

「決まったか？」

アイオン神が俺を見て、伝玉を差し出したのでそっと手を置く。ひんやりした冷たさを感じて、ピクリと指が震えた。

「望みを」

アイオン神の言葉に頷くと、心の中で「俺が閉じ込められたような場所で、俺が閉じ込められた以上の時間を閉じ込めてほしい」と願う。伝玉から手を離すと、なぜか不安な気持ちが押し寄せた。もしかしたら、すごくひどいことを願ってしまったのだろうか？　取り消した方が……。

「自業自得という言葉がある」

主の言葉に視線を向けると、俺を見て優しく笑った。

「被害者はヒカルだけじゃない。恨みや悲しみを伝えることなく亡くなった者達も多い。首謀者の神も、手を貸した神達も罰を受けなければならない。ヒカルが決めたことがなんであれ、ひどいことではない。といっても、やめたいなら止めない」

俺以外の被害者。覚えている。皆、泣いて助けを求めて……なのに奴らは笑ってた。そうだ、助けを求める俺達を見て笑ってた。別に怪我をさせるわけじゃない。ただ、俺や彼らがいたあの暗闇に閉じ込めてほしいと思っただけだ。俺達がされたように。アイオン神を見て、頷く。変えないしやめない。

「分かった。願いは必ず叶《かな》える」

アイオン神はそう言うと、すぐに立ち上がった。

「結果を知りたいか？」

アイオン神の質問に首を横に振る。聞きたくないし、知りたくもない。

「分かった。今の願いを翔に話しても大丈夫か？　それとも秘密か？」

秘密？　そんなことをする必要があるのだろうか？　アイオン神の言葉に首を傾げると、アイオン神は首を横に振った。

「馬鹿な質問だったな。翔には俺から話しておく。翔、今から少し時間を貰《もら》えるか？」

「分かった。ヒカルは疲れただろうから、ゆっくりしていていいぞ」

主の言葉に頷く。別に何かをしたわけではないが、どことなく疲れた気がする。座っていた椅子から立ち上がって、周りを見る。話が終わったことに気付いたのか、風太が飛んでくる。

「ヒカル！　みんなとおやつを食べよ！」

勢いよく飛んできた風太は、俺の周りをぐるぐると飛び回る。この家には主が育てている子供達が数人いるが、この風太はなぜか俺に懐いてくれた。最初の頃は戸惑った。どうして懐いてくれたのかも、全く分からなかったからだ。今も理由は分かっていないが、明るい風太が傍にいると笑みが浮かぶようになった。

「今日は、甘く焼いたパンに果物のソースをいっぱいかけたおやつだって。楽しみだね」

地面に降りた風太は、俺の手をギュッと握ると歩き出す。風太に合わせてゆっくり歩くと、広場の隅にある池に着いた。そこには、簡易テーブルが組み立てられ、お菓子やジュースが用意されていた。

「怖くなかったか？　大丈夫だったか？」

親玉さんの言葉に、集まっていたみんなの視線が集中する。その視線の温かさに嬉しくなって、笑って大きく頷いた。主のところに来てよかった。生きててよかった。

231. 第三騎士団団員。

―エンペラス国　第三騎士団　ピッシェ視点―

封筒から一枚の紙を取り出すと「辞令」という文字が目に入った。心臓がドキドキと煩く鳴っているのが分かる。ふ～、よしっ、見るぞ！

「……よっしゃ！」

辞令内容が目に入った瞬間、ガッツポーズを作ると手の中で紙がクシャッと音を立てた。

「うわっ、大切な辞令書が」

慌ててよれた紙を綺麗に伸ばして、もう一度辞令書を眺める。そこには「特別調査部隊」への異動が決定したことが書かれてあった。

「ピッシェ？……まさか、それって辞令書か？」

俺の様子を見た同僚アッピが、驚いた表情を見せる。

「おう。『特査《とくさ》』への異動が決まった」

特査とは、森の調査のために組まれた新しい部隊「特別調査部隊」のことだ。前王の時代は第四騎士団が森の調査を請け負っていたが、その目的は主《おも》に侵略のため。今の王に替わり森の調査の目的が大きく変わったため、専門の部隊が作られた。そして数週間前から異動希望者が集められていたのだ。

この特別調査部隊は、森の調査をしつつ森の王や森の神に、エンペラス国王の「謝罪」を伝えることが任務となる。森の神がいるであろう、最奥に足を踏み入れることは許されていないので決してしないが、それでもある程度は森の奥へ足を踏み入れることになる。その分、強い魔物が現れることが予測され、決して安全な任務ではない。が、その危険を知った上で多くの騎士達が異動を希望した。俺もそうだが、彼らも「もしかしたら森の神をこの目にすることができるかもしれない」と思っているのだ。もちろん森を侵略しようとしたエンペラス国の俺達に、会ってくれるとは思ってはいない。ただ遠くからでもいい、あの圧倒的な力を持つ存在を一目見たいと思ってしまったのだ。

「まじか！　羨《うらや》ましい。いいな〜。俺は駄目だった」

アッピが、羨ましそうな表情で辞令書を見る。

「悪いな。だが、まだチャンスはあるだろ？」

森へ行ったとしても、すぐに王達の謝罪を伝えられるわけではない。遠くから見ることも、許されないかもしれない。謝罪を伝えても、許されない可能性もある。許されたとしても、長い時間がかかることも考えられる。王はすべてを理解したうえで「何年かかろうと、諦めることはない」と、断言した。だが、森での任務は過酷であることが予想され、騎士達が疲弊すれば命の危険に繋がる。それを防ぐために、隊員はある程度の期間任務に就いたら入れ替わることが決定した。なので、今回選ばれなくてもまだチャンスはあるのだ。

「そうかもしれないが……はぁ」

目の前で落ち込んでいるアッピには悪いが、ものすごく嬉しい。喜びに叫びだしそうな口を片手で押さえて、もう一度辞令書を見る。「ピッシェ・ロングラに特別調査部隊への異動を命じる」の文字が見えた。

「にやけすぎだろ」

アッピの一言に笑みが深くなる。

「あははは っ、やばい。笑えてくる」

「まぁ、そうなるよな。それでいつから異動するんだ？」

「この辞令書には、何も書いてないからまだだと思う。それに、特査の隊長もまだ決まってなかったただろ？　それが決定してから異動だろ、たぶん」

「隊長か……噂《うわさ》では、獣人が隊長になるんじゃないかって話だけどな」

「それは俺も聞いたが……本当なのか？」

隊長が獣人であっても問題はないと言いたいが、少し蟠《わだかま》りがある。小さい頃に「獣人は人になり損ねたでき損ない」だと教わった。「奴隷になって当然」なんだと、親からも周りからも幾度となく教えられてきた。ずっとそれが俺の中での真実だった。だが、それは間違いだった。獣人は、そもそも人とは異なる種だっただけなのだから。頭では理解しているのだ、あの教えは間違いだったと。だが、長年思い込んでいたことを、急に変えることはできない。心が追いついていないんだと思う。こんな状態の俺が、獣人の下で命を懸けて任務をこなせるだろうか？　特査に異動できるのは嬉しい。でも、隊長が獣人になるとか、考えたこともなかった。

「猫の獣人じゃないかっていう噂もあるな」

「そうなのか？　それは初めて聞いたな。猫の獣人か……」

森での任務は、たった一つの連絡ミスが命取りになる。だから、隊長や隊員達との関係はとても重要となってくる。猫の獣人が隊長になって、俺はその人物にどう接したらいいんだ？　そもそも、獣人達は俺達を恨んでいないのか？

「あ〜」

「うわっ、びっくりした。ピッシェ、急に叫ぶなよ」

不意に大声を上げた俺に、アッピが驚いた声を出す。悪いと思うが、どうも気持ちが落ち着かない。

「あのさ、第一騎士団は既に獣人達が一緒に仕事をしてるんだよな？」

第一騎士団は今のエンペラス国の王、ガンミルゼ王がいたところだ。その第一に獣人が入団すると分かった時、騎士団全体に衝撃が走った。なぜなら第一騎士団は王の警護という重要な役目があるからだ。貴族の中には反対する者もいたというが、王は決してその決定を覆《くつがえ》すことはなかった。

「あぁ。もう半年以上一緒に仕事をしているな」

「初めの頃は色々噂もあったけど、最近は減ったよな。アッピは何か聞いてないか？　その人と獣人の関係とか、仲間としてどうなのかとか……」

なんか俺、嫌な奴だな。どんな話が聞きたいんだ？　仲間として仲良くやっているという話が聞きたいのか？　それとも、上手くいっていないと聞きたいのか？

「俺さ、元は第四にいたのは知ってるよな？」

アッピの言葉に首を傾げる。

「あぁ、聞いているがそれがどうしたんだ？」

「第四と第一の団長って仲がよかったんだよ」

「そうらしいな」

前王がまだいた時、第四は大きな失敗をして全員処刑される可能性があったらしい。それを第一の団長が止めたという噂を聞いたことがある。どこまで本当なのかは分からないが、俺はその噂は嘘だと思っている。前王が、誰かの話を聞いて意見を変えるなんて想像できない人物だからだ。でも、第一と第四の団長の仲が良かったのは、有名な話だ。

「だから、第一の団員達とは今も会えば話をしたりする仲なんだよ」

「そうなのか？　あっ、もしかして第一の獣人に会ったことがあるのか？」

「会ったことというか、獣人達とも普通に話す仲だよ。それに最近は、時間が合えば獣人達の訓練にも参加させてもらっているんだ。俺、弱いからさ」

はっ？

「えっ？　そうなのか？　というか、アッピは弱くないだろ？」

アッピの予想外の言葉に、少し唖然としてしまう。話をするのは分かるが、獣人達と特訓？

「ピッシェは、俺のことを弱くないと言うが、強くもないだろ？　まぁそれはいいんだが、獣人達と付き合ってみて思ったんだ、普通だって」

「普通？」

どういう意味だ？　何が普通なんだ？

「会って話すことと言えば、どこの店に可愛い人がいたとか、失敗して怒られたとか、休みが待ち遠しいとか、彼女と喧嘩《けんか》したとか。普通なんだよ」

確かに普通だな。なんかもっと、違うことを話しているのかと思ってた。

「種は違うし見た目も違うけど、同じところもある。だから隊長が獣人になったとしても、そんな身構えることはないと思うぞ。それに同じ騎士団の仲間だろ。王を守り王が治めるこの国を守る。目的は同じだからさ」

「同じ？」

「あぁ、一緒に特訓してる奴らが話してたよ。守ってもらったから、今度は俺達が守るって。きっとガンミルゼ王のことだと思う」

アッピの言葉に、顔が少し赤くなる。「騎士は王を守り、王の治める国を守る」と、騎士になった時に宣誓《せんせい》する。獣人も騎士になったのだから、この宣誓をしている。なのに俺は……獣人というだけで、守らないのでは？　とひねくれた見方をしてしまった。

「悪い。なんか……」

恥ずかしいな。

「蟠りがあるのは仕方ないよ」

仕方がない？……消す必要はないのか？

「それはきっと時間が解決してくれる」

アッピの言葉に、心にあった重い何かが少し軽くなった気がした。

「……ずっと後ろめたかったんだ。知らないことも罪だろ？」

俺の言葉にアッピは神妙な表情で俺を見る。

「知らないことじゃなくて、知ろうとしなかったことは罪だと思う」

奴隷だった獣人のことを、俺は知ろうともしなかった。ただ、与えられた情報だけを信じた。それが、どれだけ愚かなことなのか、今なら分かる。

「俺もそうだよ。だから今、知ろうとしてる」

アッピは微かに笑みを浮かべる。

「遅くないと思うぞ、今からでも」

「そっか……遅くないか」

獣人達の真実を知った後に、蟠りが残った。その感情は駄目なんだと、何度も思い込もうとした。でも、どうしても消えてくれなくて。彼らのことを知れば知るほど、自分がどれだけ無知だったのかを知った。そして、知ろうとしなかった過去の自分が恥ずかしかった。あっ、……なんだ、俺は自分の不甲斐なさを認めたくなかっただけか。

「みっともないな、俺」

「あははは。確かにな」

アッピがバンと背中を叩いた。

「いてっ」

睨むと、笑われた。

「特査に入るんだ、気を引き締めていけよ」

「そうだな。隊長にも頼ってもらえるように頑張らないとな」

232. 特別調査部隊隊長。

―エンペラス国　特別調査部隊隊長　マロフェ視点―


辞令書を握りしめ、目の前の扉の中に飛び込む。

「入室許可を取らないと駄目ですよ。これからは隊長になるのですから、それぐらいのルールは守らなくては部下に馬鹿にされますよ」

部屋の中にいた宰相のガジーが書類から視線を上げ俺を見たが、すぐにその視線は書類に戻った。

「ガジー！　こっ、なっ、お」

「大丈夫ですか？　少し落ち着いてください。何を言っているのか全く分かりませんよ」

ガジーがため息を吐《つ》き、俺を見つめる。くそっ、分かっているくせに！

「はぁ、これはどういうことだ？　俺が隊長ってどうして？」

「あぁ、それですか。私が推薦しておきました。特別調査部隊隊長就任、おめでとう」

「なんで！」

「もちろん、適材適所です」

元々ガジーと俺は、同じ檻《おり》に入れられていた奴隷仲間だった。自我を取り戻した時には既にガジーがいて、混乱する俺を支えてくれた。ガジーがいたから、今の俺がいる。そうでなければきっと俺は殺されていただろう。だから、彼の手助けができればと騎士団に入団した。今の王、ガンミルゼにも恩があったし。だが、隊長になるなんて考えてもいなかった。というか、推薦するならするで、話してくれてもいいと思うのだが。

「無断ですることはないだろう」

項垂《うなだ》れながら文句を言うと、呆《あき》れた視線を向けられる。それにイラッとして睨む。

「話したら、拒否されるのが分かっていて話す馬鹿がどこにいるのです？」

ガジーは宰相になってから、話し方を少し変えた。変えた当初は王に大笑いされたそうだが、今ではそれなりに形になっているらしい。一部の貴族から、すごく怖がられているので話し方を変えたのは正解だったのだろう。今の俺には苛立《いらだ》ちしか与えないが。

「拒否するのが分かっている俺を、どうして推薦したんだ？」

「身体能力と判断力で選びました。王にマロフェを推薦すると、すぐに許可が下りましたよ。『マロフェなら信用できる』と」

「それは、ありがたいけど……はぁ、これは決定なのか？」

「辞令ですから、決定ですね。頑張ってくださいね」

ガジーの言葉に、もう一度大きなため息が出る。

「そうだ、これを渡しておきますね」

ガジーから一枚の書類が手渡される。中身を確認すると、特別調査部隊に所属する隊員の一覧だった。ガジーをちらりと見ると、にこりと笑われた。どうやら、俺がこの件について文句を言ってくることを予測して、一覧表を用意していたようだ。本当に、ムカつく。

「ほとんど人だな」

「騎士団は人の方が圧倒的に多いですから、仕方ありません」

それは分かっているが、俺が隊長になって不満は出ないのか？　普通は出るだろう。第一騎士団で功績をあげたわけでもないのだし……。

「俺は口が悪い。ガジーのようにはできないぞ」

「王はそんなくだらないことを求めてはいませんよ。そもそも、私達は元奴隷です。今まで学ぶ機会などなかったのですから」

それは、そうかもしれないが。だが、部隊のトップになるんだろう？　ある程度は必要じゃないのか？

「ガジーは話し方を変えたじゃないか」

「本からの受け売りですよ。私の場合は他国と関わることがありますからね。まぁ、王には気にしなくていいと言われましたが」

王ならそう言うだろうな。俺達獣人が、王の姿を見て気軽に声を掛けても全く問題視しないからな。本当は下の者が上の者に声を掛けてはいけないらしいけど。

「はぁ～。この一覧に載っているのはどんな奴らなんだ？　その獣人に対して何か……」

何かを既にしていたら選ばれることはないか。だが、表立って出さないだけで気持ちは別かもしれない。

「今のところ、獣人に対して問題行動は起こしてはいない者達です。彼らの周辺にも目を光らせましたが問題はありません」

「そうか」

だが、問題を起こすこともあるよな。なんせ指示を出すのが俺だ。一覧を見る限り、俺以外の獣人は三人。三五人のうちの三人だから少ないよな。ただ、騎士団自体、獣人は少ないから、全体的に見れば妥当なのかもしれないな。いや、多いのか？

「副隊長に獣人をつけても大丈夫か？」

「あまり口を挟みたくないですが、副隊長にお薦めなのはピッシェ・ロングラです」

ピッシェ・ロングラ？　人だな。三番隊にいる二五歳。若いな。

「彼はマロフェと年も近いですし、人柄もいいと聞いています」

だが、それは人の中にいての評判だ。獣人に対しては分からない。

「彼の友人にアッピ・ガガスがいます」

アッピ・ガガス？　どこかで聞いたことがあるな……あっ、俺達の訓練にたまに参加する人だ。

彼の友人？

「アッピ・ガガスも一緒に入れたかったんですが、第三騎士団の隊長から拒否されまして。第三には彼のような存在がこれから必要になるからと。まぁ、これから獣人の騎士がどんどん増えていく予定なので、アッピ・ガガスのような考えを持つ存在は必要となるでしょうね」

確かに、彼が訓練に参加しだしてから人の参加者が増えた。最初の頃は緊張している様子だったが、回数をこなすうちに緊張も解けて、今では訓練後に酒を飲むこともある。王城内で会ったら気軽に声を掛けてくるしな。もう一度、一覧を見る。

「訓練に参加してるアバルとラーシが入っているんだな」

最初に一覧を見た時は、気が動転していたため見逃したが、この二人は一緒に訓練をしている者達だ。気軽に声も掛けてくれるし、酒も一緒に飲んだことがある。

「えぇ、彼らには私から声を掛けました。彼らは補佐にお薦めです」

補佐？　二人の年齢を見る。アバルが三二歳でラーシが三六歳。俺より年上だ。

「年下の俺が補佐の方がよくないか？」

「年齢は関係ありませんし、彼らにはあなたが隊長に就くことは既に話してあります。二人とも『マロフェなら上手く纏《まと》めることができるだろう』と言ってました」

俺なら？　二人とは酒を飲んだことはあるが、それほど話したことはないと思うが。

「諦めて覚悟を決めてくださいね。グダグダ言っても既に決定していることですし」

ガジーを睨みつけるが、にこりと良い笑顔が返ってきた。この笑顔が曲者《くせもの》なんだよな。無害に見えて、そうじゃないからな……はぁ。

「分かった。隊長に就くし、副隊長は……えっと、ピッシェで補佐はアバルとラーシにする」

「分かっていただけてよかったですよ」

この腹黒が。

「アバル隊員とラーシ隊員には、既に補佐としてお願いしています」

「……分かった」

あれ？　ピッシェという者には？

「ピッシェ隊員には隊長自ら話をしてくださいね。隊長としての初めての仕事となります」

マジか。まぁ、関わるなら早い方がいいよな。副隊長になってもらうんだし。

「それと」

まだ何かあるのか？

「部隊の隊長ですが、騎士団長と同じ権限を持つことになっています」

「はっ？　なんで？」

「ガンミルゼ王直轄の部隊だからですよ」

あっ、そうか。特別調査部隊はその立場になるのか。

「王が認めた隊長を疎《おろそ》かにすることは不敬罪です。その辺りは補佐の隊員が詳しいですし、彼らにある程度任せても大丈夫でしょう」

確かに獣人である俺が対応するよりいいのかもな。

「ただし、決定権は補佐ではなく隊長にあることをしっかり理解してくださいね」

アバル達はあくまで補佐、最終的な判断は俺ということだな。……大丈夫、ちゃんと理解できている。ん？　獣人の俺が決定するのか？……大丈夫だよな？　大丈夫なのか？

「難しいことは苦手なんだが、問題にならないか？」

「なるでしょうね。ですが乗り越えなければならない問題です」

確かに、そうなんだろうけど。

「大丈夫です。マロフェの決定を王は支持しますから。それに私は、できると判断した者しか推薦しませんよ」

ガジーの言葉にため息を吐きながら頷く。ガジーの推薦だし、ガンミルゼ王も賛成しているなら、頑張るしかないよな。断ることもできないし……釈然《しゃくぜん》としないけどな！

「では、これを」

ガジーから渡されたのは鍵と書類の束。首を傾げてガジーを見る。

「特別調査部隊の部屋の鍵と、隊員となる者達の詳しい書類です。三〇分前に部屋の準備が整ったと連絡が来たので、身一つで行っても大丈夫ですよ」

三〇分前？　俺が辞令書を受け取る少し前？

「呼び出す前にマロフェから来てくれたので、手間が省けました。ありがとうございます」

これって、完全に俺の行動を読まれているよな。ガジーをそっと見ると、ニコリと笑われた。やっぱりムカつく！

233. 穏やかな日常。

食後のお茶をゆっくり飲みながら、リビングを見回す。朝の食事風景にも随分となれた。子供達が急に増えた時は慌てたが、さすがは一つ目達。数日もすれば、一つ目達が上手に回してくれるようになった。今も、子供達は一つ目達の言うことを聞いて、ゆっくりと食事を楽しんでいる。まぁ、時々は隣同士に座った子供達で小競り合いはあるが、にぎやかで穏やかな食事風景だ。

来た当初は自由に飛び回っていた子天使達も、今は落ち着いたのかいい子だ。ただ、なぜか来た当初より子供っぽい行動が増えた気がする。それは、アイオン神が連れてきた子供達にも同様のことが言える。年齢は八歳だと聞いたのだが、行動がもっと幼い気がする。ただ、俺自身が小さい子供と関わってこなかったため、ただの気のせいの可能性もあるが。

まぁ、なんにせよ元気なのであまり気にしないことにしている。子天使達も子供達も、もとは大人だったのに神様や見習い達の被害にあって今の姿になっている。何か後遺症が出たっておかしくないのだから。元気であればそれでいい。

「太陽、月、紅葉。自分の分以外に手を出さない」

クウヒの、ちょっと咎《とが》めるような声に視線を向ける。

「え〜、ダメ？」

「駄目。もしもっと食べたいとしても人のものを取ったら駄目。欲しい時は一つ目達に言って！」

クウヒの言葉に紅葉が近くにいる一つ目を見る。が、見られた一つ目が首を横に振る。その様子を見て首を傾げる。別に、食べさせてもいいと思うんだけど。

「ダメなの？」

紅葉が悲しそうな表情で一つ目を見つめていると、一つ目が答える。

「駄目です。昨日の夜にお菓子を食べすぎています。なので絶対に駄目です」

夜にお菓子？

「む～……」

「紅葉、諦めた方がいい。俺達三人が盗み食いしたのばれているみたいだ」

太陽の言葉に、紅葉と月がちょっと視線を彷徨《さまよ》わせる。盗み食いしたのか。そうだよな。夜はお菓子ではなく、果物を食べるように言ってある。一つ目達も、そうしてくれている。たまに、夕飯の後にお菓子が出てくる時もあるが、昨日はそれはなかった。

「太陽、月、紅葉」

「「「はい」」」

俺の言葉に、三人の背がぴんと伸びる。なんでかな？　怒鳴りつけたこともないのに、注意をしようとするとやたら怖がられる。いつからだっけ？　気がついたら、こうなっていたんだよな。無意識に何かしたとか？　いや、それはないよな。三人を見る。椅子の上で背を伸ばし、怖々と俺の様子を窺《うかが》っている。ん～、注意がしづらいが、駄目なことをしたんだから言っておかないといけないよな。

「盗み食いをしたのか？」

「「「はい。ごめんなさい」」」

三人の頭が下がる。いじめている気分だ。

「頭を上げていいよ。どうしてそんなことをしたんだ？」

とりあえず、これ以上怖がらせないようにしないとな。

「えっと、お腹が空いて……ね」

月の言葉に太陽と紅葉が何度も頷く。

「お腹が空いた時、誰かに相談したか？」

三人の首が横に振られる。勢いよく振っているので、ちょっと怖い。

「今度から一つ目達に相談してみるといいよ。一つ目達もいいかな？」

話を聞いていた一つ目がいたので、話を振ってみる。

「もちろんです。小腹が空いた時のお菓子がちゃんとあります」

あるんだ。それにびっくりなんだけど。

「そうなの？」

三人が一つ目を見ると、一つ目はしっかりと頷く。

「主がいつお腹を空かせるか分かりませんから、しっかり準備はしております。相談していただければそちらを融通いたしますので大丈夫です」

俺のため！　というか、いつお腹を空かせるかって、そんなに食い意地張ってないよな。自分の行動に不安がこみあげるんだけど。

「主？」

一つ目の声に視線を前へ戻す。

「どうした？」

「主のものを利用しますが、問題ないですか？」

「もちろん、大丈夫」

この一つ目、一番丁寧に対応してくれる子だ。

「それは、よかった。次からは声を掛けてください」

一つ目の言葉に太陽達三人は頷く。そしてそっと俺に視線を向ける。やっぱり怖がられているよな。

「分かってくれたらいいよ」

ずっと見ていると、可哀そうだな。椅子から立ち上がると、朝の見回りに行く準備をする。

「主。見回りですか？」

「あぁ」

この見回りが必要なのかどうかは不明なんだけど、まぁみんなが喜んでくれるので続けている。エコのように根を張って動けない子もいるし、エコの周りにいるナナフシ達は、問題がない限りはここまで来ないしな。

「お気をつけて」

「行ってくる」

「「「「いってらっしゃい」」」」

手を振ってリビングを出ると、玄関へ向かう。いつの間にか改装された廊下と玄関。元々広かった廊下はもっと広くなり、玄関は高さ二メートル以上ある大きな扉を持つ引き戸になっていた。扉一枚一枚が大きく、初めて見た時はかなり驚いた。重さを心配したが、大きな扉は重さを感じさせないほど滑らかにレールの上を滑った。

「畑の様子からだな」

外に出ると、広大な庭を通りすぎて畑に向かう。

「広すぎ」

既に何度も言った言葉が今日もこぼれる。誰とも意思の疎通ができなかった名残なのか、独り言がやめられない。気がついたら口から言葉が出ている。注意はしているが……。

「ほぼ二年。言葉が通じなかったからな～」

腕を上に伸ばして、背筋を伸ばす。空を見ると、綺麗な青空。今日もいい日になりそうだな。

「おはよう」

「「「「おはようございます」」」」

朝から畑で作業をしている農業隊。畑は緑で覆われて、青々したその様子に順調に野菜たちが育っているのが分かる。俺は、畑から少し離れた場所に立ち、農業隊達と畑にいる土のアメーバ達を見る。

アメーバ達が精霊だと聞いた時は驚いたものだ。だって、どう見たって顕微鏡の中で見たアメーバにそっくりだったから。そして日本では精霊といえば、もっと可愛らしいイメージだったから。アメーバはアメーバで可愛いが、ちょっと違うと思う。

「あっ、孫蜘蛛達や孫アリ達もいるのか」

葉っぱの陰に隠れていたが、孫蜘蛛達と孫アリ達も畑仕事を手伝っているようだ。孫蜘蛛達の視線が俺に向いたので、手を振ると作業を止めて前脚を振ってくれる。

「可愛いよな」

孫蜘蛛達の様子に気付いた孫アリ達が視線を俺に向けると、孫蜘蛛達のように前脚を振る。放っておくといつまでも続くので、場所を移動することにする。

「いつもありがとうな」

畑に向かってお礼を言って、エコのいる池に向かうことにする。家を囲う川の様子を見ながら歩くと、水のアメーバが次々と顔を出す。それに声を掛けながら歩くと、大きな池に出た。最初の頃の池に比べると、かなり大きくなった。ただ最初から変わらず、川も池も水はとても綺麗だ。アメーバ以外の不思議な生き物を、池の上からでも十分に見ることができるほど。

「……巨大なナマコみたいなのがいる。あっ、歩くイソギンチャク？」

また種類が増えたようだが気にしない。気にしだしたらキリがないからな。池を覗き込んでいると、かさかさと音が聞こえた。視線を向けると、大木の上にナナフシ達の姿があった。

「おはよう」

ナナフシ達は嬉しそうに俺を見ると踊りだす。交渉の末、約五分弱。これぐらいなら、毎日でも楽しめる。

「今日も可愛かったね。ありがとう」

ナナフシがいる大木に手を当てると、ゆっくりと魔力を流す。さわさわと木々が揺れ、風がふわっと通り抜ける。エコが喜んでいるのが伝わってくる。手を離し、大木を見上げる。葉っぱの間に見える白い蕾《つぼみ》。

「まだ、咲かないな」

蕾をつけた時、飛びトカゲ達がかなり焦っていた。聞くと、エコが花をつけるのは初めてのことらしい。

「いつ咲くのか楽しみだな」

みんなは慌てていたが、俺は花が咲くのが楽しみになっている。

「さて、毎日の日課の終了。みんな、また明日」

今日は何をして過ごそうかな。そういえば、アイオン神がまた来るとか言っていたのはいつだったかな？

234. 元に戻った！

家に戻る途中、広場で特訓している皆の様子を見る。元気だね。そして、今日もいつもと変わらず火と水と雷の魔法の乱発合戦。あれ？　今何かが通り過ぎたような……もしかして風魔法も混ざっているのかな？　見えないから気付かなかったな。うん、今日もいつもと変わらないな。

「主、おはよう」

「ん？　ふわふわか、おはよう。あれ？」

目の前に飛んできた、二メートルほどに小さくなっているふわふわ。なんだろう？　何かが違うような気がする。ん〜、見た目はいつも通りだな。何が違うんだ？

「あっ、魔力だ！　ふわふわ、魔力が変わったのか？」

「主、気付いたのか？」

「あぁ、魔力から感じる強さがいつもと違う」

「そうなんだ！　ようやく魔力が元に戻ったんだ」

そういえば、ふわふわ達神獣はこの世界の維持のために力を使われていたんだったな。その後は魔眼のせいで、残っていた力もかなり減って危険な状態だったと聞いた。そうか、元に戻ったのか。

それにしても元に戻っただけなのか？　全く別の魔力になったのかと感じるほど力強いんだけど

……そういうものなのかな？　まぁ、ふわふわが元気なら気にすることでもないか。

「よかったな」

「あぁ、主のおかげだ。ありがとう。主の魔力は俺達を拒絶しない。だから思った以上に早く元に戻ることができたんだ」

ふわふわの言葉に苦笑が浮かぶ。俺の魔力は、ここにいる皆にとってとても気持ちがよく相性がいいらしい。話ができるようになって言われたが、正直なところ実感はない。なんせ勝手に垂れ流してる魔力だ。どんな魔力と言われても自分ではよく分からない。

「でもよかったのか？」

「何がだ？」

「神獣なら元々神力なんだろう？　魔力のままでよかったのか？」

アイオン神は、希望すればいつでも祝福を授けると言っていた。祝福を受けると神力が使えるらしい。このあたりはさすが神様だなよな。普段この家にいる様子を見る限り、疲れ切ったキャリアウーマンに見えるけど。いや、服装は神様っぽいからキャリアウーマンというより疲れ切った教祖か？

「あぁ、そのことか。もう既に体が魔力になれているしな。神力は確かに強いけど……主は神力の方がいい？」

「いや、俺はどっちでもいい。ふわふわが自分のために決めたらいいよ」

確か魔力には制限が結構あるが、神力にはないんだったかな？　アイオン神が説明してくれたが、興味がなかったから聞き流したんだよな。なのですっかり忘れちゃった。

「主は欲がないな～。ここにいる神獣が全員神力を持ったらすごいのに。なんでもできるよ」

「俺だって欲はあるが、別に神力は必要ないな。俺の力でできる範囲でいいよ」

「主のできる範囲って……」

ふわふわが俺の言葉に、呆《あき》れた雰囲気を出す。ん？　あっ、そうか。俺も結構色々できる力を持っていたんだっけ？　最近使ってないから、忘れてた。

「主ほどの力を持っていたら、星の監視者にすぐなれるよ。もしかしたら星だって作れるかも」

「どちらも全然嬉しくない。だいたい、面倒くさいだけだろ監視なんて。星を作ってどうするんだよ」

俺の言葉にふわふわが笑う。神様にとって監視者という立場は、なりたくてなれるものではないと聞いた。なんでも星を任されることは、一人前の神として認められるということらしいから。神様の見習い達は監視者を目指すと聞いた。他にも、なんだったかな。アイオン神が色々言っていたが、どれも聞くまでもなく却下だったので聞き流してしまった。

「あれ？」

「どうした？」

「あれって、毛糸玉だよな？」

ふわふわの視線を追うと、赤い龍がこちらに向かって飛んできている。間違いなく毛糸玉だ。が、赤い鱗《うろこ》がいつもと違う。ところどころに黒い模様が浮かび上がっている。

「何か問題が起きたのか？」

心配になってふわふわの体にそっと手を当てる。最近はのんびり過ごしていたから、ちょっと焦ってしまう。

「いや、あれは……進化だと思う」

進化？　龍って進化するのか？　龍が最終的な姿じゃないのか？

「えっと、進化って？」

「俺にも分からない。神力だったら、新たな力を手に入れることになるけど、俺達が扱うのは魔力だ。普通は進化しないと思うんだけど」

それって毛糸玉が普通ではない状態だということになるのでは？

「こっちに来る」

「主～」

毛糸玉が嬉しそうにこちらに向かってくる。途中で体の大きさを小さくしたので、今の大きさはふわふわと同じ二メートルぐらいだ。

「毛糸玉、大丈夫なのか？」

「ん？　何が？」

何がって、気付いていないのか？　いや、それはないよな。

「毛糸玉、体に模様が浮かび上がっているぞ」

ふわふわの言葉に毛糸玉が、パッと嬉しそうな雰囲気になる。

「そうなんだよ！　どうも進化をするみたいで。起きたらびっくりした」

興奮しているのか、いつもより砕けたしゃべり方になっている。

「体に異常はないのか？　毛糸玉も魔力を扱っているんだろう？」

「体は問題ないし、魔力も大丈夫。神力とは違うから、どんな進化をするのか楽しみなんだぁ」

毛糸玉の様子だと進化はそれほど問題がないのか？　でも、普通ではないんだよな。ふわふわを見ると、ちょっと困った感じ。やはり、何か問題があるのか？

「毛糸玉。普通はあり得ないだろう？」

「なぜだ？」

毛糸玉の言葉にふわふわがため息を吐く。ちょっと呆れた感じだ。

「俺達が扱っているのは魔力だぞ。進化は神力でしか起きない」

「そうだけど、主の魔力を取り込んでいるし」

俺？　俺の魔力が原因なのか？　えっ、俺の魔力は龍達を攻撃しないんだよな？

「ん？　どういうことだ？」

ふわふわの言葉に毛糸玉が驚いた表情をする。

「ふわふわ、大丈夫か？　頭でも強打したか？　いつもより頭が悪いぞ」

毛糸玉がふわふわの頭を見て心配そうに訊くが、最後のはいらないだろう。

「はぁ？」

そりゃ、ふわふわは怒るよな。ふわふわが毛糸玉に向かって尻尾を振り上げる。それをさっと避けた毛糸玉。そのまま尻尾は地面を叩く。

「うわっ」

尻尾が地面を叩いたため、砂が舞い上がる。とっさに腕で目元を隠し、衝撃を覚悟する。が、パラパラと音はするが、砂ぼこりが襲い掛かってはこない。どうも、俺が独自に張った結界が上手く作動したようだ。よかった。そっと目を開けて周りを確かめると、農業隊に尻尾を掴まれているふわふわがいた。

「あっ、そういえばここ。畑に近かったな」

ふわふわを見ると、焦ったように体をバタバタ動かして逃げようとしている。だが、農業隊は掴んだ尻尾を離さない。どこにあれほどの力があるのか訊きたいが、絶対に外れない。農業隊が「もういい」と思うまで。毛糸玉がそっとふわふわから離れる。

「主～」

いや、俺も怖いから。農業隊を怒らせたら怖いから！

「えっと、農業隊、ちょっと話が……」

俺の言葉に、冷たい風が返ってくる。これは怒っているな。悪い、ふわふわ、無理。ふわふわに向かって首を横に振る。

「そんなぁ～」

そっとふわふわから視線を逸らした。ごめん、無理。

235. 魔力の影響。

「怖かった。すごく怖かった」

目の前にはブルブル震えているふわふわ。農業隊に何をされたのかは不明。連れていかれたからな。

「主……」

いや、そんな目で見られてもさ。あの農業隊を止めるのは無理だから。誰しも自分が可愛いものだ。

「ごめん。あれは止められない」

俺の言葉に、確かにと頷く毛糸玉。

「そうだけど……はぁ。それでどうして進化しているのに、疑問に思っていないんだ？」

落ち着いたのか、ふわふわが毛糸玉に訊く。

「またそれか？　どうして気付かないんだ？　この森は、主から魔力を貰っているだろうが」

「ん？　それは知っているが、何か関係があるのか？」

俺の魔力が、森へ流れているのは知っている。アイオン神が、しっかり説明してくれたからな。

だが最初、俺はそれが信じられなかった。なぜなら、魔力が減っている感覚がしなかったためだ。

だから、俺は意識して魔力を追ってみた。そうしたら、かなりの量の魔力が俺から森へと送られていた。さすがに唖然とした。普通は気付くだろうと思うほど、大量だったからだ。

飛びトカゲが言うには、消えていく量を上回る量の魔力を俺は作っているらしい。今の俺の力なら、魔力を作らないようにもできるそうだ。だが、それはやめてほしいとコアに懇願された。森は、いまだに魔力が足りていないからと。だから、今まで通り魔力を森へ送り続けてほしいのだと。俺としては、特に問題がないためそのまま魔力を作り森へ流すことが決定した。皆が過ごす森が元気な方が嬉しいからな。

「まさか……ここまで言っても気付かないのか？」

俺とふわふわが首を傾げる。それで何を分かれと言うんだ？　きっとふわふわもそう思っているはずだ。

「マジか」

毛糸玉の呆れた声。ものすごく残念な子を見るような目をしているけど、きっと気のせいだ。

「主の魔力は、まだ進化を続けているだろう？」

ん？

「あぁ、それは感じている」

毛糸玉とふわふわの会話を聞いて、首を傾げる。進化？　俺の魔力はまだ進化をしているのか？マジで？　本人は全く気付いていないんだが……。だが、毛糸玉の言うことだからそうなんだろう。

「進化している魔力を森に流しているんだ。俺達にも影響があって当然だろう。特に俺達は主に近い場所にいる。コアやチャイが進化しないのが不思議なほどだ」

毛糸玉の言葉にふわふわが納得したのか、頷いている。つまり、俺の魔力が知らない間に進化しているから周りにも影響を与えているということか。それは良いことなのか？　ん～。

「進化をして、体に異常が出ることはないのか？」

俺の質問にふわふわと毛糸玉が少し黙る。なんだ？　おかしな質問でもしたのだろうか？

「あることはある」

ふわふわの答えに、やはりと思う。強すぎる力はなんとなく体に負荷がかかりそうだもんな。

「だが、問題はない」

「いや、体に異常が出るなら問題ありだろう」

俺の言葉に毛糸玉が首を横に振る。

「異常が出たとしても、また次の進化でそれをいい方向へ変えてくれる。それが我々の体だ」

毛糸玉がどこか自慢げに言う。

「異常が出たら次への進化も早くなるから、特に気にしたことはないな」

ふわふわも言葉通り気にしていないようだ。

「そうなのか」

すごいんだな神獣って。

「飛びトカゲ達にも聞いてみるか」

ふわふわの体がすっと上空に上がっていく。

「そうだな。主、他に進化しそうな者がいないか見てくるよ」

「あぁ、気をつけて」

ふわふわと毛糸玉に手を振ると、二匹は上空で二回旋回すると雪山の方へ飛んでいった。何だか慌ただしかったな。それにしても、俺の進化した魔力が周りに影響を及ぼしているとは……どうしたらいいんだろう。

「いい影響だといいが、悪い影響だとな……」

ふわふわ達は気にしていなかったが。

「主？　どうかしたのか？」

「ん？　あぁ、親玉さんか。いや、俺の力がまだ進化していると聞いて少し……」

俺の言葉に首を傾げる親玉さん。

「少し？　どうした？」

「強すぎる力は、問題を起こしそうでな」

「……今更か？」

「えっ？」

親玉さんを見ると少し驚いた表情。何かおかしいことでも言っただろうか？

「主の力は今でもかなりなものだ」

あっ、実感がないからすぐに忘れてしまうんだけど。俺の力はすごかったんだ。

「あぁ。そうだったな」

みんなが言うには、他に類を見ない力だとか。俺としては、全く実感がない。確かに魔法は、想像した通りのことができる。これも、コアに聞いたが珍しいそうだ。しかも普通だったら、途中で魔力切れになるようなことを一日に何度もしていたらしい。その話を聞いて、無知って怖いと思ったからな。まぁ、今も知らず知らずやってしまっている気がするが。

「進化といっても、強くなるだけではない」

「えっ。そうなのか？」

進化は強くなるだけだと思っていた。

「確かに強くなることは多い。だが、体に変化が起き、できることが増えたりもする」

体に変化？　それって、駄目じゃないのか？

「例えば、我の糸」

ん？　親玉さんの糸？

「我々は進化をし、糸を操れるようになった」

そういえば、ある日いきなり子蜘蛛の一匹が糸を使いだしたんだよな。そのあと、短期間で扱える子蜘蛛が増えて、気付いたら親玉さんも自由自在に糸を操っていた。……あれが進化だったのかまさか身近で既に進化をした者がいるなんて、考えもしなかったな。

「その時、問題はなかったのか？」

「問題というか。我々は自分達で強引に進化したからな」

ん？　言っている意味が分からない。強引に進化？　どういうことだ？

「我も後で知ったのだが、我の子の一匹がスワソワから貰った核を無理やり体に入れ強引に進化したんだ」

えっと？　核を無理やり体に入れた？

「糸を出すにはスワソワの核が必要だったからな」

だからって無理やり？

「下手をすれば死んでいたが、新しい力を手に入れることできた。そして、それを見た我が子達が挑戦をしだした。まぁ、我も核を入れたんだが」

……死んでいた……。ちょっと衝撃的な内容に言葉が出ない。まさか糸を操るのにそんな危険なことをしていたなんて。

「そこまでして糸を操りたかったのか？」

「……まぁ、色々できて便利だったからな」

「それでも無謀すぎる。もしかしたら死んでいたかもしれないのに」

頭を横に振ってため息を吐く。

「ははは、確かに無謀だったな。だがそのお陰で我の魔力が変化した」

変化？

「スワソワから貰った核は、魔力の強さの違いが原因で消耗してしまう欠点があった。そのため、数カ月に一回、核を換える必要があったんだがある日それが必要なくなった」

「えっ？　どうしてだ？」

「体が進化したからだ。我も驚いた。消耗した核を取り出して、次の核を入れようとしたら体がカッと熱くなり不思議な感覚が、全身を覆ったからな」

「大丈夫だったのか？」

「問題ない。進化する時に起こる一時的な魔力の上昇だ」

「そうか」

「魔力では進化しないと言われていたからな。さすがに我でもちょっと理解するのに時間が掛かった」

やはり魔力では進化しないのか。毛糸玉は全く悩んでいなかったけど、やはり少しは戸惑うよな。親玉さんみたいに。

「進化して何か問題は起きていないか？」

「全くない。糸の種類が増えて便利になったぐらいだな」

確かに親玉さん達が出す糸は、太さも色々と増えたし色も増えたよな。こういう進化もあるのか。

「我の進化も、おそらく主の魔力が少なからず影響をしているだろう」

「やっぱり？」

「あぁ。間違いなく」

親玉さんが喜んでいるなら、俺の魔力が良い方へ影響したと言えるのかな？　でも、なんだろう。進化と聞いて、何か漠然とした不安を感じたんだが。気のせいかな？

236. 気にしない？　気にする？

「主。進化をした者を探していると聞いたけど、本当？」

「うっ！」

びっくりした！　廊下を歩いていたら、上から子蜘蛛が降ってきた。いや、糸を使ってぶら下がった？　違う、それはどうでもよくて不意打ちはやめてほしい。

「はぁ」

ほんとにやめて。心臓がドキドキしている。それにしても……みっともなく叫ばなくてよかった。とっさに口を手で押さえた俺、偉い。

「主？」

ちょっと待って。落ち着くまでもう少しだけ待って。

「どうした？」

「主が進化をした者を探していると、毛糸玉に聞いたんだ」

探してるわけではないんだが、いったい毛糸玉は何を勘違いしたんだ？　まぁ、探してはいないがどんな進化があるのか見てみたいとは思う。

「君も進化をしたのか？」

子蜘蛛や子アリの名づけは諦めた。なんせ、多い。正直、さっぱり見分けがつかない。努力しても無理だと判断した。

「そうなんだ、主。見てみて、こっち」

子蜘蛛が嬉しそうに、天井を走っていく。いや、速いから！　慌てて追いかけて、庭に出る。

「これこれ」

庭に出ると、子蜘蛛の前に少し大きな岩。あれ？　こんなところに岩なんて置いてあったかな。

「いくよ」

子蜘蛛が前脚で岩を叩く。ピシピシ、バラバラバラ。

「えっ？」

砕け散った、元が岩だったものを見る。岩が二つや三つに割れたのではない。細かく砕かれたのだ。

「すごいでしょ！　俺達は自身に掛ける強化魔法が苦手なんだけど俺はできるようになったんだ」

嬉しそうに話す子蜘蛛。えっと、つまり前脚に強化魔法を掛けて岩を砕いたってことだよな。それにしたって、今この子蜘蛛は岩を叩いただけだぞ。殴ったのではなく叩いた。……強化魔法ってすごいんだな。ん？　そういえば、苦手なのにできるようになったと言ったな？

「進化したから、強化魔法が上手に使えるようになったということか？」

「そう！　俺達アルメアレニエは元々魔力が多いから、結界を張るのが得意なんだ。だから、体を強化する必要を感じなくて、ずっと使わずにいたら必要な時に使えなくなっていたんだ。微妙に強化できるけど、全く意味がないレベル。魔力のコントロールが難しくて、強化魔法を掛けると怪我をすることもあったんだ」

ん？　アルメ……、子蜘蛛も親玉さんもややこしい名前を持っているんだよな。未だにちゃんと呼べたのは数回だけだ。紙に書いて持ち歩こうかな。それにしても、「使っていなかったから使えなくなった」なんて、そんなことがあるんだな。それに怪我って……。

「大変だったんだな」

「そうなんだ。でも魔力が多いことで他を疎かにした結果だから、自業自得だって親玉さんが言ってた」

「そうか」

色々あるんだな。魔法が使えるからなんでもできると思ってた。

「皆が糸を使って新しい力を手に入れた時、俺も核を貰って体に入れてみたんだ。でも、どうしても体に合わなくて、諦めたんだ」

最悪な場合は死ぬ可能性もあったんだよな。途中で諦めてくれてよかった。

「でも、魔力が不安定になって」

「不安定？」

「そう。でもその魔力が落ち着いたら、体に強化魔法が使えるようになってたんだ」

核を入れて魔力が不安定になったために進化したってことか？　そういえば毛糸玉が「異常が出たとしても、また次の進化でそれをいい方向へ変えてくれる」と言っていた。魔力が不安定になったことで、それを安定させるために進化したという理解でいいのかな？……たぶん、そういうことでいいんだよな。合っているはず、たぶん。

「親玉さんは、今も強化魔法が苦手なのか？」

親玉さんのことだから、子蜘蛛ができたら意地でも手に入れそうだな。

「今、頑張ってるみたいだけど、上手くいってないみたいだよ」

あっ、やっぱり手に入れようとしているんだ。どうも親玉さんもコアも、シュリも負けず嫌いなんだよな。特に子供達に対して。

「主、俺の情報は役に立った？」

「もちろん、ありがとう」

岩を砕くのはちょっと怖かったけどな。せめて、叩くのではなく殴ってほしかった。それにしても、進化って何気にあちこちで起きているみたいだな。それほど気にすることでもないのか？　いや、普通は魔力では起きないんだよな。それが起きるんだから、やっぱり気にしておいた方がいいよな。

「普通は魔力では進化はしないんだよな？」

「そうだよ」

「進化して疑問に思わなかったのか？」

「ん〜。特には何も」

「そうなんだ」

「うん。手に入れたもん勝ち」

えっ？

「主、ばいばい」

「あぁ、ばいばい」

今の子蜘蛛は、ちょっと軽い性格だったんだな、きっと。家に入りリビングに向かう。リビングに入ると、床に敷かれた布団で子供達が並んで寝ていた。

「お昼寝時間か？」

俺の言葉に、子供達に毛布を掛けていた一つ目が頷く。

「お疲れさま。ありがとうな」

「主にそう言ってもらえると嬉しいです。ありがとうございます」

この、硬い話し方は一つ目達のリーダー的な子だな。

「あれ？　人数が少なくないか？」

子供達の数を数えると、六人。七人いたはずだ。

「あぁ、それなら今こちらに……来ましたよ」

一つ目が指す方を見て固まる。視界には、一つ目とおんぶされている翼。問題は、一つ目の大きさだ。翼は八歳ぐらい。だから、いつもの一つ目には大きい。なのに、目の前には翼をしっかりおんぶしている一つ目がいる。

「成長……したのか？」

元は岩だ。大きくなるとかあるのか？　そう、俺の視界には八歳の子供をおんぶしても余裕のあ

る大きさになっている一つ目の姿が映っていた。

「いえ、一時的に大きくなっているだけです。どうしても元のサイズだと色々不都合だったので、魔法で大きくなる訓練をしました。我々は進化ができませんので」

岩人形は進化ができないのか。知らなかった。

「それにしても、すごいな」

「褒めていただけて光栄です」

本当にすごい。これって俺も訓練すれば巨人になれるのか？　いや、なりたいかと言われたら特になりたいとは思わないけど。いや、この世界で見た者達は皆大きかった、特訓すべきか？

「ただ、この魔法はかなり精神力が必要なので、できる者はあの者と私と、あと一名。そして農業隊に二名だけです」

農業隊にもいるんだ。それにしても精神力が必要なのか？　なら無理だな。諦めよう。

「そうか。あまり無理はするなよ」

「はい。ですが、主のためなら苦になりません」

俺のためなんだ。これって、喜んでいいのか？　俺のために無理をしすぎないように、注意だけしておこう。

「ありがとう。ただ、絶対に無理はしないように。絶対にな」

「はい」

大丈夫だろうな？　おかしいな、俺の力が強い理由も、この世界を結果的に助けられただけで偶然だったとも話したのに、何故か皆の対応が変わらない。普通は、「そんなにすごい奴でもないんだな」とならないか？　俺だったら……いや、助けられた結果の方が重要か。それにしても、一つ目達の信頼が、想像以上にあるような気がする。まぁ、一つ目達だけでなくコア達もなんだが……。いつかがっかりされそうだよなぁ。

「あっ、子供達のことなんだが、何も問題は起きていないか？」

お昼寝中の子供達は、俺のように勇者召喚の被害者達だ。俺のように力が増していく可能性も、まだ捨てきれないし、俺のように魔力以外の力を持つ可能性もある。

「今のところ、魔力以外の力を感じることはありませんし、力が急激に増えている様子もありません」

「そうか。このまま変化が起きなければいいんだけどな」

「そうですか？」

「えっ？　一つ目の考えは違うのか？」

「主のように、二つの力を持つことが問題だとは思えません」

ん～、俺もそれについては、何が悪いのか分かっていないんだよな。だからなんとも言えないんだけど。ただ、魔力が増え続けると発散する場所が必要になる。俺の膨大な魔力は、たまたま不足していたこの世界が受け止めてくれたけど、もしこの世界がなかったら俺は死んでいたはず。こう考えると、魔力が増えるのは問題があるかもだが扱える力の種類が増えるのは問題ないのかもな。

「魔力が増えるのだけ、気をつけてくれてればいいよ」

「分かりました。変化があればすぐにお知らせします」

「ありがとう」

237. 勉強は大切だ。

「ん？　主だぁ」

欠伸《あくび》をしながら起きてしまった紅葉を見る。目をこすりながら俺をじっと見つめている。妹もこの時期は可愛かったよな。

「どうした？」

そういえば、この子達八歳ぐらいだと言っていたよな。今は、元気に遊び回っているけれど、そろそろ勉強とかしないと駄目だよな。確か八歳は小学校二年生か三年生のはずだ。一つ目達に勉強の面倒もお願いするのか？　いや、彼らの知識は俺の元いた世界のものだ。この世界で生きていくなら、この世界の常識や知識が必要になる。常識か……一番必要なのは俺かもしれない。俺も一緒に勉強をしようかな。

「主？　あどぼぉ」

えっ？　今なんて？　あどぼ……遊ぼうか？

「紅葉、今は寝る時間だから。ゆっくり休まないと」

八歳児にお昼寝が必要なのかは疑問だが。お昼寝って四歳ぐらいまでじゃないか？……まぁ、いいか。

「やすむ？」

紅葉を見ると目がトロンと眠そうだ。これはすぐに寝るな。紅葉の頭をそっと撫でる。

「あそ……ぶぅ」

「起きたらたくさん遊ぼうな」

「うん」

そのまま寝てしまう紅葉。体の大きさは、たぶん一三〇センチぐらい。そこから考えると八歳児ぐらいなはずなんだが、紅葉は幼く感じる時があるんだよな。これも、逆行してしまった弊害《へいがい》だろうか？　次にアイオン神が来た時に、何か情報を持っていないか聞かないとな。精神的な影響が出ているなら、対処しないと駄目だろうし。対処か……見守るぐらいしかできそうにないな。

「まぁ、どちらにしても勉強だな」

「勉強ですか？」

右の下から聞こえた声に、体がびくりとした。声の方を見ると、一つ目が俺を仰ぎ見ている。近付く時は、声を掛けてほしいとお願いしているが、なぜかスルーされているんだよな。なんでだ？

「はぁ、一つ目か」

「はい。一つ目です」

……ん？　なんだろう今の……。リーダーの一つ目だよな？

「どうかしましたか？」

「いや。大丈夫だ」

やっぱりリーダーの一つ目だな。そうだ、ちょっと相談してみようかな？

「子供達に勉強をさせたいんだ。教える先生をどうしようかと思っているんだが、何かいい方法はないか？」

「我々が教えましょうか？」

俺もそれは考えたんだけどさ。

「それはどこの知識だ？」

「どこの？」

俺の言葉に首を傾げる一つ目。

「この世界のではないだろう？」

「あぁ、そうですね。主の記憶から知識を得ています」

いや、それはない、絶対にない。俺はロッキングチェアやベビーベッドの作り方なんて知らないから！……こう考えると、一つ目達の知識って本当にどこからきているんだ？　今まで、見ないふりをしてきたが、そろそろ調べるべきか？……ただ特に問題になってないしなぁ。やっぱりここは、見ないふりを貫き通そうかな。

「この世界で生きていく子供達だから、この世界の常識と知識を学ばせたいんだ。ついでに俺も、この世界の常識を知りたいと思っているんだ」

俺の言葉に、不思議そうな表情の一つ目。あれ？　何かおかしなことでも言ったかな？

「この世界の常識を、主がいた地球の常識に変えてしまえばいいのでは？」

「はっ？」

あれ？　今、ものすごくおかしなことを聞いた気がする。この世界の常識を、地球の常識に変える？　なんで、そんな話になっているんだ？

「そうすれば、我々が子供達に勉強を教えてあげられますし、主の時間が無駄になりません」

あっ、この子リーダーの一つ目じゃないや。リーダーを手助けしている、サブリーダーの一つ目だ。話し方はリーダーと似ているんだけど、ちょっと考え方が不思議な子なんだよな。

「常識を変えることなんて、簡単にはできないから。それに何かを知る時間は無駄じゃないぞ」

俺の言葉に首を傾げる一つ目。……もしかして、簡単にできるとか言わないよな？

「主の力を得た魔石のロープ殿でしたら、できる気がしますが。いえ、きっとできるでしょう」

できるの！　えっ本当に？　いやでも、変えないから！

「この世界に生きている者達に迷惑がかかるから。変える必要はない」

「そうですか？」

納得してない様子だな。それにしても、この一つ目はどこまで本気なんだろう？　不安になってきたな。

「俺も楽しみなんだ」

「楽しみですか？」

「あぁ。新しい常識とか知識を学ぶのが楽しみだ」

だから、絶対に余計なことはしないでくれ。後でロープにも何もしないように言っておこう。しかしロープにはそんな力まであるのか。何気に最強だな。

「分かりました」

よかった。

「常識を変えないのでしたら、勉強を教えることができる人物を連れてきたらどうですか？」

何だろう、落ち込んでいる。表情が変わらないのに、声のトーンで分かる。かなり落ち込んでいるようだ。……常識を変えるって、本気だったのか。どうやって変えるのか気になるけど、下手に聞かないほうがいいよな。ただ、落ち込まれると気になるな。悪気はないから余計に。

「先生ができる者を連れてくるのか」

それはいい方法だな。

「ウサとクウヒも一緒に勉強させたいな」

あの子達がここを離れる時に、ちゃんとした知識があった方がいいだろう。今のところ離れる様子はないが、成長したらやりたいこともあるだろうから。

「そうなると、獣人がいいかな？」

奴隷解放の国はまだまだ混乱しているだろうから、そっとしておいた方がいいだろうし。そういえば、この森の中で出会った者達がいたな。尻尾があったから、きっと獣人だ。彼らの国に行ってお願いしてみようかな。

「あっ、クウヒ達がいた国の場所は把握しているけど、他の国はどこにあるのか知らないな」

コアに乗って上空から眺めたことはあるけれど、家からどの方角に国があるのか覚えてないや。

「そうなんですか？」

「あぁ。あれ？　もしかしてどこにあるのか知ってるのか？」

「はい。森の全貌を知るために手分けして調べました」

えっ、いつの間に？

「敵がどこから攻めてきても、主を守れるようにしなければなりません。それには、森のすべてを知る必要があります」

敵？　俺に敵なんているのか？……まぁ、好き勝手したからな。知らない間に敵を作っている可能性があるかもしれない。

「そうか。俺のために悪いな。ありがとう」

「いえ！　敵を叩き潰《つぶ》す時は任せてください」

しまった。煽《あお》ってしまったかもしれない。

「まずは話し合いをしてからな。それからな」

「主がそう言うなら、そうします」

この子、過激だ。言葉には気をつけよう。そういえば、リーダー以外の一つ目とこんなにゆっくり話すのは初めてかもしれないな。一つ目達はいつも忙しそうにしているから、なかなかゆっくり話ができないんだよな。まぁ、俺が色々とお願いしてしまった結果なんだけど。

「それでは、勉強を教えるものを連れてきましょうか？」

なんだろう。お願いしては駄目なような気がする。だって「教える者」のニュアンスがおかしかった。まるでものを扱うような、そんな言い方で……。

「いや。自分の目で確かめてから先生になってくれるかお願いしてみるよ」

「お願い？」

うん。この子にお願いしたら、どこかから拉致《らち》してきそう。

「そう。お願いだ」

「そうですか。分かりました」

お願いするなら雇うという形になるよな。つまりお金が必要となる。それをどうすればいいか、まずはそこを解決しないとな。

「なぁ、一つ目。この家に金に代わるものがあったりしないか？」

「……たくさんありますよ」

えっ？　たくさん？　あるの？

「例えば？」

「手軽に換金するなら、魔石がいいでしょう」

魔石？　あの魔物から出てくる石のことだよな。ずっと「魔物の石」と呼んでいたけど、ちょっと違ったあれだな。

「あれが金になるんだ」

部屋に大量に積まれているんだけど、一〇〇個ぐらい売れば先生を雇えるかな？

「二個か三個、売れば十分でしょう」

二個か三個？　あれ？　先生の価値ってこの世界では低いのか？

「さすがに、安すぎるだろう」

「いえ、充分です」

何だか力強く断言されてしまった。……とりあえず、獣人の国に行って魔石をお金に換えようかな。

238. 俺の家はここだから！

「主、森を出るのか？」

昨日一つ目のサブリーダーと話した内容が、もう広まっているのか？　コアを見ると不安そうな表情で俺を見ている。隣にいるチャイも似た表情をしているが、どうしたんだ？　何か、あったのか？

「子供達に教師を雇いたくて、探しに行くつもりだ」

「子供達にきょうし？」

教師が分からないかな？

「勉強を教える者のことだ」

「あぁ、教師か。知識としてはあったが、使わないからすぐに思い出せなかった」

納得したように頷くコア。

「主。どうして子供達に教師が必要なんだ？」

「この世界の常識を知らないと、子供達が森から出た時に大変だろ？」

「出た時？」

「あぁ、みんないつかは出ていくだろうから」

子供達は、いつかきっと森の外へ興味を持つはずだ。そして、森から出て生活をしようとする子もいるだろう。あれ？　コアが、なんとも言えない表情をしているな。何か、間違ったことを言っただろうか？

「あの子達は、ここから出ていかないと思うが……」

「えっ？」

出ていかない？　あっ、もしかして今はそう言ってくれているのかもしれないいな。だが、成長すれば考えも変わるだろう。そのための準備なんだが、どういえば伝わるかな。

「今は森から出ないと言っていたとしても、成長していくと考えが変わることがあるんだ」

「考えが変わる？」

「あぁ」

森が住処《すみか》のコア達には理解できないかな？　もっと心の変化を上手く説明できたらいいんだけど、苦手なんだよな。

「主は森へ帰ってくるのか？」

「えっ？　当たり前だろう？　というか、俺の家はここなんだが」

「そうか。主の家はここか」

俺の言葉に、嬉しそうに返答したコアに首を傾げる。何を喜んでいるんだろう？　視界にパタパタと動くものがあったので視線を向けると、コアの尻尾がくるくる回っている。もしかして、森から出たら帰ってこないと思われていたのか？　えっ、なんで？　何回か森から出たが、ちゃんと帰ってきたのに？　よく分からないが、不安に思わせることをしてしまったようだ。……考えても原因が分からないな。とりあえず、不安に思っているならちゃんと誤解を解かないと。

「コア、俺にとってここが家で帰ってくる場所だ。だからたとえ森から出てどこかの国へ行っても、それは用事があるからで、森から出ていくためではない。ずっとこの家で生活をしていくつもりだから」

「そうか！　分かった！」

尻尾の揺れが激しくなったな。隣のチャイも同じ反応をしている。かなり喜んでいるので、俺の気持ちは伝わったんだろう。よかった。

それにしても、俺のどの行動が不安を煽ってしまったんだろう。昨日の一つ目とした会話からだよな。……やっぱり思い当たることはないな。言葉はしっかり通じているのに、難しいな。

「そうだ、コア。チャイ」

「どうした？」

「どうかしたのか、主？」

チャイって必ずコアが話した後に話すよな。コアの方の種が上位種だと言っていたから、それの関係か？　それともただ単に、コアの尻に敷かれているだけか？　コアとチャイをじっと見る。チャイは俺を見ながら、ちらりとコアを何度か見る。これは、後者だな。

「『主？』」

「あっ、悪い。えっと、獣人が多くいる国へ案内してほしいんだ」

「獣人達が多くいるところなら知っている。だが、あそこが国なのかは分からない」

まぁ、国なんて人や獣人が勝手に境界線を決めて作ったものだろうから。森に住む者達には、興味がないか。

「そうか。なら獣人が多くいる場所へ案内してくれないか？　ウサとクウヒも一緒に勉強をさせたいから、獣人の教師を探したいんだ」

人間に虐《しいた》げられていたんだから、人間の教師はやめた方がいいだろうからな。俺の言葉にコアが頷く。

「分かった。森を二日ほど駆ければ、行ける距離だ」

二日ほどの場所なのか。

「すぐに教師を連れてくるのか？」

「いや、雇うには金が必要だから。まずは魔石がお金に換わるらしいから換金だな」

「金か。何をするにも、必要なものらしいな」

コアの言葉にチャイが頷く。

「あぁ」

コアもチャイも、お金の知識があるのか。

「この世界のお金の単位を知ってるか？」

俺の質問に、首を横に振るコア。チャイも知らないようで、首を横に振る。まぁ、コアもチャイも使うことがないからな。

「悪い。おかしな質問をしたな」

「構わない。でも、攫《さら》ってきたらお金は必要ないだろう？」

コアもか！　そしてチャイもか！

「それは駄目だ。この世界で円滑に生活するには、ちゃんと金で雇わないと」

「そうなのか？　人も獣人もエルフも面倒くさいな」

チャイが発した言葉に驚いて、思わずチャイを凝視《ぎょうし》してしまう。

「主？」

チャイの不思議そうな表情。

「あっ、悪い。この世界にはエルフがいるのか？」

「主は知らないのか？」

「あぁ。この世界の知識が皆無だからな。上から人や獣人を見に行ったが、エルフは見なかったと思う」

エルフという言葉は、しっかりと覚えている。妹がハマった乙女ゲームで、「推しが美しい」と何度も見せられた。確か整った顔に尖《とが》った耳が特徴だったかな？　そして長命という設定だったはずだ。ただこれは、地球で妹がやっていたゲーム内のエルフの設定だ。本当の姿は違う可能性があるから、気をつけないと駄目だな。

「エルフの国があるのか？」

「あれがエルフの国なのかは分からないが、多くのエルフ達が住んでいるところなら知っている」

エルフが多くいるなら、エルフの国という認識でいいかな？

「で、主はどこに行きたいんだ？」

まずはウサとクウヒのためにも、獣人の教師だな。

「獣人が一番多いところに案内してくれ」

「主、あそこだ」

コアに案内してもらうこと一日とちょっと。予定では二日と言っていたが、実際はそれほどかからなかった。その原因はコア。前より空を駆けるスピードが上がっていた。悲鳴を上げなかった自分を褒めたい。

「主、ここから見えるのが獣人が多くいるところだ。ここはまだ少ないが、この道を進んでいくと獣人がいっぱいいいた」

以前、コアに連れていってもらった人間が多くいた場所は、一面に畑が広がっていた。見事なほど見渡す限り畑で、そしてなぜか畑から魔力を感じた。そのままでは駄目だろうと、魔石の力を借りて魔力を取り除いたが、あの後ものすごく後悔した。もしかしたら、わざと魔力を土に与えていたかもしれないのにと。今回は余計なことはせずに、様子を見るだけにしようと思う。ただ、持ってきた魔石を換金できればしたいところだが。

「コア、とりあえず……」

内緒で入ったら、密入国だよな。でも、見える範囲で密入国を取り締まっている獣人はいないみたいなんだよな。空からお邪魔するのは、失礼だよな。これも前回の反省なんだけど。

「歩いて、村なのかな？　見て回ろうか」

「分かった」

後ろを見る。今日はコアとチャイ、そしてコアの子供が二匹。目立つかな？　あれ？　そういえば、コアって森の王と呼ばれている存在じゃなかったかな？　確か、コアのことを聞いた時にそう言っていた気がする。森の王が村を闊歩《かっぽ》するのか？……間違いなく目立つよな。

「あ～、村の人達を驚かせたくないから、コアとチャイは待機してほしい」

「なぜ？　それに守りが二匹になる。確かに私の子でそれなりに鍛えているが不安だ」

「コアって森の王と呼ばれる存在だろう？　さすがに目立ちすぎると思うんだ」

「うぅ、そう言われると……」

コアの尻尾がだらんと垂れる。悪いとは思うが、目立たない行動を取りたい。

「俺も駄目なのか？」

チャイが前足で地面を叩く。

「えっ！　チャイはコアと一緒にいたいだろう？」

「……まぁ、そうだな」

ちょっと照れたチャイ。が、コアに前足で頭を殴られた。

「ぐっ。コア、痛いんだが」

「ふざけたことをぬかすからだ」

あ〜、コアの目が据《す》わってる。ほら、チャイの尻尾がちょっとお腹に回っているじゃないか。

「チャイも強いよな」

「あぁ、私が一から鍛《きた》えたからな」

「頑張った……はは」

えっと、何があったんだ？　チャイの目が遠くなったんだが。これは、触れない方がいいよな。

「護衛はチャイに頼むよ」

コアが満足そうに頷く。チャイは、コアの機嫌が直ってホッとしているようだ。よかった。

239.　特別調査部隊隊長　二。

―エンペラス国　特別調査部隊隊長　マロフェ視点―

扉の向こうから足音が三人分聞こえてくる。……やばい、吐きそうだ。緊張から尻尾が動きそうになるのを、何とか理性で押しとどめる。何度か深呼吸して気持ちを落ち着けようとするが、無理だ。思いっきり逃げ出したい。ガジーは大丈夫だと言ったが、やはりどう考えても俺に隊長は無理だ。だが、既に受けてしまったし……はぁ。もういっそのこと、本当に逃げ出すか。窓を見る。ここは特別調査部隊の隊長に与えられた部屋で二階にある。猫獣人の俺には、なんの問題もない高さだ。……はぁ、逃げられないけどな。決定権はなかったが、覚悟を決めたんだ。それに俺の行動は、騎士になった獣人達にも影響があるからな。

コンコン。

来た！

「失礼します。本日より特別調査部隊副隊長を務めるピッシェ・ロングラです。補佐の二名と、挨拶に参りました」

副隊長に就いてもらうピッシェには、昨日辞令書を俺の名前で出しておいた。どう思ったのか気になるが、冷静に、冷静に。

「……どうぞ」

扉を開けたのは、若い男性。確か、副隊長は俺より一つ下だったはずだ。後ろの二人は補佐に任命された者達で……あれ？　やばい、緊張で覚えたはずの彼らの情報が思い出せない。

「失礼いたします。本日より特別調査部隊補佐を務めるアバル・ママホです」

「失礼いたします。同じく補佐を務めるラーシ・チェチェです」

あぁ、そうだ。確かにそんな名前だったな。ガジーが、補佐ならこの二人がいいと言ったんだった。騎士歴が長いアバルとラーシなら、各方面に顔が利くだろうからと。

「特別調査部隊、隊長のマロフェだ。これからよろしく頼む」

人の上に立つなんて、一年前は考えもしなかった。……まぁ、一年前はまだ奴隷だったが……。今はこれを思い出す時じゃないだろう。緊張で混乱してしまっているな。ふぅ、とりあえず必要なことだけ言って終わらせよう。

「アバルとラーシだが、俺と副隊長のピッシェにそれぞれついてもらう」

アバルは元第四騎士団でミゼロスト団長の直属の部下だった。ミゼロスト団長にこき使われていたので、団長や副団長に顔が知られているらしい。ラーシは元第二騎士団。ここは他の騎士団と違って、団長と副団長の折り合いが悪く、下で働く者達は大変だったらしい。その中でもラーシは上手く立ち回っていたと資料に載っていたな。よかった、思い出せた。

「俺の補佐にアバル。副隊長ピッシェの補佐にラーシだ。……異論はあるか？」

あるなら今のうちに言ってほしいが。

「「「いえ」」」

まぁ、あったとしても言えないか。まずはどちらも様子見だろうな。とりあえず、今日は簡単な顔合わせだからこれでいいよな。終わっても問題ないよな？

「何か質問は？」

俺の質問にラーシが手を挙げる。

「よろしいですか？」

なんだ？　まだ何も失敗はしていないと思うんだが。

「なんだ？」

「森へ出発する日時を確認したいのです。それともまだ、決まっていないのでしょうか？」

あっ……失敗した。出発の日が急に決まったから、必ず言わなければならなかったのに。

「出発は三日後だ」

俺の言葉に三人が驚いた表情を見せる。それもそうだろうな。普通なら二週間は準備期間があるはずだから。

「なぜ、三日後なのですか？」

ピッシェが、困惑した表情で聞いてくる。執務机の上にある三枚に纏められた紙を取り、ピッシェに渡す。

「先ほど届いた書類だ」

受け取ったピッシェは、内容を読み息を飲んだ。

「これは、本当ですか？」

「あぁ」

俺とピッシェの会話を不思議そうに訊く補佐の二人。報告書を、補佐の二人にも見せる。その報告書の一枚目には、数匹の魔物が村を襲ったことが書かれている。

「村が襲われたんですか？　しかも村人の半分が被害に……」

書かれていた被害の大きさに、ラーシが眉間《みけん》に深い皺《しわ》を刻むのが分かった。魔物についての報告は二枚目にあり、巨大な体に鋭い牙、鋭い爪に茶色の短い毛。尻尾は長く、毛はなく鱗《うろこ》のようなものが見られたらしい。これは生き残った者達の証言を纏めたものだ。そして三枚目には、その魔物についてある事実が書かれてある。その内容は、エンペラス国の前王の命により作られた「混ぜ物」の魔物だと。ラーシとアバルが険しい表情をした。

「特別調査部隊は森の王との接触が目的だが、『混ぜ物』の駆除も担っている」

混ぜ物と呼ばれる魔物がいる。それは前王が残した負の遺産。前王は、違う種の魔物同士を無理やり番《つが》わせ、無理やり新しい魔物を生み出すことをしていた。種が異なるため、子供はできないと思われたが魔石の力がそれを可能にしてしまったのだ。そして生み出された二つの種の特徴を持つ魔物は森に放たれ、森の生態系を壊していった。この国が生み出した混ぜ物の魔物が、森から外に出てこの国の村を襲った。自業自得ともいえるが、そう言って放置もできない。騎士は王が守る国と民を守るのが役目だ。

「村を襲った以上、急ぎ対処する必要がある。そのため、急なことで悪いが出発は三日後にした」

三日あれば、各自最低限の準備はできるだろう。本当はすぐに向かった方がいいのだろうが、準備が不十分だと隊に被害が出る可能性がある。

「分かりました。三日後に出発になったと隊員に伝えておきます。村が襲われたことは極秘ですか？」

「いや、極秘ではないので話してくれて構わない」

「分かりました」

これで彼らに言わなければならないことは全部だな？　今度こそ大丈夫だよな。

「話は以上だ。今日は解散」

「「「はっ」」」

三人が部屋から出ていくのを、見送る。扉が閉まると、ため息が出る。なんとか初日は乗り切れた。

「緊張した」

「そうだな」

「俺はそうでもないが」

獣人は耳が良い者が多い。それを知っているはずだが、部下となる三人は廊下で話しているようだ。三人の声が自然と耳に入ってくる。何を言われるのか、心臓がドキドキと煩い。

「俺が副隊長なんですよねぇ」

この内容と声はピッシェか？

「なんだ、嫌なのか？」

ラーシの少し不安そうな声が届く。トップ二人の仲が悪いと部下に被害が及ぶので心配なのだろう。

「いえ、それはないです。俺は副隊長になれて嬉しいですよ」

よかった。嫌がっていないか、心配だったんだ。

「じゃぁ、なんなんだ？」

アバルがピッシェに聞くと、少し間が開く。

「いや、隊の中には他にも獣人がいるので、彼らが副隊長の方が隊長は動きやすいのではないかと思って」

それは、そうだろうな。だがガジーは、それでは駄目だと言っていた。

「それだと不満を持つ者がいるかもしれないからな。だから副隊長は人の方がいいんだよ」

トップが獣人だと、直属の部下も獣人しか選ばれないとなったら不満が出る。その不満を出さないためにも、副隊長は人から選べとガジーだけではなく俺の部下になる獣人からも言われた。まぁ、失敗したら次からは獣人でいいとガジーには言われているが。三人の印象は悪くない。表面上は俺が隊長でも、問題ないという態度だ。そのことにほっとして、隊長としてやらなければならない書類の決裁をすることにする。

「それにしても、機嫌があまりよさそうではなかったな」

あっ。アバルの言葉に硬直する。

「仕方ないだろう。急に三日後に出発になったんだ。予定が狂って忙しいはずだ。不機嫌にもなるよ」

ラーシの言葉に背中に汗が伝う。そうでは、ないんだが。

「確かに前に見かけた時より不機嫌だったな。一瞬、怒っているのかと思った」

ピッシェの言葉に、小さくため息を吐く。元々無表情に近いため、感情が読みにくいと仲間に言われた。奴隷の時の名残なのか、焦っていても怖がっていても、表情はほぼ動かない。それなのに、緊張すると少し変わる。怖い表情へと。そのため、不機嫌や怒っていると思われるのだ。

今日は朝からずっと緊張していた。気持ちを落ち着けようと何度もしたが、三人の会話を聞く限り失敗したようだ。

「ふ～」

椅子にどかりと座り、息を吐きだす。顔合わせは成功……だと、思っておこう。

240. 森の神？

「失敗だな」

周りを見るが、間違いなく避けられている。何かしたわけではないんだけど、どうしてだ？　チャイとチャイの子供が二匹。コアは目立つだろうから待機してもらっている。俺は……認めたくないが、彼らより背が低い。そういえば、クウヒとウサの身長が急に伸びたんだよな。クウヒは、体つきもがっしりしてきたというか……。

「主、どうした？」

チャイがいつの間にか立ち止まっていた俺に声を掛ける。現実逃避はよくないな。

「いや、なんでもないよ。ここでは何も聞けそうにないな」

村の中を少し歩いてみたが、耳や尻尾がある者達には綺麗に逃げられてしまった。そして人間はいないみたいだな。ちょっと期待した耳の尖ったエルフもいない。残念だ。

「他のところに行こうか」

話もできそうにないし、ここにいてもしょうがないだろう。諦めて、他のところへ行こう。……

まさか、ずっとこんな感じじゃないよな？

「ん？　森からこちらに向かってくる者達がいるな」

「えっ？」

森から？　俺達が出てきた森へ視線を向けると、腰に剣を差した団体がこちらに向かってくるところだった。あっ。止まった。俺を見たのか、チャイを見たのか分からないが立ち止まってしまった。ん？　なんだか、慌てているな。先頭を歩いていた二人が、走って後ろに行ってしまった。

「急に攻撃されたりしないよな？　森を出る前に結界は張り直したし……」

「主の結界はそうそう破られることはないから問題ない。もしも、破られても俺が守る」

チャイってコアの前以外では、意外に男らしいんだよな。コアの前では、色々と崩れているけど。

「主、父さん。三人がこちらに来ます」

左右で俺を守っていたコアとチャイの子供達が、いつでも攻撃できる態勢になる。……いやいや、そんな警戒するから誰とも話せなくなっているんだって。

「大丈夫だから、その攻撃態勢をやめよう。ほら、こちらに来ようとした彼らが、固まっているじゃないか」

「しかし、危険では？」

子供の一匹が、彼らに向かって威嚇《いかく》する。だから！

「大丈夫。どう見ても……」

怖がっている。ものすっごく怖がられているから！

「襲ってくるようには見えないから。だから威嚇、駄目！」

俺の言葉にしぶしぶ従ってくれる子供達。森を出る時に、手を出さないことをしっかりと伝えておいたんだけどな。さて、せっかく話ができるチャンスだ。どう話を切り出そうかな。

「あの、失礼ですが」

あっ、向こうから話しかけてくれた！

「はい、なんですか？」

それにしても、背が高いな。俺だって一八〇センチはあるのに……悲しい。まぁ、背だけじゃないな。かなり鍛えられているのが分かる。格好から考えると騎士だろうか？

「森の神様でいらっしゃいますか？」

……森の神様？　なにそれ？

「そうだ」

「んっ？」

今、誰が答えたんだ？　確か隣。チャイが、話しかけてきた者達に答えたのか。チャイって森の神なのか？　そんな話は聞いたことがないが。

「そうでしたか。お会いできて光栄です」

えっと、チャイではなく俺を見ているよな。どういうことだ？

「森の神様？　どうかされましたか？」

間違いなく視線を俺に向けて森の神と言っているな。見間違いではないらしい。まさかと思うが、森の神とは俺のことか？

「いや、大丈夫。それと森の神と言われるのはちょっと……あ――」

「主、問題か？」

ふわりと、空からコアが降りてくる。待機していたが、心配になって来たらしい。ん～、でも今は駄目だったかな。目の前にいる者達が、目を見開いている。後ろの一人は、微かに震えているよね。

「申し訳ありません。森の神ではなく森の主様だったのですね」

いや、違う。そうじゃない。

「あぁ、それでいい」

どうしてコアが答えるんだ！　それも、満足そうに！　それはそうと俺は、どうやら森のすごい人物だと思われているみたいだな。このまま、そう思わせておくべきか？　誤解を解くべきか？　これから子供達が、森から出てきた時に守れるのは……誤解をさせておいた方がいいような気がする。すごい人物の保護下にある子供達に手は出さないよな？　もし何かあっても、周りが手助けしてくれそうだし……。あ～、ものすごく申し訳ないが、このままスルーさせてもらおう。

「森の王であるフェンリル様もご一緒でしたか。森の主様は、なぜこちらにいる……いらっしゃるのでしょうか？」

心がチクチクするな。だが、子供達の未来のため仕方ない。それにしても、どう説明しようかな。

魔石を換金しに来ましたと、そのまま言うべきだろうか？　ただ、彼らを本当に信用していいのかが分からない。格好から判断すると、騎士みたいに感じるが……。

「少し探しものをしているんだ」

換金場所と教師！

「そうだ……、そうでしたか」

「あなたがたは、何者ですか？」

「俺は、あっいえ。私はエントール国、第三騎士団団長ダダビスといいます。後ろにいるのは副団長のキミールと補佐を務めるカフィレットです。ご挨拶が遅くなり申し訳ありません」

あっ、本当に騎士なんだ。それとダダビスさんは、本来「俺」だな。それに、今の話し方はかなり無理をしているみたいだ。本来の話し方にしてもらうには、どうしたらいいかな。

「話し方はもっと気軽に。畏《かしこ》まられるのは苦手なので」

ものすごく苦手だ。

「しかし、あっいえ……分かった」

もしかして悪いことをしたのかな？　かなり緊張させてしまったみたいなんだが……。

「主、探している場所は見つかったのか？」

コアが不意に話しかけてくる。見ると、ちょっと拗ねているような雰囲気を見せる。この短時間で何があったんだ？

「いや、まだだ」

「何を探しているのでしょうか。あっ……何を探しているんだ？」

ダダビスさんが混乱しているな。別に、絶対に砕けた話し方をしろとは言っていないんだが。

「話しやすい、話し方をしてくれればいいからな」

「はっはい」

どんどん顔色が悪くなっていくな。大丈夫か？　でもこれって、俺のせいだよな。森の神なんてたいそうな存在だと思われているみたいだから。よしっ。換金場所を聞いてさっさと逃げよう、じゃない移動しよう。それがきっとお互いのためにいいはずだ。

「魔石を換金したいんだ。換金できる場所を知らないか？」

俺の言葉に三人が驚いた表情を見せる。えっ、何その表情。俺、間違ったことは言ってないよな？　生きていくにはお金が必要だから！　まぁ、俺の場合は必要ないんだけど、教師を雇うには必要。

「あっ、失礼。魔石の換金ですか？」

「あぁ、そうだ」

「えっと、魔石……。確かこの村ではなく隣の村に換金できるところがあったと思います」

隣の村か。なら、とっとと移動しようかな。

「ありがとう。行ってみるよ」

コアに乗っていけばすぐだな。

「あのっ！」

ダダビスさんの声が少し大きくなったな？　まだ、何か用事でもあったのか？　早く俺達がいなくなった方が、安心できると思うが。

「ご案内します」

「はっ？」

そんな状態で？　気付いていないのか？　顔色がおもし……ひどいことになってるぞ。やめた方がいいだろうに、どうしてそんな無理をするんだ？

「いや、コアに乗っていけばすぐだし、いいよ。それにダダビスさん、すごい顔色だよ。後ろの二人も」

すぐに休憩をした方がいいレベルだ。

241. 怖くないよ〜。

「本当に、大丈夫なのか？」

何度も何度も遠慮したが、なぜか案内すると言ってきかない。仕方ないので、案内してもらうことにしたが……。後ろの一人は、体が震え始めているのだが、本当に大丈夫なのか？　これって俺が森の神なんてたいそうな存在だと思われているからかな？　なんだか申し訳ないな。あっ、そうだ。気になるなら、治せばいいんだ。

「ヒール」

三人に病気やけがを癒やす魔法を掛ける。光が三人を包み込むとすっと三人の中に消えていく。

「「「えっ⁉」」」

三人の驚いた表情を見ながら様子を窺う。よかった。顔色が元に戻っているし、震えもない。ヒールの魔法は、彼らにも効果があったな。クウヒ達に使用しているが、森の中と外では違うのではと不安だったのだが杞憂《きゆう》だった。

「主の魔法がどれも強力だな」

コアのちょっと呆れた表情に、俺は首を傾げる。強力？　そんなつもりはないが、今の魔法も強力だったんだろうか？

「あ～と、何か体に問題はないか？」

強力だとコアが言うならそうなんだろうけど、癒やしたつもりが負担を掛けているなんて目も当てられない。

「大丈夫です。ありがとうございます」

ダダビスさんが、自分の体を少し動かして確かめてくれた。他の二人も無言だが頷いているので大丈夫だろう。

「あの、失礼ですが」

ダダビスさんの後ろにいる、確か補佐を務めているカフィレットさんだったかな。その彼から声を掛けられた。

「なんですか？」

「換金ができればいいのですか？　それとも換金場所も探しているんですか？」

ん～、換金は絶対だ。子供達の先生が必要だからな。今は、先生は二人ぐらいを考えている。この世界の常識と、読み書きに算数。これがある程度進んだら、この世界の色々なことを学ばせたい。となると、途中で先生を増やすことになるだろう。先生を増やすとなると、またお金が必要となる。つまり、換金場所も把握しておく必要がある。ダダビスさん達にまた会えるとも限らないし。

「場所も確認したい。次の換金の時にスムーズにできるように」

俺の言葉にカフィレットさんが頷く。

「そうですか、では……馬には乗れますか？」

馬？　それは無理だな。

「主は我が乗せるので問題ない」

俺が答える前に、コアが気に入らないとばかりに少し牙を見せて答えてしまう。

「そ、そうでしたか。わら……我々は馬を取りに行ってきますので、ここで少し待っていてください」

やはりコアは怖いのか、思いっきり噛《か》んだな。まぁ、それは気にしないことにして、待つのはいいがここは道の真ん中だよな。他の場所は……周りを見ると、少し離れたところに広場のような場所があり椅子が見えた。

「あの広場で待ってますね」

「分かりました。すぐに準備を整えてきますのでお待ちください」

ダダビスさんが、胸に手を当てて頭を深く下げると仲間達の方へ走っていく。やはり畏まられている。打ち解けるのは、すぐには無理か。

「この広場は、椅子と机しかないんだな。……あとは棒？」

子供の遊び道具である、ジャングルジムやシーソーがない。この世界にあるのかは不明だが。子供が遊べそうな道具は置いていなかった。代わりに長い棒が、広場のあちらこちらに突き刺さっている。意味があるのかもしれないが、今のところ不明だ。子供の遊び道具が見られないということは、大人の憩《いこ》いの場かな？　それにしては、花を植えた花壇などなく殺風景だが。ぼーっと広場を見ていると、馬の蹄《ひづめ》の音が近づいてくるのが分かった。広場から出ると、ダダビスさん達三人だけで一緒にいた他の獣人達の姿がない。

「あれ？　ダダビスさん達だけ？」

「えっと、王に報告することがありましたので、先に帰るように言いました」

ダダビスさんが、焦った表情で言う。もしかして忙しかったんだろうか？　でも、断っても大丈夫としか言わないしな。……これはとっとと用事を終わらせて、解放してあげた方がいいな。次の村までどれくらいだろう？

「あの、私のことはダダビスとお呼びください。さんは必要ありませんので」

「えっ？」

でも、この国の騎士だよな？　俺は……この国では平民？　不法侵入者？　いや、不法侵入はないか。この国の騎士であるダダビスさんが、案内してくれるんだし。あっ、さっき森の神とか呼ばれて、コアが主と訂正して……。俺っていったいどんな存在になってるんだ？　子供達のためにと思ったが、ちゃんと話し合った方がいいだろうか？

「あの、何か問題でも」

ん？　なんでまた顔色が悪くなっているんだ？……もしかして緊張か？　俺ってかなり誤解されてないか？　あ〜、どんどん悪くなる！

「分かった。ダダビスだな」

「はい」

あ〜、すごく安堵された。やばい。俺ってかなりやばい存在として認識されているみたいだ。俺ってそんな怖い顔をしているだろうか？……普通だよな。可もなく不可もなく……普通だ。決して強面ではない！

「では、ついてきてください」

「あぁ」

コアに跨《またが》って、彼らの後を追うようについていく。コアの眉間に皺が寄る。遅い……馬は早いイメージがあったけど、コアと比べるとかなり遅い。もしかして、俺が自分で走った方が早くないかこれ？

「まぁ、急いでないし、ゆっくりと行こう、コア」

せっかく案内してくれているんだ、ゆっくりゆっくり。

「主がそう言うなら仕方ないな」

コアが諦めたように、小さくため息を吐いた。それに苦笑してポンと頭を撫でる。

「それにしても、のどかな風景だな」

周りを見ると田畑が並んでいる。まぁ、作業をしている人達が唖然と俺達を見ているので、のどかとは少し違うかもしれないが。

「この辺りは森が近い、森の恩恵を受けるのに最も最適な場所といえるだろう」

森の恩恵？　そんなものがあるのか？

「恩恵って？」

「川だ」

川？　そういえば、森から川が何本も村に流れ込んでいたな。あれが森からの恩恵なんだ。川の水が何か特別なのかな？　アメーバがいるぐらいだよな……ふぁ～眠いな。そういえば、川の水には魔力が含まれていたよな……。

「主、見えてきたのではないか？」

チャイの言葉に、ふっと意識が戻る。……寝てた？　コアの上に乗って寝るのは初めてだ。ゆっくり走ると駄目だな。揺れが眠気を誘う。コアが魔法で、俺の体を支えてくれている安心感もあるんだろうな。

「ふぁ～、あれか」

お～、木の外壁がある！　しかも立派な門まであるんだ。村に入るには、チェックを受けないと駄目みたいだな。今回はダダビス達がいるから大丈夫だろうが、いない時はどうするべきかな。

「先に行って、通れるようにしてきます」

ダダビスが後ろの俺に声を掛けてから、少し速度を上げて門まで駆けていく。なんだ、まだ速度はあげられたのか。

「随分と立派な門と外壁だな」

門は大きく、太い木を使用しているのかどっしりとした重厚感を感じさせる。そしてその門に連なるのは、門に使われている木と同じ色の木の板。木の板もかなり高さがあり、それがずらりと並んで村への侵入を拒んでいるように見える。外壁の先を見たが、ずっと続いていて端が分からなかった。

「あの」

「はい？」

彼は副団長のキミールだったな。

「別に戦争をしようとしているなどということは、ありませんので」

えっ、今なんて言ったんだ？　確か戦争……しようとはしていないってことでいいのか？　焦っているのか、ちょっとおかしかったよな？　まぁ、どうも俺に緊張しているみたいだから仕方ないとして、どうして急にそんな話をしたんだ？　コアを見ると、なぜかじろりとキミールを睨みつけている。え～……なんで？　何か戦争に関するものでもあったのか？　それを俺に見られたから焦っているってことか？　周りを見回すが、のどかな田園風景だ。

「あの……」

「大丈夫だ、この国が戦争をしようとしているなんて思っていないから。うん。戦争はない方がいいからな」

何がなんだかさっぱりだが、これで大丈夫だろう。しかし、この世界は戦争が勃発《ぼっぱつ》する可能性があるのか？　えっ？　森の問題が終わったのに、次は戦争？　いやいや、無理無理。

「り、理解いただけてよかったです」

いや、理解してないよ。もうさっぱり、何を言っているのか分かってないから。これは訊くべきか？　でも……キミールを見ると、またものすごく安堵した表情をしている。

「お待たせしました」

びっくりした。ダダビスか。

「すぐに通れますので、どうぞ」

「何かする必要はないのか？」

こんな不審者なのに、ノーチェック？　大丈夫か？

「そういえば、上から侵入されるのはどう防ぐんだ？」

「「「えっ！」」」

俺の言葉に固まった三人。……あ〜、聞くんじゃなかったな。

242. 換金できない？

困った表情で顔を見合わせている三人を見る。失敗したな。侵入を防ぐ結界などは、国にとっては防衛情報になるのかな？　俺としては、「結界で防いでます」と軽く返事が貰えればよかったんだが。この雰囲気をどうしようか。謝ったら、もっとおかしな雰囲気になりそうだし。……よしっ、なかったことにしよう。

「えっと、換金場所はどこにあるんだ？　ここから近いのか？」

「えっ！……あぁ換金、えっと確かすぐそこです」

そうとう困らせてしまったんだな。ダダビスさんの目が泳いでいる。

「こっちです」

小さく息を吐いたダダビスが、馬をゆっくりと動かした。あっ、聞かなかったことにしてくれたみたいだ。よかった～。安堵感から、空を見る。綺麗な青空が広がっていた。

「いい天気だな……あれ？」

なんだろう？　空に膜がある。もしかして、あれは結界かな？……あぁ、見えた。かなり薄い結界が張ってあるみたいだ。これは侵入を防ぐというより、侵入者を認識するものかな？　さすがにこの薄い結界では、侵入者は防げないだろう。

「主、どうかしたのか？」

上をじっと見ている俺を、不思議そうに見るチャイ。コアもちらりと、後ろを振り返り俺に視線を向けた。

「いや。いい天気だと思ってな」

前を向くと、馬に乗っているダダビス達が視界に入る。体が大きく、分厚い胸板。前に人の国で見た獣人もいい体格をしていたが、やはり騎士の方が体格はいいみたいだ。村に入ってから見かける獣人達も、ダダビス達ほどではないが、がっしりした体型をしている。女性もいたが、たぶん背は俺より高く、体つきもしっかりしていた。まぁ、獣人だけじゃなく人も俺より背が高くてがっしりしてたけど。……俺って、この世界では頼りない見た目かもしれない。いや、きっとそうなんだろうな、はぁ。

「あの、何か不備がありましたか？」

ダダビスの言葉に視線を彼に向けると、なぜか三人揃って不安そうな表情で俺を見ている。えっ？　なんで？

「いや、不備なんてないが……」

俺の返答に三人の体から力が抜ける。どうしてそこまで恐れられているんだろう。思い当たることがないから対処もできないよな。

「ここです」

ダダビスの指す建物を見ると、年季の入った一軒の家。看板もないため、ダダビスに紹介されなかったらきっと見つけられなかっただろう。

「ありがとう」

コアから降りて建物に近付く。さすがにコア達は外で待機だな。

「コア達はここで待っててくれ。すぐに終わるだろうし」

換金はそれほど時間が掛からないだろう。

「主が一人で？」

コアが不服そうな声を出す。だが、さすがに建物内には連れていけない。

「大丈夫だ。何かあればすぐに呼ぶし」

俺の返答に少し考えたコアは、諦めたのか頷いた。

「ダダビス達もありがとう。助かった」

案内も終わったし、ここでお別れだな。子供達の教師を紹介してほしいが、ここまで怖がられているとお願いしづらい。あれ？　どうして三人とも馬から降りているんだ？

「店の主人を紹介します。その方が色々といいと思うので」

紹介？　色々といい？　もしかして、誰だも換金できるわけじゃないのか？　何かルールがあるのか？……これは早急に、この世界のルールを知らないと駄目だな。今日はダダビス達にお世話になろう。

「あっ、そうだ、魔石はどんなものでも換金できるのか？」

俺が売る予定にしている魔石は、俺が魔力を注いで変化させた魔石だ。一つ目に、これでいいかと聞いたら「大丈夫」と言われたので持ってきた。ただ、一つ目の常識がどこまでこの世界に適合しているのか分からないため、少し不安があったんだよな。一緒に来てくれるなら、まずは彼らに魔石を見てもらおう。

「どんなものとは、どういう意味でしょうか？」

キミールが、首を傾げる。これは口で説明するより現物を見せた方が分かりやすいよな。肩から下げているバッグから、魔石を二つ取り出す。赤い魔石と青い魔石。俺が検証した限りでは、赤い魔石は火の魔法を強化してくれて青い魔石は水の魔法を強化する。魔法を実際に使用して実験したので、おそらく間違いはないだろう。

「これだ。赤の魔石と青の魔石」

出した魔石を、ダダビス達に見せる。魔石は俺が魔力を注いだことで綺麗に変化しているが、太陽の下で見るとその綺麗さが際立つな。

「なっ！　なんですかそれは？」

驚いた声を出すキミールに、目を向けると俺の手の上にある魔石を凝視していた。ダダビスとカフィレットが、俺の手の上にある魔石に手を伸ばす。

「グルグルグル」

コアの唸《うな》り声に、ダダビスとカフィレットの手がびくりと固まる。

「コア、落ち着けって大丈夫だから」

お願いだから、これ以上彼らをビビらせないでくれ。またヒールをかけるか？　それとも、緊張感を和らげるように……どうしたら緊張感はほぐれるんだ？　リラックスさせる？……強制的に……洗脳にならないか？　やめておこう。変な魔法をかけてしまいそうだ。

「あ、あの、申し訳ないですが魔石を見せてもらえませんか？」

カフィレットの前に魔石を差し出す。

「どうぞ」

「ありがとうございます」

カフィレットは赤い魔石を手に取るとじっと見つめる。そして何か魔法を発動させた。

「すごい。かなり純度の高い魔力を感じます」

すごいな、そんなことまで分かるんだ。さっきの魔法かな？

「だが、これは……」

ダダビスが戸惑った表情で俺を見る。なんだかすごく嫌な予感がする。

「何？」

「この魔石は、たぶんこの村では換金できません」

嫌な予感は当たるよな。しかし換金できないとなると、別の方法でお金を稼ぐ必要がある。彼らに俺でもできる仕事があるか聞いてみようかな？　怖がられているけど見捨てずここまで付き合ってくれたし、もしかしたら仕事を紹介してくれるかもしれない。

「この魔石を買うお金を持っているのは、王都の魔石店だけだと思います」

まぁ、仕事のことを相談する前に、他にかんき……ん？　買うお金を持っている……王都の魔石店だけ。つまり？　手の中にある青い魔石を見る。俺が想像しているより、この魔石の価値が高いのか？　一つ目が二つか三つと言っていたのだが、一つでよかったのかもしれないな。

「あ～、そうなんだ。魔石って高いんだな」

俺の言葉にカフィレットが首を横に振る。えっ、違うの？

「この魔石からは、森の魔力が感じられます。しかも、この魔石の中にはかなり大量の魔力が詰め込まれています。こんな魔石、他にありません！」

カフィレットの言葉に首を傾げる。森の魔力って言ったよな？　おかしいな、俺が魔力を注いだんだけど変化でも起こしたのか？　手の中の青い魔石を見る。……俺の魔力以外は感じないんだが……。

「確かにすごい魔力量だな」

カフィレットから赤い魔石を受け取ったダダビスが、魔石を見ながら感心したように言う。そんなにすごいのか。まぁ、魔力は詰め込めるだけ詰め込んだからな。かなり試行錯誤して、魔力を濃縮することもできるようになった。しかし、それのせいで普通では取引できない魔石になったのか？　それは困ったな。それに、「こんな魔石、他にありません」と言われたが、同じように変化させた魔石が俺の家にはごろごろ転がっているんだが。

「あの、この魔石を王に売るつもりはありませんか？」

おうにうる？　おう……王様!?

「えっと」

話がデカくなってきたな。俺としては教師を雇えるだけの金が欲しかったんだが。でも、村で換金できないなら王都までいかないと駄目というし。あれ？　王様に売るなら、王都には行かないと駄目なのか？……簡単に換金して教師を雇えると思っていたのにな。

243. お願いしよう。

ありえない提案に少し混乱してしまった。なんで、わざわざ魔石を王に売りに行く話が出るんだ？　おかしいだろう。カフィレットをちらりと見るが、どうもふざけている様子はない。本気ならそれはそれで怖いんだが……。

「カフィレット、落ち着け」

ダダビスが焦った声でカフィレットに声を掛ける。

「でも――」

「いいから落ち着け。主様、申し訳ありません」

ダダビスが謝る必要はないが。

「大丈夫だ」

なんだか「教師を雇う」という目的から、どんどん遠ざかっているような気がするな。だいたい魔石のこともよく分かっていない俺が一人で考えても、空回りするだけだよな。ダダビス達を見る。

親切な人達だと思う。初対面で、換金場所まで連れてきてくれたんだ。魔石のせいで換金はできなかったが……。もうこの際、ダダビス達に相談するか？　その上で、お金の問題は……。あれ？　魔石に注ぐ魔力を少なくして、価値を下げた魔石を用意したらいいんじゃないか？　今俺が持っている魔石は、どうも彼らにはすごい存在みたいだった。原因は魔力が大量に詰まっているから。つまり、俺が加減して魔力を注げば価値は下がるはず。あっ、魔石の中の魔力が森の魔力とか誤解されていたな。それは、正直に言うのが一番だろうな。魔石の中の魔力は俺の魔力であって、森の魔力ではないと。まぁ、俺と森の魔力って俺が魔力を流しているせいか少し似ているんだよな。でも、似てはいるが別物だ。俺のだと分かれば価値も下がるだろう。よし、教師についてはダダビス達に相談して、魔石は別のものを用意しよう。

「ダダビス、魔石は別のものを用意するよ」

「別の魔石ですか？」

「あぁ、これは俺が魔力を注いで変化させたんだ。魔力が詰まっていて高くなるなら、注ぐ魔力を減らせばいいだけだろう？」

「主様が魔力を注いだ……」

「あぁ、これは俺の魔力で森の魔力ではないんだ。悪いな」

「主様の……」

そんなにショックだったんだろうか？　三人が唖然と俺を見ているんだが……。まぁ、森の魔力だと興奮していたら、俺の魔力で全く違ったとなると……ショックだな。もっと早く誤解を解けばよかった。

「そうでしたか。主様の」

あっ、納得してくれたみたいだ。よかった。誤解されたままだと、申し訳ないからな。それにしても、あれが気になる。これからお願いする立場だしな。

「あのさ、様付けやめないか？　どうも気になってしまって」

「「「えっ！」」」

いやいや、そんな驚くことか？　だいたい俺は、様付けされるような存在ではないし。

「あ～、これから三人とは親しく付き合いたいし。様付けされると距離を感じるから」

騎士が一般人に様付けとか、異様にドキドキするからやめてほしい。本当はもっとざっくばらんに接してほしいけど、それは今は無理そうだからな。とりあえず、様付けだけはやめよう。

「いいのですか？」

ダダビスを見ると、ものすごい真剣な表情をしている。その勢いに頷くと、三人が嬉しそうな笑みを見せた。なんだか喜ばれているようだ。……まぁ、いいか。喜んでいるんだし。

「えっと、ダダビス、相談があるんだがいいか？」

俺の言葉に不思議そうな表情のダダビス。

「時間に余裕のある教師を知らないだろうか？」

「はっ？　教師？」

流石に思ってもいなかったのか素になったな。

「あっ、すみません」

「話し方も、全く気にしないから」

これについては、少し前に言ったけどさ。

「はい。分かっています」

砕けた話し方は、まだ先かな。

「あの、なぜ教師が必要なんでしょうか？」

「あぁ、俺の下にいる子供達がこの世界で生きていけるようにしたいんだ」

あれ？　なんで、三人とも固まってしまうんだ？

「子供ですか！」

……この世界の獣人は一つ一つの表現が大げさだな。国民性なのかな？

「あぁ。俺と……」

どう言えばいいんだ？　預かった子供達だけでは説明不足だよな。俺のように神様の問題に巻き込まれてなんて言えないし。

「お子さんがいたんですか？」

お子さん？

「あっ、ちがう。ちがう」

焦った。そうか。俺の年で子供と言ったら俺の子だと思うよな。

「ちょっと、ある人から預かったんだ」

あの子達のことをどう言えばいいのか、考えていなかったな。後でじっくり考えよう。下手なことは言えない。

「ある人……そうでしたか」

なぜそこで考え込むんだ？　もしかしてある人が誰なのかはっきりさせないと駄目なんだろうか？　でもさすがに言えないよな。神様から預かったなんて。どうしようかな。

「分かりました。教師ですね。今すぐは無理ですが、探します」

マジで！

「ありがとう。ところで教師を雇うとしたらいくらぐらい必要だろう」

あれ？　俺はそれを聞いて理解できるだろうか？……この世界のお金の単位も知らないんだが。

「一人専門で雇うとなると一カ月五万フィールですね」

あっ、やっぱり五万フィールの価値が分からないな。でも、お金の単位は分かったな。

「そうか。住み込みだとどうなる？」

「住み込みですか？」

ダダビスが驚いた声を出す。住み込みは無理かな？　でも、あの子達を森から出すのはまだ早い。遊びながら色々学んでいるが、防御魔法をまだ完ぺきに覚えていない。あれでは危なくて森から出せない。とりあえず、帰ったら結界だけは覚えさせよう。

「あぁ、俺の家に来てもらいたいんだが、無理だろうか？」

「主様、あっ、主の家に住み込み……えっと」

俺の家じゃない方がいいのか？　そうか、女性の教師だと身の危険を感じてしまうかもしれないな。

「コア達や水……龍達もいるから、安心してきてほしい」

コア達や仲間が必ず家の中にはいるから、二人きりになることはない。だから安心してほしい。

「安心……そうですね。はい」

あれ？　話をしていて少し顔色が戻っていたのに、また悪化した？　ダダビスの後ろにいる二人も同じ反応をしているな。

「えっと、どんな教師を探しているのでしょう」

教師といっても色々あるよな。そうだな、まずは……。

「この世界の常識と、読み書きと計算を教えられる教師が欲しい。性別や年齢は特に希望はない」

「常識と読み書きと計算ですか？」

「そうだ。とりあえず生きていくうえで、必要なものから学ばせるつもりだ」

ダダビスには思い当たる人物がいるのだろうか？　かなり真剣に考えこんでいるな。

「分かりました。えっといつまでに探せばいいですか？」

早く見つかってはほしいが、すぐには無理だろうな。住み込みだし。

「三〇日で探してほしい。早ければ嬉しいが」

後は予算についてだよな。一カ月五万フィールと言っていたから、住み込みでお願いする以上四倍？　五倍？　五倍と考えて。

「一カ月二五万フィールでお願いしたい」

「二五万フィールですか⁉」

住み込み代を上乗せしたらこれぐらいだろう。魔石が売れないと、この値段も払えないんだが。

……とりあえず、家に戻ったら売れる魔石を作ろう。

244. エントール国　第三騎士団団長。

―エントール国　第三騎士団　団長視点―


「団長、疲れました。休みましょう」

副団長キミールの言葉にため息が出る。そう言って、一時間前に休憩をしただろうが。

「そんなに王都に戻りたくないのか？」

「何を言っているんですか？　そんなことあるわけないじゃないですか」

憮然《ぶぜん》とした表情で言うキミールだが、絶対に戻りたくないんだろうな。そう言う俺も、戻りたくない。戻ったら……。

「机の上の書類の山……」

カフィレットの言葉に、キミールがキッとカフィレットを睨む。

「思い出させるな！　団長、ここは休憩が必要だと――」

「失礼します。あの、あの……」

先頭を歩いていたはずの部下の二人が、真っ青な顔で走ってくる。何かあれば笛で知らせるはずなんだが。

「おいおい、大丈夫か？　何が……えっ？　はっ？」

キミールが心配そうに部下に声を掛けるが、途中で様子がおかしくなる。見ると、何かを見て目を見開いている。隣にいるカフィレットも、動きを止めて何かを唖然と見つめている。なんだと思い、その視線を追うと、

「えっ？　ダイアウルフ？　それにあれは……」

もしかして、森の神様？……そうだ、あの姿は……森の中で見かけた……。いや、まさかそれはあり得ないだろう。森の神様だぞ？　それがどうして、こんな辺鄙《へんぴ》な村にいるんだ？　ないない。見間違いだ。見間違い。そうとう疲れているのかな、俺。確かにエンペラス国へ行って色々と大変だったもんな。だから疲れていて当然だ。そうか、俺は疲れているのか。

「団長、現実逃避はやめてくださいね」

くっそ～。

「してないよ。うん、そんなことするわけないだろ」

「ですよね。団長、どうしますか？」

キミールの言葉に、不安が押し寄せる。ここで対応するのは俺だ。団長だからな……もし、不快な思いをさせてしまったら……。それで怒ってしまったら？　うっ、考えただけで恐ろしい。

「どうして、ここにいると思う？」

緊張で声が震えそうだ。

「それは分かりませんが、森の神様も我々に気付いているようです。あの、こちらから出向いた方がいいのではないですか？」

キミールの言葉にごくりと唾《つば》を飲み込む。そうだよな。森の神様から来ていただくなんて……。

「行くか」

キミールもカフィレットも緊張しているのか、表情が硬い。きっと俺もそうだろう。

「あの……」

あっ、部下達を忘れてた。心情的には一緒に来てほしいが、大人数で行ったら不快に思うかもしれない。

「お前達は、ここで待機。スイル、お前はすぐに王都に向かってくれ。王に、森の神様が村にいることを伝えるんだ。どうしたらいいかも聞いてきてくれ」

「分かりました」

ふぅ、行こう。うわ～、膝《ひざ》が震えている。頼むから躓《つまず》くなよ。

「すごい魔力ですね」

キミールの言葉に、無言で頷く。森の神様に近付けば近付くほど感じる、澄《す》んだ綺麗な魔力。その魔力の強さに体が竦《すく》みそうになる。

「この魔力はすごいですね。力強いのに優しいです」

体を包み込むような膨大な魔力にカフィレットが、感動したように言う。確かにすごい。まるで、柔らかい風に包まれているようだ。

「そうだな。だが、こちらを威嚇する魔力もあるな」

キミールが言うように、柔らかい風の中に確実にこちらを威嚇する魔力がある。それも三つ……いや、もう一つあるな、どこだ？　周りを見るが、一番強い威嚇を送ってくる存在は見つけられない。それに首を傾げながら、小さく息を吸って吐く。目の前にいるダイアウルフを見ると、我々を睨んでいるのが分かる。

「やばい、足が……」

情けないが、怖くて前に進めない。だいたいダイアウルフの殺気なんて、対処できるわけがない！　あれ？　威嚇してくる魔力がなくなった？　あっ、森の神がダイアウルフ達に何か言ってくれたみたいだ。

「後ろにいる二匹はフェンリルでしょうか？　何か違和感があるんですが……」

森の神様の後ろにいる二匹。確かに一見フェンリルに見えるが、キミールの言うように違和感を覚える。何だろう？

「顔つきはフェンリルなんだけどな」

カフィレットの言葉にキミールが頷くが、やはり何か違うと思ってしまう。ふと視線を感じて、前を見ると……うわ～森の神様が目の前にいる。しかし、本当にすごい魔力だな。これだけ近くにいるのに荒々しさは一切感じない魔力だ。普通は自分の魔力とぶつかると、何かしらの違和感や痛みを感じたりするが、それが一切ない。本当に包み込むような優しい魔力だ。ただし、その量がすごい。目の前の人物から勢いよく溢れ出しているのを肌で感じる。気を抜くと、ふらつきそうだ。

というか、どうする？　こちらから声を掛けていいのか？……よしっ。

「あの、失礼ですが」

うわっ、目が合った。というか、なんで溢れ出す魔力が増えたんだ？　何か失敗したのか？

「はい、なんですか？」

あっ、魔力と一緒で優しそうだ。それにしても、細いし小さい。いや、こんなことを思っては駄目だな。それに俺よりか弱そうなのに、この魔力。きっと、一瞬で勝負はつくんだろうな。

「森の神様でいらっしゃいますか？」

……はっ？　俺は、何を当たり前のことを聞いているんだ⁉

「そうだ」

うっ、ダイアウルフからの威圧がすごい。落ち着け、落ち着け。

「やはり、そうでしたか。お会いできて光栄です」

キミールをちらりと見る。助けてほしいんだが……あっ、無理だな。放心している。

あれ？　森の神様がどこか困っているように見える。いや、見間違いか？　下手なことは言えないが……だが気になる。不快に思われないように、えっと。

「森の神様？　どうかされましたか？」

森の神様の様子を窺う。あっ、やはり少し困った表情だ。聞いて正解のはずだ。

「いや、大丈夫。それと森の神と言われるのはちょっと……あ――」

「主、問題か？」

どこからか聞こえた声に、ぶわりと体が震えた。これは先ほど感じた四つ目の、一番強い威圧を感じた魔力だ。ちらりと見ると、フェンリルが森の神様の傍にいた。この貫禄はきっとフェンリル王だ、つまり森の王。まさか森の神と森の王に出会えるなんて、嬉しい。嬉しいが、苛立っているような気がするな。俺の対応のせいだろうか？　何が駄目だった？　あっ、今フェンリル王は森の神様のことを「主」と呼んだ。呼び方が違ったのか？……それ以外に考えられないよな？

「申し訳ありません。森の神様ではなく森の主様だったのですね」

頼む、当たってくれ。

「あぁ、それでいい」

よかった、フェンリル王にお許しを頂いた。あれ？　森の主様の表情が微妙なんだが、何か問題でもあっただろうか。魔力も揺れている。やばい、冷や汗が出てきた。何か分からないが、気を逸らせよう。

「フェンリル王様もご一緒でしたか。森の主様は、なぜこちらにいる……いらっしゃるのでしょうか？」

しまった、焦って言葉遣いが……元々苦手だからな。今までの会話も不安だし。

「少し探しものをしているんだ」

よかった、気にしてないな。それにしても探しもの？　その探しものを手伝えば、国への印象はよくなるか？

「あなた方は、何者ですか？」

えっ、俺達？　キミールとカフィレットを見ると、二人は首を横に振る。まさか、挨拶をし忘れたのか？　やばい、少し前のことなのに思い出せない。そうとう混乱しているな。って、何を呑気《のんき》に考えているんだ！　とっとと挨拶しないと。

「俺は、あっいえ。私はエントール国、第三騎士団団長ダダビスといいます。後ろにいるのは副団長のキミールと補佐を務めるカフィレットです。ご挨拶が遅くなり申し訳ありません」

泣きそう。印象をよくしようと思ったのに……はぁ。

「話し方はもっと気軽に。畏まられるのは苦手なので」

えっ。いや無理です。希望には沿いたいけど……隣にいる森の王であるフェンリル王が怖いんですが。反対側のダイアウルフもすごい顔をしているんですが。でも主様の希望だし……でも、両サイドが怖いし……。

「しかし、あっいえ……分かった」

森の王達、どっちなんですか？　気に入らないという顔をしていたのに、断りそうになったら殺気立つなんて！

「主、探している場所は見つかったのか？」

探している場所？　そういえば、なぜここにいるのか訊くのを忘れているな。どうやら想像以上に、気持ちに余裕がないようだ。まあ、あるわけないけど。とりあえず、目的を確認しないと、

「何を探しているのでしょうか。あっ……何を探しているんだ？」

またやってしまった。ダイアウルフが怖い。あの睨みで心臓止まりそう。後ろにいるはずのキミールとカフィレットをそっと窺う。あっ、駄目だ。役に立ちそうにないな。はぁ、俺が頑張ろう。

245. エントール国　第三騎士団団長　二。

―エントール国　第三騎士団　団長視点―


えっ？　主様が魔石の換金？　お金が必要なのか？　金額を言ってくれさえすれば、用意するが……。いや、魔石を換金することに意味があるのか？　どんな？　駄目だ、頭がこんがらがってきた。とりあえずこの村の換金できる……あれ？　この村にあった換金場所は確か少し前に潰されたよな。店主が犯罪に手を染めて……。

「えっと、魔石……」

待て。魔石を使った横領の話なんていらないよな。いや、いらないというか話しては駄目だろう。この国の汚点をわざわざ紹介するなんて……よかった気付いて。

「確かこの村ではなく隣の村に換金できるところがあったと思います」

この村にないことで少し残念な表情をされたが、仕方ない。

「ありがとう。行ってみるよ」

隣の村で換金している魔石店の店主は、性格がよく頭もいい。紹介しても問題ない人物だ。よし、案内しよう。

「あのっ！」

しまった、声がデカかった。ほらぁ、主様も驚いている。うっ、森の王達の殺気が増してしまった。

「ご案内します」

「いや、コアに乗っていけばすぐだしいいよ。それにダダビスさん、すごい顔色だよ。後ろの二人も」

だってそれは、主様の左右と後ろが怖いから。なんて言えたらいいのだが、言えないよな。ちらりと主様の周りを見る。……言えないな。

「大丈夫です。お気遣いありがとうございます。換金場所は知っていますから、どうぞ我々に案内をさせてください」

それに、ここで案内しなかったら王になんて言われるか。森の王も怖いが、エントール国の王も怖い。どっちが怖いかと言われると……どっちだろ？　森の王は怖いけど、かっこいいんだよな。昔からずっと森の存在と関わりを持ちたかったから。だから、怖いけどちょっと関われる自分が誇らしいというか。王は……最近、無茶な命令ばかりだからな。尊敬はとりあえずしてるけど……。

「ヒール」

主様の声と同時に柔らかい光に包み込まれる。

「「「えっ⁉」」」

キミールとカフィレットの声も聞こえる。まぁ、そうなるよな。それにしても光が消えたら体が軽くなった。これはもしかして癒やしの魔法？　体を動かしてみる。すごい、森を歩いてきたから足が疲れていたんだが、それが綺麗さっぱりなくなっている。体もやはり軽いし……誰かに自慢したい！　王都に戻ったら、仲間に自慢してやる！　王にもしてやる！　いや、やめよう。仕事を増やされそうだ。

「主の魔法はどれも強力だな」

森の王の言葉に無言で頷く。こんな完全に体の痛みが消えて、跡が……ん？　傷跡も綺麗になっているな。これほどの魔法を我々に施してくれるなんて、なんて優しい主様なんだ。しかも、癒やしてくれたのにまだ心配してくれた。本当に優しい方なのだな。王に言われるとか関係なく、もっと役に立ちたい。これは絶対に、案内をしよう。

「換金ができればいいのですか？　それとも換金場所も探しているんですか？」

ん？　カフィレットはどうしてそんなことを聞くんだ？　換金したいから場所も聞いているんだろうが。

「場所も確認したい。次の換金の時にスムーズにできるように」

次？　つまりまたこの国に来てくれるということか？　今の会話から考えられることは、そういうことだよな。そうか。次があるのか。そうだ、この村と王都を繋ぐ何かが必要だな。今は、連絡さえままならないからな。王都に戻ったら、魔術師達に相談だな。

失敗した。どうして馬に乗れるかなんて聞いてしまったんだ。森の王がいるのだから、そちらに乗られるに決まっているじゃないか。エンペラス国でお会いした時も、森の王に乗っておられたのに。森の王からの殺気が一気に増えてしまった。ちらりとカフィレットを見る。うん、真っ白な顔色だな。ここは少し離れよう、待機させている部下達のこともあるし。

「ここで少し待っていてください」

あまり待たせるのも失礼だろうな。急いで部下に指示を出して、馬を連れてこないと。部下の下に駆け足で戻る。

「あの、どうなりましたらか？」

部下の一人が、興奮を抑えきれない様子で話しかけてきた。しかし「たらか」はないだろうけどな。まぁ森の神、主様と呼ばせていただいている方や、森の王が目の前にいるからこの興奮状態なんだろうが。

「落ち着け。主様は少しこの国に用事があっていらしている。その用事が隣の村でしかできないから、我々が案内することになった。お前達は王都に戻れ」

「えっ！　我々も共に行っては駄目ですか？　あれ？　主様？」

最初とは違う部下から不平と疑問が出る。それはそうだろうな。主様や森の王にかなり近づけるのだから。だが、主様の様子からあまり仰々しいのは歓迎されないように感じる。だから、全員で行くのは駄目だ。

「あぁ、今回は諦めてくれ。それと森の神直々に主様と呼ぶことを許された」

諦めてくれという言葉より、呼び方の方に皆は興奮したようで騒ぎ出した。あれ？　主様呼びは森の神が許可してくれたんだっけ？　えっと、あの時は色々混乱中だったから記憶が……森の王が許してくれたんだったかな？　でも、主様は拒否もされてないし……許されたんだよな？……うん、許されたはずだ。

「それと、この国にはまた来てくださるようなことを言ってくれた。今回、いい印象を持ってくれたら訪れる回数も増えるかもしれない」

そのためには、俺達が頑張らないと駄目だな。まぁ、あの方の傍にいられるなら、頑張れる。ちょっと周りが怖いけど。俺の言葉にわっと盛り上がる部下達。

「俺達はすぐに森の神の下へ戻る。お前達は王都に戻り休憩しておいてくれ」

部下に指示を出すと、馬に乗って森の神の下へ行く。広場で待っていると言っていたな。あれ？わざわざ、広場から出てきてくれたのか？

「あれ？　ダダビスさん達だけ？」

えっ？　もしかして、部下達も一緒の方がよかったのか？　早合点《はやがてん》してしまったか？

「えっと、王に報告することがありましたので、先に帰るように言いました」

主様の様子を窺う。少し何かを考えたが、特に不快に思っている様子はない。大丈夫だろう。

あっ、そういえば気になることがある。もっと早く訂正できればよかったんだが……。

「あの、私のことはダダビスとお呼びください。さんは必要ありませんので」

「えっ？」

えっ！　どうしてそんなに驚かれるんだ？　何か不快に思うようなことがあったか？　なかった

よな？　大丈夫だよな？

「あの、何か問題でも」

何を言われても覚悟しないと。

「分かった。ダダビスだな」

……名前？

「はい」

それだけ？　主様の様子を見るが、それ以上はない。よかった。何かあったのかもしれないが、許されたようだ。あれ？　顔がどうしたんだろう？　手で顔をぺたぺた触っている主様を見る。首を傾げて見ていると、なぜか力強く頷かれた。……分からない。とりあえず、隣の村へ案内しよう。

「では、ついてきてください」

馬には悪いが、急いで隣の村まで行こう。馬の様子を窺う。森の王に少し萎縮《いしゅく》しているが、問題なく走れそうだ。首のあたりをポンポンと叩き、足で合図を送る。どんどん加速させると、今まで一番早く走っている気がする。主様と森の王達を見る。

「すごいな、余裕がありそうだ」

「そうだな」

俺の言葉にカフィレットが答える。キミールも後ろをさっと見て、頷いた。この速さで余裕があるとは、さすがだ。

246. エントール国　第三騎士団団長　三。

―エントール国　第三騎士団　団長視点―

門番に話を通して、主様の下へ戻るとなぜかキミールとカフィレットの顔色が悪い。何があったんだ？　主様の様子は特に変化はないが。すぐに村へ入れることを言うと、なぜか不安な表情で俺を見た。なんだ？

「そういえば、上から侵入されるのはどう防ぐんだ？」

「「えっ！」」

上から侵入？　いったいキミール達は何の話をしていたんだ？　二人を見ると、先ほどより顔色が悪い。困った表情で二人を見るが、主様の前では話ができないのか目を合わせない。それに小さくため息を吐く。離れたのは失敗だったかもしれない。しかし侵入者の心配をされるというのはどういう状況だ？　なんて答えれば正解なんだ。

「えっと、換金場所はどこにあるんだ？　ここから近いのか？」

「えっ！……あぁ換金、えっと確かすぐそこです」

ここから二回角を右に曲がれば着くな。キミールが俺の腕の部分の服を摑む。なんだ？　ちらりと見るが、戸惑った表情でよく分からない。主様を待たせるわけにはいかない。

「こっちです」

案内をしながら、キミールを見ると獣人の騎士だけに伝わる手話で、俺がいなかった時に何があったのかを知らせてきた。えっと、主様が門と外壁のことを気にしていた？　それと、エントール国がエンペラス国のように……森に攻撃する可能性があると思われているかもしれない？　はっ、なんだって？　キミールに考えすぎではないかと伝えるが、国の結界について訊くのはおかしいと返ってくる。それは……空を見上げる。俺の目では決して見ることはできないが、国全体を覆うように結界がある。その結界は、国にいる最高の魔術師達が力を合わせて作ったものだ。かなり強固な壁になったと、魔術師達が話していた。だが、実際にはどれほど強固な壁なのかは不明。エンペラス国が暴走したあとの世界では、国の軍事力を隠すようになったからだ。確かに、結界について訊いてくるということは軍事力に興味があるということだろう。あっ、戦争を仕掛けるつもりなど全くないと伝えたのだろうか？　戦争はしないと伝えたが、信じたかは不明って……確かに、この村はエンペラス国との戦争を考えて門や壁を強固にしたからな……。あっ、待て……この村には巨大な武器庫がある。確か換金できる魔石店の近くに……やばい。そっと主様を窺う。ため息を吐いている。そっと横を見ると、武器庫が見える。きっと、見つけられたんだ。説明しなければ、だが下手に説明すると余計に警戒されることになるのではないか？　遠回しに……。

「あの、何か不備がありましたか？」

……俺は何を訊きたいんだ？

「いや、不備なんてないが……」

不審がられている。……嫌だな、憧れの存在に、敵認定をされるかもしれないなんて……。落ち込んでいる場合ではないけど、すごい打撃だ。

「ここです」

気持ちを切り替えないと。とりあえず、役目を果たそう。魔石の換金が目的ではないかもしれないが。あれ？　確かこの魔石を扱う店は……攻撃魔法を強化する魔石を主に取り扱っていたような……。なんて店を紹介してしまったんだ！　どうしよう。店の中には一緒に行くとして……それから？　解決策が全く思いつかない。強固な門に外壁、巨大な武器庫に攻撃魔法を強化する魔石……誤解をされる要素しかない！

「店の主人を紹介します。その方が色々といいと思うので」

ここでぐちゃぐちゃと考えても無駄だ。とりあえず、一緒に行って説明をしなければ。

「あっ、そうだ、魔石はどんなものでも換金できるのか？」

えっ？　どんなものでも？……俺達を試しているのか？

「どんなものとは、どういう意味でしょうか？」

キミールが主様の前に出る。それに少しほっとしてしまう。だが、キミールの態度は大丈夫か？

「これだ。赤の魔石と青の魔石」

…………はっ？　待て、なんだこれは。

「グルグルグル」

あっ、しまった。無意識に手を伸ばしていたようだ。しかしこれは何を試されているんだ？

あ～、魔石が気になる。なんであんな透明感のある魔石なんだ？　しかも触れてもいないのに、あの魔石から森の魔力が溢《あふ》れている。触りたい！　うっ、やはり何か俺達は試されたのか？　主から何か禍々《まがまが》しい魔力を一瞬感じたんだが……。そっと主の様子を窺う。……大丈夫みたいだな。

「あ、あの、申し訳ないですが魔石を見せてもらえませんか？」

カフィレットー！　何をお願いしているんだ？　誤解されているんだから、態度はかなり慎重になる必要があるのに！　獣人だから、森と関わりたいという思いが強いのは分かるが我慢してほしかった。

「どうぞ」

見せてくれるのか？　カフィレットが魔石を観察しているのを横目で見る。それにしても綺麗な魔石だ。あれ？　魔石を換金しに来たんだよな。換金予定の魔石を見る。どう見ても、普通の魔石店にあれだけの魔石を買い取る力はない。あるとすれば、王都にある魔石店ぐらいだろう。

「この魔石は、たぶんこの村では換金できません」

俺の言葉に何か考えている主の様子を見る。怒りだすことはないみたいだが、どうしたらいいのか……。正直に話そう。それがいい。

「この魔石を買うお金を持っているのは、王都の魔石店だけだと思います」

魔石が高い？　そうではない。主様が持っている魔石は森の魔力が膨大に含まれている、希少性の高い魔石だからだ。カフィレットの説明に首を傾げる主様。

それにしても、カフィレットから魔石を受け取ったが、すごいな。ただ手の上にあるだけで、この魔石の力を感じる。というか、これを本気で換金するのか？　どこまでが本気なんだろうか。エントール国の軍事力を調べるなら、魔石など必要ない。本気で調べようと思えば、エンペラス国のあの結界をくぐり抜けたんだ。どんなことでもできるだろう。それをわざわざ魔石を換金すると言った。駄目だ、俺のような一般の騎士では主様の考えが読めない。こうなれば、そのまま受け取って様子を見よう。それにもし本気で換金するなら、あの魔石は国が管理した方がいい。

「あの、この魔石を王に売るつもりはありませんか？」

なんで俺が言う前にカフィレットが言うんだ？　そういうのは俺の役目だろう。魔石に目がくらんで、何を優先させるべきか忘れているな。とりあえず、カフィレットを落ち着かせよう。

「主様、申し訳ありません」

よかった、怒ってはいないようだ。ホッとしてカフィレットを横目で睨むと、視線を逸らされた。

もしかして魔石の魔力に当てられたのか？……全く。

「ダダビス、魔石は別のものを用意するよ」

別のもの？　やはりこの魔石を最初から売るつもりはなかったということか？

「別の魔石ですか？」

どういう魔石をお持ちなんだろうか？

「あぁ、これは俺が魔力を注いで変化させたんだ。魔力が詰まっていて高くなるなら、注ぐ魔力を減らせばいいだけだろう？」

俺の魔力？　ん？　この魔石からは森の魔力しか感じない。

「主様が魔力を注いだ……」

つまり……森と主様は同じ存在ということになる。

「あぁ、これは俺の魔力で森の魔力ではないんだ。悪いな」

俺の魔力で森の魔力ではない？　どういうことだ？

「主様の……」

魔力と森から感じる魔力は同じだ。それに間違いはない。なんせ、主様の傍に寄ると森の気配が強くなるからな。なのに主様はご自身の魔力と森の魔力を分けている。ん～さっぱり分からない。どう答えるのが正解なんだ？

247. エントール国　第三騎士団団長　四。

―エントール国　第三騎士団　団長視点―


何がよかったのかは不明だが、様はいらないと言われた。本当に何がよかったんだ？　それはキミール達も分からないのか、首を傾げている。しかも、

「これから三人とは親しく付き合いたい」

と、まさかの言葉を頂いた。これは、俺達の国を信じてくれたということだろうか？　いや、まだ気は早いな。誤解は解けてはいないのだから。あれ？　違うか、俺達を信じてくれたということでいいのか？

「えっと、ダダビス、相談があるんだがいいか？」

相談？　もちろん大丈夫というか、なんでも相談してほしい。主様が満足する答えを返せるかどうか不安だが、できることはすべてやる！

「時間に余裕のある教師を知らないだろうか？」

「はっ？　教師？」

しまった。思いがけない言葉を聞いて、反射的に答えてしまった。

「話し方も特に気にしないから」

そう言ってもらえるのは嬉しいが……どこまで砕けて話したらいいんだ？　ぼろが出そうで怖い。あ～、違う。今はこのことを悩む時じゃないな。えっと教師を探しているんだよな。理由を訊いてもいいだろうか？……訊いてみるしかないな。

「あぁ、俺の下にいる子供達がこの世界で生きていけるようにしたいんだ」

えっ！　主様には子供がいらっしゃるのか！　ということは奥様がいらっしゃる？　あっ、だから森へ攻撃する可能性を探っているのか！　あれ？　違うの？　預かったのか、そうか。主様に子を預ける方がいるのか……森の神様に子供を預ける存在って？　同じ神様か？

「分かりました。教師ですね。今すぐは無理ですが、探します」

絶対に探してみせる。王にお願いすれば、人となりが優れた人物を紹介してくれるだろう。お金？　あっ、教師を雇うのに換金しようとしていたのか。エントール国が雇ってもいいんだが……。恩を売れるところで売りたいが……拒否されるような気がするな。というか、これを言うと関係が崩れるような……やめておこう。

「一人専門で雇うとなると一カ月五万フィールですね」

この金額を出せば、特殊な教師は無理だが、通常の優れた教師を雇うことができるだろう。えっ、住み込み？

「あぁ、俺の家に来てもらいたいんだが、無理だろうか？」

主様の家ってことは、森の中にある家ってことだよな。住み込み……羨ましい。あっ、金額だ。

「主様、あっ、主の家に住み込み……えっと」

あれ？　この場合はどれぐらいになるんだ？　やばい、分からない。

「コア達や水……龍達もいるから、安心してきてほしい」

あっ、そうか！　主様だけじゃないんだ。ちょっと待て、ということは森の王が勢ぞろい？　まさかと思うが、森の王達の存在を感じながら勉強を教えるのか？　羨ましいが、ちょっと……。ちらりと主様の傍にいる森の王、フェンリルを見る。すっと細められる目。ははははっ。

「安心……そうですね。はい」

教師の選定には、強固な精神力が必要かもしれない。いや、絶対に必要だな。あっ、どんな勉強を望んでいるのか聞いていないな。

「えっと、どんな教師を探しているのでしょう」

常識と読み書きと計算か。この三つを教えている教師は多いから、きっと根性がある教師もいるだろう。性別や年齢はとくに希望ないみたいだしな。……いるよな？

探す期間は三〇日か。随分余裕を持たせてくれた。これは絶対に、いい教師を紹介しなければならないな。金額は一カ月二五万フィール。えっ？

「二五万フィールですか⁉」

相場の五倍。確かに住み込みは珍しいが、そんなに払う者はいないぞ。俺が先ほど言った金額が間違っていたのか？　いや、ちゃんと五万フィールと言ったよな？　うん、間違いなく五万フィールと言った。主様に嘘は言ってない。

「じゃあ、教師の件はお願いするな」

「任せてください。きっといい教師を紹介いたします」

ん？　主様がちょっと引いたけど、力みすぎたか？

「次は三〇日後だな。……この村に来ればいいか？」

この村で問題は……あるな。この村は武器庫もあるし、少し離れたところには騎士団の訓練場所がある。もし警戒されてしまったら。いや、既に武器庫は見られている。後ろめたいところはないと、この村に来てもらった方がいいかな？

「そうですね。この村でお待ちしています」

問題があれば、王が対処するだろう。三〇日の猶予《ゆうよ》があるんだから。

「分かった。悪いな、面倒くさいことをお願いして」

「いえ、問題ありません」

グル。

不意に聞こえた森の王の声に体がびくりとする。そっとフェンリルを見るが、こちらを向いてはいない。

「じゃ、また」

主様がさっとフェンリルに乗ると、フェンリルがざっと地面を蹴って空中に浮かび上がる。そのままどんどん上空に上がり、森へと帰っていく。ふぅ、よかった～。なんとか乗り切ったぞ。

「あれ？」

後ろからキミールの声が聞こえる。視線を向けると、眉間に皺を寄せて考え込んでいる。

「どうしたんだ？」

「団長。この村には結界があるんです。主様は結界を……通り過ぎましたよね？」

そうだ、この村は結界に覆われていたな。なのに、普通に空を飛んで……上空を見る。……結界を破ったのか？　いや、もしそうなら騒ぎになっているはずだ。周りを見るが、主様のことで騒いでいるが結界のことを口にする者はいない。どうなっているんだ？……ふぅ。

「後で、結界に問題がないか確認してくれ。王都に戻るぞ」

後回しにすると問題になるかもしれないが、疲れた……。何も考えたくない。

「はい」

飛ばせば一時間ほどで王都だが、ゆっくり帰ろう。馬に跨り、ゆっくり歩き出す。

「急ぎますか？」

カフィレットの言葉に首を横に振る。俺の態度に、キミールとカフィレットが安堵の表情を見せた。主様に会えたのは嬉しいが、急なことだったので精神的に疲れてしまった。ずっと心が浮き立っていたからな。途中、何を言ったのか朧《おぼろ》げだ。

「ん？」

綱を握る手が震えている。主様の前で無様な姿を見せまいと気を張っていたが、どうやら主様が帰ったことで気が緩んだようだ。

「ははっ、手が震えてる」

「団長だけじゃないですよ。俺達もです」

後ろを見ると、微かに震えている二人の姿。

「お前達は、さっきから何度も震えていただろうが」

「仕方ないですって。森の神が目の前にいて、森の王に睨まれているんですよ？　ダイアウルフだって怖いし！」

カフィレットが叫ぶ。いつもなら煩いと文句を言うが、その元気も今はないな。

「お疲れですね」

キミールの言葉に苦笑が浮かぶ。そりゃ、疲れるだろう。

「こんなに気を張ったのは初めてだ」

「王様の前でもそうしてください」

「無理」

キミールの大きなため息が聞こえる。いや、だって王だよ。無理難題を押し付けてくる。尊敬はしているからいいじゃないか。

「王都に帰ったらすぐに王に謁見《えっけん》ですね。……どうして馬の脚が遅くなるんですか？」

「どうしてだろうな」

仕方ないだろう。面倒くさいんだから。

「主様からのお願いもあるので、早く帰った方がいいと思いますが」

カフィレットの言葉に、お願いを思い出す。

「三〇日あるから、王がどうにかするだろう。それよりカフィレット、キミール。先に行って王に報告をしてくれてもいいんだぞ」

「いえ、団長を差し置いてそんな」

キミールがすぐに返事を返してくる。後ろを見るとカフィレットも頷いている。

「気にするな。あとで行くし先にどうぞ」

「いえいえ。重要な話ですので団長が報告しないと駄目です」

「そうです」

二人の言葉にため息が出た。

248. どこの知識！

「疲れた～、コア達もありがとう。今日は助かったよ」

「役に立てたならよかった」

「でも、睨んじゃ駄目だからな」

ダダビス達と話していると、時々何か困ったような戸惑っているような表情をした。最初は俺が何かしたのかと焦ったのだが、どうも目線が俺に向いていない。そっと視線を追うと、コア達を見ていることに気付いたので、コア達を観察してみた。うん、俺から見ても怖いと感じる目線でダダビス達を睨みつけていた。

「あっ、あれは……悪い。主に頼られていると思ったらつい……」

頼られているって……。コア達には、ほぼ毎日頼っているから悪いなって思っているんだが。

「俺は幸せ者だな」

「なぜだ？」

コアが首を傾げる。

「コア達がいてくれるからだよ」

「そ、そうか？」

コア、もしかして照れた？

「あぁ」

うわ〜、みんなの尻尾が可愛い。すごい振ってくれている。もふりたい！

「ん？　どうした主？」

「いや、なんでもないよ」

今日は疲れているだろうから、日を改めてお願いしよう。

「おかえり」

ウサの声に視線を向けると、ちょっと不安そうな表情で出迎えてくれた。何かあったのか？

「どうしたんだ？　何かあったのか？」

家と周辺に魔力で異常がないか調べる。特に問題はないようだが。

「大丈夫。帰ってきたなって……」

「ん？」

帰ってきた？

「そりゃ、俺の家はここだし、みんながいるんだから帰ってくるだろう？」

俺の言葉にへにゃっと笑うウサ。その後ろにはクウヒとヒカルもいる。もしかして、かなり不安にさせていたんだろうか？　それなら申し訳ないが、獣人達とはこれからも付き合っていきたいしな。何をそんなに不安に思うのか、少し分からないがとりあえずギュッとウサを抱きしめる。

「へへへっ」

嬉しそうに笑うウサの頭を撫でると、ツンと服が引っ張られる。見ると、視線を明後日の方に向けているクウヒ。可愛すぎる。クウヒもギュッと抱きしめて頭を撫でる。そっとクウヒの表情を見ると、嬉しそうにしている。よかった、正解だったな。

「ご飯できてるよ。一つ目達が、今日も頑張ってた」

ウサの言葉にクウヒとヒカルが頷く。食事をするウッドデッキに向かいながらヒカルの頭を撫でる。

「ヒカル、二人の面倒を見てくれてありがとう」

照れくさそうに、頬をほんの少し赤くするヒカルが可愛いくて口元が緩む。ヒカルは、他の子供達に比べるとちょっと年上だ。そのせいなのか、なかなか甘えてくれない。甘えるのが苦手なのかと思ったが、どうも周りに遠慮をしているみたいなのだ。なんで、俺から構いにいくようにしている。いつか、ヒカルから甘えてくれるといいんだけどな。

ウッドデッキでは、既に食事が始まっていたのか、かなり賑やかな状態になっている。子供達が増えてから、この時間は農業隊も手伝いに来るようになった。主に子供達の対応に。

いつもの椅子に座ると、さっと用意される夕飯。いつも完璧だ。一つ目を見ると、なぜかハンチング帽をかぶった一つ目の姿。

「えっ、どうしてその帽子をかぶっているんだ？」

「今日は、ハンバーガーというものを作りました」

机の上にはパンに挟まれたハンバーグに野菜。見た目からも香りからも美味しそうだ。……そうじゃなくて！

「いや、どうしてハンチング帽？」

「ハンバーガーにはこれです」

いつから！　じっと一つ目を見る。ふざけているわけではなさそうだ。本気だ。

「………そうなんだ」

「はい」

満足そうに頷く一つ目。周りを見ると、一つ目全員がハンチング帽をかぶっている。

「では、ごゆっくりどうぞ」

去っていく一つ目を見る。いったい、どこから得た知識なんだ？　えっ、俺が知らないだけでハンチング帽とハンバーガーには深い関係でもあるのか？

「主？　食べないの？」

ウサの言葉に我に返る。

「悪い。温かいうちに食べないとな。いただきます」

既に食べているウサ達に笑みを見せて手を合わせる。一口かぶりつくと、さすが一つ目が作っただけある。肉汁が溢れて美味い。

「このハンバーガー、美味しいね」

ウサの言葉にクウヒが無言で頷く。口に入れすぎてしゃべれないようだ。それにしても、すごい勢いで食べるな。皿を見ると三個のハンバーガー。既に一個は食べきって、今食べているのが二個目だから……五個！　俺は一個で満足できるんだけど。ウサは三個だな。ヒカルは一個か。前から思っていたが、獣人の二人は俺達より食べる量が多くなってきた。最初は一緒の量だったんだけどな。……大きくなるわけだ。

「あの帽子をしないとハンバーガーは食べられないんだよね。あの帽子をもっといっぱい作ってもらおう」

……三〇日は遠いな。もっと早めに教師に来てもらうようにすればよかったかもしれない。

「ウサ、あの帽子をいっぱい作ったからといって、ハンバーガーがいっぱい出てくるというわけではないからな」

「そうなの？」

悲しそうな表情で俺を見るウサ。

「そうなんだよ」

「そっか」

そんな悲しそうな表情をされると、胸が痛くなる。

「一つ目達に、『また作ってほしい』と、お願いしたらどうだ？」

俺の言葉に驚いた表情のウサとクウヒ。いや、その反応に驚くんだけど。

「お願いしてもいいの？」

「もちろん」

まだ、奴隷だった時の影響が残っているのかな？　そういえば、ウサもクウヒもあまり自分から何かをねだることがないな。今度から何が食べたいのか、訊こうかな。服などの希望を訊いても、きっと言ってくれないだろうからな。身近な食事なら答えやすいだろう。何かを望んでもいいんだと、ゆっくり理解してくれたらいいな。

それにしても、ハンバーガーはコアやチャイ達には食べにくかったみたいだな。口の周りがすごいことになっている。まぁ、それにかこつけて、チャイがコアに甘えているけど。ん？　他にも甘えているペアがいるな。まぁ、仲がいいのはいいことだ。別に悔しくはない……コア達で慣れた。

グラグラ。

あれ？　揺れた？

「ん？　今、なんか地面が……」

ウサとクウヒが足元を見る。コア達も周りをきょろきょろと見回している。本当に揺れたんだな。地震か。この世界にもあるんだな。

「何、今の……」

クウヒが不安そうな表情をする。

「たぶん地震だろう」

「じしん？」

俺の言葉を不思議そうに繰り返すクウヒ。もしかして地震を知らない。

「主、じしんとはなんだ？」

すっと、俺の目の前に顔を出す飛びトカゲ。それにちょっと驚きながら、言われた言葉を思い出す。「地震とはなんだ？」と言ったような気がする。あれ？　飛びトカゲ達龍は、知識が生まれた時から埋め込まれていると聞いた。なのに地震が分からない？

「地面が揺れる現象のことだ。原因は…プレートの移動が関係して……」

言葉がどんどん小さくなっていく。揺れる原因を詳しく説明できないこともあるが、目の前の飛びトカゲが心底不思議そうにしているからだ。その飛びトカゲの態度から、龍達の知識に地震に関するものはないと気付いた。そのことに首を傾げる。どうして、地震の知識が植え付けられていないんだ？　必要ないと思われた？　それはないよな。少し前に、地震が起きたんだし。なんだか嫌な感じだな。

「もう大丈夫？」

ウサが俺の腕に手を乗せる。

「それは、ちょっと分からないかな」

俺の言葉に不安そうにするウサとクウヒ。ヒカルを見ると、特に焦った様子はない。

「なぜ、分からないの？」

「地震を予想することは難しいから」

「そうなんだ」

ものすごく不思議そうな表情で俺を見るが、何を期待しているんだろう。……無理だぞ。ウサやクウヒの中の俺のイメージは、たぶんなんでもできるんだろうけど無理だからな。あっ、これはいい機会かもしれないな。俺が普通の人間だって分かってもらうのに。……あっ、人じゃなかったな。

249. どうしてそうなった？

「ロープ、聞こえるか？」

『……』

こちらからの交信は無理なんだろうか？　訊きたいことがあるんだけどな。

「ロープ？」

『主～！　何、何！』

うわっ、びっくりした。……いつもよりテンションが高くないか？　もう少し落ち着いてほしいんだけどな。

『主？』

「あぁ、えっとだな。今日、地震があったんだけど……地震が分かるか？」

まさかロープまで知らないということはないよな？　頼むぞ。

『地震？　そんなのあった？　気付かなかったけどな。というかこの世界で地震が起こるはずないんだけど』

ん？　この世界で地震が起こるはずない？　なんで？

「どうして、ないんだ？」

『だって、この世界は魔法で維持されているからね。主がいた世界のようにプレートとか関係ないんだよ』

マジか。世界の作りが全く違うのか。

「だから龍達は地震の知識がなかったのか?」

『神獣である龍は、世界ができた時に一匹守護龍の役目を持って配置されるんだ。主のいた世界の龍なら地震の知識があるけど、この世界にとって地震の知識は不要だからね。ないと思う』

なるほど、そういうことか。ん?　地震がない世界で、どうして地震が起きたんだ?

「地震があったよな?」

『いや、さっきも言ったけど気付かなかった。主の周辺だけに起こったのかな?　調べてみるからちょっと待ってて』

「分かった。悪いな」

『えへへへっ』

最後まで、いつもと違うテンションだったな。大丈夫だよな?

「あっるじ～。一つ目が参上～!」

部屋の扉を見ると、一つ目がお茶を持って入ってくるのが見えた。この一つ目はかなり明るい性格で、話し方も軽い。というか、いつも語尾を伸ばすしゃべり方をする。リーダーの一つ目が注意をしていたが、「む～り～」と言いながら逃げていた。そしてこの子は、カレンとかなり仲がいい。時々カレンの上に乗って森を散歩しているのを見かける。

「今日はカレンと散歩には行かなかったのか？」

「そうだよ。今日はお休み～。農業隊が忙しくて～」

そういえばカレンはこの一つ目と、農業隊の一体とで散歩に行っていたな。農業隊が忙しくて参加できないから行かないのか。仲がいいな。

「主～、お茶～」

ベッドの近くにある机の上にお茶の入ったコップが置かれる。

「ありがとう。一つ目達がいれてくれるお茶って美味しいよな。ほっとする」

「本当～」

「あぁ、本当だよ。ありがとう」

「えへ～」

嬉しそうな声を出す一つ目の頭を撫でる。岩人形特有のひんやりした冷たさが手から伝わる。岩なので撫でられる感覚があるのかは分からないが、嬉しいという気持ちは伝わってくる。

「そういえば、一つ目達には地震の知識はあるのか？」

「あるよ～。簡単に言うね～。地震とは星の表面を覆うプレートが一枚じゃなくて～、大小十数枚に分かれていて～、それぞれが年間で数センチのスピードで移動しているんだよね～。そのプレート同士がぶつかったり――」

「ありがとう。一つ目達が地震について詳しいことは分かった。すごいな」

間違いなく俺より詳しいな。

「今日の地震は、おかしいらしい」

「そうだね～。この世界で地震が起こるはずないもんね～」

知っていることにびっくりだよ。

「知ってたんだ」

「うん、知ってる～。この世界はね～『世界の実』に魔力を注いで星の核を作ったから、プレートがないんだよ～。マグマもないから火山もないの～、だから火山性地震も起こらないんだよ～」

「そうなんだ。あれ？　火山はあるよな？」

火を噴いているデカい山があるぞ？　まぁ、ちょっと不思議なことに、マグマが通る隣を木々が生い茂っているんだけどな。あぁ、そうか。あれは俺の知っている火山ではないのか。いや、もしかしてあれは火山ではないのかも？　それはないか、火山だって言っていたし。あっ、こんがらがってきた。

「あれは火山だけど、動力は魔力だから～」

この世界の火山という認識でいいのかな？　それにしても、この世界はすべて魔力で動いているんだな。あっ、教師に魔法を教えてくれる人という条件を忘れてた。重要なのに……。

「主～？」

「ありがとう。よく分かったよ」

「よかった～。あとね～。リーダーから、教師はいつ来るのか教えてほしいらしいよ～。色々準備があるからだって～」

準備？……住み込み予定なら部屋の準備かな？

「三〇日後に紹介してもらうことになっているんだ。まだ先だから準備を急ぐ必要はないと言っておいてくれ」

「分かった～。じゃ、行くね～。お休み～」

「あぁ、お休み」

部屋を出ていく一つ目を見送る。それにしても、あの一つ目は見事に語尾を伸ばしたな。俺が一つ目を作る時にイメージしたのは……手助けしてくれるロボットだったかな？　確か……そのはず。まぁ、要するに一体一体違うものをイメージしていない。あの時に、そんな余裕はなかった。つまり元は同じのはずなんだよな。なのに、皆が皆個性的で、会話ができるようになってからかなり驚かされた。何が起きて、あんな一つ目達が生まれたんだろう？　さっぱり分からない。

「それにしても、地震か～。この世界にないのは嬉しいが、実際に起こったよな」

嫌な予感しかしないな。まぁ、ロープが何か摑んでくるだろう。それまではゆっくり過ごそう。

今日は色々なことがあって、疲れた。

朝ごはんを食べながら、庭を見る。天使達が、紐付きで空を飛んでいる姿が目に入る。その手にはパン。遊びながら食べるってどうなんだ？　あっ、そういえば。天使達が寝ているベッドの上を見る。

「なくなっているんだよな」

朝起きてきて、違和感に首を傾げた。何かがいつもと違う。リビングを見渡して、天使達の上にくるくる回っていたおもちゃがなくなっていることに気付いた。一つ目に訊くと、もう必要がないかららしい。天使達の悪戯が落ち着いたんだろうか？　よく、くるくる回るおもちゃに、可愛い攻撃をしていたもんな。

まぁ、あの子達も色々不安があったんだろう。なんせ、大人で寝たはずが起きたら子供になっていたんだから。まぁ、天使達の様子から、そのことはすっかり忘れているみたいだけどな。それでも急な変化にきっと、どこかに不安感はあったはずだ。一つ目達には感謝だな。天使達につきっきりで対応してくれたからな。悪戯が落ち着いたってことは、気持ちが落ち着いたと思っていいのかな？

そういえば、ロープに地震のことを聞いてから三日。まだ、なんの連絡もないんだけど、どうしたんだろう？　ロープは確か人の国にあるんだよな。場所を訊いたら、王城の傍の建物にあると言っていた。……様子を見に行ってみようか。

「というか、このまま人の国に置いておいていいんだろうか？」

ロープの場所を移動させることを、本気で考えた方がいいかな？　いつまでも人の国に置いておくのは駄目だよな。なんせ、この世界の頂点にいる存在だ。話すと、全くそんな印象は受けないけど。まぁ、これはロープ本人の希望も聞く必要があるから、話をして決めよう。……連絡来ないかな？　時間がかかればかかるほど、不安になってしまうんだが……。

グラ。

えっ。今、揺れた？　気のせいか？　一瞬だが、地面がぐらっと揺れたような気がするんだけど。

「主、また地震だよね？」

「でも、前の時より揺れなかったよ」

やはり揺れたのか。本当に僅かな揺れだったから、ウサとクウヒが言ってくれないと気のせいで終わらせるところだった。

「地震みたいだな。ウサの言うように、前より揺れが小さかったな」

俺の言葉に頷くウサ。手には食べかけのサラダ。

「ご飯、食べちゃおうな」

俺の言葉にクウヒも食事を再開する。やはり、この世界にも地震が起きているみたいだな。……あ～、すぐに解決する問題だと嬉しいんだが。

「はぁ。ロープ、頼むから面倒事を持ってきてくれるなよ」

まぁ、ロープの起こした地震ではないようだから、祈っても無駄なんだけどさ。

250. 毎日、グラッ。

グラ。

「あっ、まただ」

地面が揺れたのを感じる。一番初めの地震より揺れ方は優しいが、ここ数日ずっとこんな感じが続いている。一日に数回。昨日は確か……体に感じる揺れは九回だった。日本では、体に感じない揺れも結構あるとテレビで言っていた。もしかしたら、もっと揺れているのかもしれないな。

「調べる方法なんて思いつかないから、調べようがないな」

そういえば、さっきの揺れは本日五回目だったな。昨日よりちょっと早いペースかもしれない。

それにしてもこれは、どう考えても普通じゃない。この世界では地震が起こるはずないのだから。

ロープからは、あの日以降連絡がこないし。

「あ～、本当に嫌な感じがするな」

なんだろう、じわじわっと近づいてこられるような恐怖があるよな。やっぱりロープのところへ行ってみようかな。王宮にあるんだよな。……どうやって入ればいいんだろう。正面突破で入れてくれるだろうか？……無理だろう。どうやったら、初めて見る奴を王宮に入れるんだよ。最悪、不審者で捕まるな。

「あっ、上空からロープのいる場所を特定して、直撃……王宮に不法侵入することになるな」

正面突破よりもっと駄目だ。誰か知り合いに頼むにしたって、この世界に知り合いがいないしな。

あっ……ダダビス達にお願いしたらどうだ？　と言っても、彼らは獣人の国でロープがあるのは人の国。お願いしたら動いてくれそうな気もするが……。教師の件もお願いしているのに、さすがに図々しいな。やめておこう。

周りを見る。ここ数日で、小さな揺れに皆は慣れてしまったので慌てる者はいない。小さな地震が落ち着かないので、皆には「もしかしたら大きな地震が来るかもしれない」と話をした。不意打ちでこられるよりは、心構えがあった方がいいだろうと思ったのだ。地震を知らない龍達から、どんな風に揺れるのかと聞かれたので縦や横に揺れて立っていられなくなると答えた。日本での経験が役に立つかと思ったのだが、ふわふわに「空中に浮いていればいいのでは?」と言われ、ちょっと唖然とした。仲間達は、ほとんどが空中に浮かぶことができるのだ。思いがけないことで日本との違いを実感してしまい、変な気分になった。まぁ、とりあえず大きな揺れが来た時の対処法だけ話しておいた。「飛べない者を乗せて飛べ」と。

一回目と二回目の地震の後、親玉さん達とシュリ達が森の変化を調べてくれたが、異常は見つけられなかった。俺も何度か魔力と、新しい力で森を調べたが気になることはなかった。だからこそ不気味なんだよな。

パチン。あっ、このナスもどき今日一番の大きさだ。今日は揚げナスが食べたいな。

「それにしても。あ~、腰が痛い!」

収穫したナスもどきを、横に置いたカゴに入れてから立ち上がると腰を叩く。朝ごはんを食べて、少し休憩を挟んでから始まった秋の収穫。広大な畑を見た時に、ちょっと遠い目になってしまった。

「広すぎる……」

まぁ、仲間が増えているから仕方ないのだろうけど、それでも広い。バサッという音に視線を向けると、カレンが大きなカゴで収穫した野菜を運んでいた。どうやら今回は、参加してくれたようだ。そういえば、今年から小麦の収穫が増えると言っていたな。パンやケーキの消費が増えたそうだ。一つ目が作るパンもケーキも美味しいからな。

「さて、頑張ろう」

収穫がすべて終わったら、収穫祭をすることが今日の朝に決まった。一つ目達と農業隊になぜか、収穫祭をする必要があると説き伏せられたのだ。もちろん頑張ってくれた人達を、労わるつもりで毎回ワインを振る舞っていたが、今年はもっと盛大にしたいらしい。なぜか一つ目達がやたらに張り切っていた。何をしはじめるのか、ちょっと怖い。


目の前に並ぶ光景に唖然としてしまう。

「祭りの屋台みたいだな」

最初に目に入ったのは、水に浮かぶボール。ボールをよく見ると、小さい魔物から取れる魔石が使用されていた。魔石が水に浮くように、魔法がかかっている。そしてそれを取るのは、魔物の骨を加工し紙を貼ったポイを使用するみたいだ。日本のお祭りで見かけるスーパーボール釣り。異世界バージョンで魔石釣りだけど。ただ、加工した骨に貼られた紙がどう見ても分厚すぎる。あれだと、魔石が取り放題になる。傍にいる一つ目に言った方がいいだろうか？　と思案する。そうだ！　皆はどうやって、ポイを持つのだろうか？　前足で器用に持てるのかな？　悩んでいると、チャルが魔石釣りに近付くのが見えた。そして一つ目がポイを渡すと、チャルの前でふわりと浮かぶ。

「あっ、魔法か」

チャルが視線を魔石に向けると、ポイがすっとゆっくり移動し水面に近付く。なるほどね。

ボッ！

「はっ？」

目で追っていたポイが一瞬で燃えて消えた。……何が起こったんだ？　チャルを見ると、またポイを貰ったのか再度挑戦するようだ。今度はポイが上下左右に揺れながら水面に近付く。そして、魔石が入っている大きな入れものがポイに向かって何かを発射する。それを器用に避けるポイ。水面に近付くと、激しくなる攻防。チャルの何度目かの挑戦でようやく二個の魔石を手に入れたようだ。

「ふ～、見てるこっちも疲れる。……まさか、他のもこんな感じか？」

視線を隣に向けると、輪投げの輪を持つ一つ目がたたずんでいた。輪も魔物の骨を加工して作ったようだ……ただ、輪を通す的《まと》がない。周りを見ても、どこにもない。たたずんでいた一つ目に聞くと、すっと森の方を指す。見ると、遥か遠い場所に一〇本の木が地面に突き刺さっていた。距離は……五〇メートル。魔法で飛ばしていいらしい。防御魔法も許可と言われた。まさかと思っていると、ネアが輪投げをしにやってきた。ネアが魔法で、輪を器用に操作《そうさ》して、地面に刺さった的に向かっていく。

「あっ、やっぱり。妨害があるのか」

飛んだ輪は、途中で弾かれた。一回目は水で弾かれ、二回目は何かに弾かれていた。見えなかったので風魔法かもしれない。ネアもコツを掴んだのか三回目は、妨害を器用に避けて的に向かっている。あと少しというところで、雷が落ちた。

「魔石釣りに続き、輪投げも激しい……」

もっと穏やかなゲームのはずなんだけどな。他にも吹き矢があった。こちらの的は輪投げほど遠くなく妨害もないらしい。説明を聞いて俺でもできそうと挑戦したが、もっと詳しく聞けばよかった。まさか、的が動くなんて！

「当たる気がしない……」

机の上をちょこまかと動き回る、商品達。頑張ってみたが、無理だった。一つ目達を見ると、なんだか満足そうに「調整の練習にもなるな」と、笑っていた。何か目的があるのかもしれない。

「あ～疲れた」

屋台異世界バージョンで遊んだ後は、ワインで盛り上がる。今回のメインなので、かなりの量のワインが開けられることになっている。まぁ、皆収穫を頑張ってくれたのだから、いいだろう。とは思うが、五個目の樽が開けられた。今年のワインはまだ仕込んだところなので、今飲んでいるのは去年かその前のワインとなるが、こんなに飲んで大丈夫だろうか？　次のワインが飲めるようになるまで、足りるのか不安になる。

「一つ目。こんなに飲んで大丈夫か？　次のワインが飲めるようになるまで足りるのか？」

「問題ないです。まだまだ貯蔵量には余裕がありますので」

一つ目の返答に少し驚く。樽《たる》の数は、ここから見えるだけで五個もある。そしてこれまでも、かなりの量を消費してきた。それなのに、まだ余裕があるとは。そういえば、ワインの樽を置く場所を数回広げたな。……最近では、入り口から奥の壁が見えなくなるほどに広くなってしまっている。

まぁ、一つ目達が問題ないと言うなら問題ないだろう。

251. 特別調査部隊隊長　三。

―エンペラス国　特別調査部隊隊長　マロフェ視点―

混ぜ物に襲われた村に着いた時には、その惨状に啞然とした。だがいつまでも、そうしているわけにもいかない。気を取り直して、隊員達に指示を出した。

指示を出して四日目の夕方。調査のため森へ行っていたピッシェ副隊長が、拠点となっているテントに戻ってきた。

「お疲れ様」

「はい、調査の結果を報告に上がりました」

「分かった、もうしばらくすれば補佐の二人も来る。少し待っていてくれ」

ピッシェ副隊長には、混ぜ物の調査を依頼した。既に村にはいなかったが、混ぜ物の動きを知る必要がある。数十分後、拠点に補佐のアバルとラーシが顔を見せた。

「ピッシェ副隊長、報告を」

「はい。混ぜ物ですが、村を襲ってすぐに森に戻ったそうです。それ以降の手掛かりはありませんでした。森を少し調査しましたが、手掛かりは掴めませんでした」

「そうか」

何故襲ったのか。被害にあった者達を見たが、食われた者はいなかった。本当にどうしてこの村を襲ったのか。

「こちらを」

アバル補佐が、地図を広げながらある場所を示す。

「ここに混ぜ物の痕跡がありました」

指した場所は森と村の境界線、そこが混ぜ物が入り込んだ場所だろう。

「結界に異常は？」

森の魔物が村を襲わないように、境界線には結界が張ってある。

「ありませんでした。しっかり結界は張られています」

アバル補佐の話に眉間に皺が寄る。結界に異常がないならば、今回村に入り込んだ混ぜ物には結界が効かないということになる。前王はいったいどんな化け物を生み出したのか。

「最悪な結果ですね」

ピッシェ副隊長がため息を吐きながら言う。

「そうだな」

結界が効かない混ぜ物だとしたら、どうやってこの村を守ればいい？　この村だけではない、森に近い村はすべて危険だ。それに今回目撃された混ぜ物は六匹だったか、これで全部か？　もっといっぱいいたら？

「とりあえず、王へ結果を連絡しておく。ピッシェ副隊長、アバル補佐調査ありがとう」

森に近い村に駐屯《ちゅうとん》する騎士が増えるかもしれないな。いや、無理か。騎士の数がどこも足りていない。増やしたくても、増やせないかもしれない。何としてでも混ぜ物を見つけて、討伐しなければ。

「「いえ」」

まただ。俺がお礼を言うと、なぜか皆緊張した態度を見せる。何か駄目なんだろうか？　うっ、胃が痛い。まだ話し合いは続くのに……はぁ。

「ラーシ補佐、瓦礫《がれき》の処理はどれぐらい進んだ？」

村は、ほとんどの家が壊され、元家だった瓦礫の山があちこちにでき上がっていた。村を復興させるには、まず瓦礫を移動させなければ始まらない。村に着いた翌日から、ラーシ補佐と隊員達に、瓦礫の移動をするように指示を出した。あれから四日。騎士達は体力があるし、村はそれほど大きくはない。そろそろいつ頃瓦礫の移動が完了するか、予測がつくだろう。

「あと一日ですべての瓦礫の移動が終ります」

「早いな」

これはちょっと予想外だ。あと四日か五日はかかると思っていた。

「随行《ずいこう》した魔導師が重さ軽減の魔法を使ってくれたため、かなり捗《はかど》りました」

魔導師？　そういえば、二名の魔導師が一緒に来ていたな。どうも昔の記憶があって、魔導師が苦手だ。これでは駄目だとは分かっているんだが……。後で魔導師の資料を読んでおこう。

「分かった。ご苦労様。二日後には隣町から家を建てるための木材などが届くことになっている。俺達の仕事は瓦礫の移動までとする。あとは森に入って混ぜ物の調査と討伐だ」

「「「はい」」」

話し合いが終ると、どっと疲れが押し寄せる。三人が拠点から出ていくと、大きく深呼吸をする。この村に着くまでに何度か話し合いをしたが、本当に疲れる。

「明後日から森の中か。彼らといる時間が増えるんだよな……はぁ」

拠点から出て、少し離れたところで食事をしている部下達を見る。村人からお礼にと野菜を貰ったそうで、今日の夕飯のスープは具がたくさん入っている。皆、村の人達との関係を上手く築けているようだ。たぶん、築けていないのは俺だけだろう。村の代表と話す時も、かなりビビられてしまった。頑張って、表情を取り繕ったのだが、どうも逆効果になってしまったようだ。会った瞬間に「ひっ」と小さく叫ばれた。俺はいったいどんな顔をしていたのか……。

「夕飯を持ってきました」

「えっ？」

ピッシェ副隊長が二人前の夕飯が載ったトレーを持って、俺の傍に来る。それを不思議そうに見つめると、ピッシェ副隊長も首を傾げる。

「夕飯がまだだと聞いたんですが……」

「あぁ、まだだ」

もしかして俺の分か？　心の中で慌てていると、すっとトレーが一つ差し出される。反射的に受け取った自分にちょっと驚く。

「ありがとう」

「いえ、一緒に食べていいでしょうか？」

ピッシェ副隊長が、俺に歩みよろうとしてくれているのが分かる。だが、食事ぐらい気を休めて食べた方がいいのではないだろうか？　少し迷うが、ここで断ったらピッシェ副隊長に失礼だろうな。

「あぁ、構わない」

……もっと言い方があるだろう。感謝を述べるとか。駄目だ。顔が硬直しているような気がする。

ちらりとピッシェ副隊長を見るが、よかった。俺の態度に、気を悪くしている様子はない。

拠点の近くにある椅子に、ピッシェ副隊長と並んで座る。食べ始めると、確かに野菜がごろごろと入っていて美味しい。

「…………」

何か話をしないと駄目だろうか？　でも、いったい何を？　明後日からのこと？　だが、食事中に仕事の話などしたくないだろう。俺が嫌だ。……どうしたら……。

「随分と隊員と村の人達が仲良くなってますよね」

ピッシェ副隊長の言葉に視線を部下達に向けると、部下に交じって村の人がいることに気付く。

そういえば、彼らは昨日もいたな。

「そうだな」

「あの、村の人達から隊長に謝りたいと言われまして……」

謝りたい？　村の人と俺の間で、何かあっただろうか？

「あの初日に彼らがした、態度のことだと思います」

初日の態度？　もしかして、隊長が獣人だと知った時に見せた嫌悪感のことか？　別に慣れているから、気にも留めなかったが。気にしていた者がいたのか？

「特に気にしていないから、問題ない」

心というものは、すぐにどうにかなるものではない。ずっと獣人を下に見てきたのに、隊長として目の前にいるんだ。嫌悪感を覚える者もいるだろう。そしてその数は一人や二人ではない。だいたい騎士の中にも、俺が隊長になったことを不服に感じる者はいるんだ。いちいち気にしていられるか。

「あの、謝るチャン……いえ、なんでもないです」

ん？　今、何か言いかけたような気がしたが。ピッシェ副隊長を見るが、既に食事を再開していた。もう一度訊くのも悪いし、まぁ大丈夫だろう。

そういえば、ピッシェ副隊長は俺と目が合っても慌てないな。獣人達以外の騎士仲間は、目が合うと慌てる者が多いが。そっとピッシェ副隊長を見る。

「君が副隊長でよかったな」

「えっ？　何か言いましたか？」

「いや、なんでもない」

ピッシェ副隊長の不思議そうな視線に焦る。まさか声に出してしまうなんて……。食事を続けようとして、既に食べ終わっていることに気付く。……いつの間に食べ終わっていたんだ？

252. 王城に行こう！

グラグラッグラグラッ。

「うわっ……」

揺れを感じてベッドから起き上がる。今のは少し大きかったな。……もう、落ち着いたか？

「ロープ？　いないか？」

しばらく待つが、返答はない。

「……いないか」

どうしたんだろう？　ロープに何かあったと考えた方がいいんだろうな。無闇に調べさせたのは失敗だった。ロープがこの世界の主導権を持っているから、何もないと思い込んでいた。……王城に忍び込むか。あっ、もしかして人がロープに何かした？　いや、それはないか？

「はぁ、ここで考えていても答えは出ないな」

よしっ、明日王城にロープの様子を見に行こう。王城に入る方法は……なんとかなるはず……たぶん。

「あるじ～」

えっ！　部屋に響く声に視線を向けると、太陽を先頭に子供達が部屋に飛び込んでくるのが見えた。

「マジか……」

子供達の勢いに体が引く。そのまま来られると！

「ちょっと待て～！　強化！」

「揺れた～」

「怖い～」

「今のなに～」

子供達が一斉に襲い掛かってきた。

「うげっ」

怖かったのは分かった。分かるが、頼むからもう少しお手柔らかに頼む。

「ごほっごほっ」

勢いよくぶつかってきた太陽に押されてベッドに転がると、どんどん上に乗ってくる子供達。お～も～い～。はぁ、それにしても太陽がぶつかる前に魔法で体を強化できてよかった。

「大丈夫だ。今ぐらいの揺れなら、それほど怖くないから」

この慰め方は合っているのか？　元日本人だと少しの揺れは慣れてしまっているんだよな。今の揺れも震度にしたら二か三ぐらいのはずだ。

「本当に大丈夫？」

月が涙声で訊いてくる。ここで大丈夫だと答えて、すぐに地震がきたら？

「とりあえずは大丈夫だ。地震がきても守るからな」

原因が分からない以上、本当に大丈夫か判断できないからな。嘘は言わないようにしないと。

ん？　震えている子がいるのか。上に乗っている子供達の頭を順番に撫でる。あぁよかった。落ち着いてくれたみたいだ。ところでこの子達は、いつ俺の上から降りてくれるんだ？

「あれ？」

顔をぐっと持ち上げて体に乗り上げている子供達を見る。……寝てる。

「マジか」

数分前まで起きていたよな？　というか、俺はこのまま下敷きなのか？……仕方ないか。

「それにしても、体の強化魔法を作っておいて正解だったな。まさか自分の部屋で使うことになるとは思わなかったけど」

強化魔法をイメージした時に、どんな攻撃を受けても痛みを一〇分の一になるようにした。そのお陰か、みぞおちに膝が入っても痛みはなかった。これは正解だな。ただ、まさか押しつぶされることは想像しなかった。強化魔法を作り直そう。重さを一〇分の一になるように。

「重い……」

寝ているのに、動くと可哀そうだよな。起きたらまた不安がるかもしれないし……まぁ、重さだけだから寝られないということもないか？

隕石《いんせき》に押しつぶされる夢を見た。……眠い。

体の節々に違和感があるな。ただヒールを掛けても、痛みではないため効かないみたいだ。残念。

「さて、人の国に行きますか」

「主、今日は出かけるのか？」

横にいるコアが俺を見て首を傾げる。首にギュッと抱きつくと、おぉふわふわで気持ちいい。何かを感じて横を見ると、ジト目で俺を見るチャイ。相変わらずコアとチャイは仲がいい。

「人の国に行って王城に忍び込もうと思ってるんだ」

「忍び込む？　堂々と正面から入ればいい」

コアの言葉に首を傾げる。あっ、そうか！　森の王が一緒だったら、入れるかもしれない。

「コアも一緒に来てくれるか？」

コアが無理なら親玉さんか？　あとは龍達でもいいのか。

「構わないよ。一緒に行こう」

なんだ？　コアからちょっと黒い気配を感じるんだが。

「王城にいるロープの様子を見に行くだけだからな」

「ロープ？　あぁ魔幸石のことだったな。会わなくても会話ができると言っていたのではないのか？」

「そうなんだけど。地震の原因を調べるように言ったら、それから音沙汰《おとさた》がなくなってしまって」

何かあったのか心配なんだよな。

「そうか。では、行くか」

「あぁ、悪いな」

ウッドデッキを出ると、親蜘蛛さんが二匹近づいてくる。

「主、人の国に行くの？」

「あぁ、そうだけど。どうした？」

親蜘蛛さんが首を傾げながら訊いてくる。成長してかなり大きくなったが、動作が可愛いよな。

「僕達も、人の国周辺の森に用事があるんだ。一緒に行っていい？」

人の国に用事？　何だろう？

「それは、構わないが。何か問題でもあったのか？」

「人の国から森に入った者達がいるから、調べるんだ」

人の国から森へ？　警戒しているということは、危ない連中なのか？

「何か危険なのか？」

「まだ、分からない」

とりあえず調べるということかな。何も問題がなければいいな。

「そうか。なら、一緒に行こう」

喜ぶ親蜘蛛さん達を見て、笑みが浮かぶ。昨日の地震から不安が消えてなかったから、こういうやり取りはホッとする。

「主。今日は俺達に乗って！」

親蜘蛛さんが、傍によって乗ってとアピールする。そういえば、最近はずっとコアに乗せてもらっているな。久々に親蜘蛛さんに乗せてもらうのも、いいかもしれない。

「親蜘蛛さん、ありがとう。乗っていいか？」

俺の言葉にプルプルと震える親蜘蛛さん。これは、喜んでいると思っていいんだよな？

「主、俺は糸が出せないから魔法で安定させるね」

「分かった。頼むな」

森の中を親蜘蛛さんの上に乗って疾走する。コアより遅いが、それでも早い。数時間走り続けていると、不意に親蜘蛛さん達のスピードが落ちた。疲れたのだろうか？

「人がいる」

乗っている親蜘蛛さんがある場所を前脚で指す。視線を向けると、同じ服を着た一団が見えた。ダダビスと似たような格好だが、少し異なっているデザイン。もしかしたら人の国の騎士だろうか？　ということはここは人の国の近くか？

「あれ？　獣人もいるな」

様子を見ていると、どうもその獣人が全体に指示を出している。ということは獣人の国の騎士なのか？……人の方が多いけど……。

「何かを探しているみたいだ」

コアの言葉に、もう一度一団を見る。確かに、警戒しながらも何かを探しているように見える。

一体何を探しているんだ？

「近くに、魔物がいるな」

チャイの言葉に周りを見渡す。が、木々が邪魔で場所が分からない。

「あそこだ」

コアの視線を追うが……どこ？　もう一度コアの見ている方向を確認する。見る方向は合っているよな？　え～どこにいるんだ？　チャイも親蜘蛛さん達も、既に見つけたようだ。

「何匹だ？」

「全部で一二匹だ」

コアの言葉に親蜘蛛さんの一匹が答える。一二匹もいるのか？　まだ、一匹も見つけられていないのだが。あっ、魔力で捜した方が見つかるかな？　森の魔力とは異なる魔力……魔力……いた！　よかった、見つけられた。

「あれ？　あの魔物達、魔力が安定していないな。それに、これって……」

魔力を探って魔物を捜したが、感じ取れた魔力がおかしい。異様に不安定だ。しかも一つの体に異なる魔力が存在している。俺みたいだな。ただ、俺の魔力は安定してるけど。

「人や獣人が言っていた、混ぜ物という魔物ではないか？」

まぜもの？　コアの言葉に首を傾げる。随分変わった名前の魔物だな。

「あれは自然に生まれた魔物ではないな。排除した方がいい」

コアが言葉と共に殺気を纏う。こわっ、本気だ。

「主、少しこの木の上で待ってて。すぐに終わらせてくる」

親蜘蛛さんが、大木の幹に俺を降ろすと一気に混ぜ物に向かって飛んだ。それにしても自然に生まれた魔物じゃないなら、どこで生まれたんだ？

下から混ぜ物という魔物の警戒した声と、断末魔が聞こえる。うん。親蜘蛛さんもコアも容赦ないな～。あっ、そういえば騎士の一団はどうしたんだろう？

「固まっているな……まぁ、そうなるよな」

あっ、コア達は勝負がついたみたいだな。早いな。ここからあの魔物は持って帰れないよな。あんなに魔力が不安定だとまずいのかな？　気になるな、でもここから家は遠いよな。諦めよう。

「お待たせ！」

親蜘蛛さんが楽しそうに飛んできたけど……血まみれだね。いつもはもっときれいに狩るのに。何か鬱憤《うっぷん》でも溜まっていたのかな？

253. 不意打ち駄目！

「本当にどうしようかな？」

コア達を見て固まっている騎士達はいまだに微動だにしない。こちらから、声を掛けた方がいいのだろうか？　だが、彼らが何者なのか知らないしな。まぁ、騎士の服を着ているから人の国の騎士か獣人の国の騎士なんだろうけど……。声を掛けるべきか、このままスルーするべきか。

『主～！　大変！』

「ひっ」

いきなり聞こえた大音量の声に、体がびくりと震え足が滑る。あれ？　これ、やばい？

「主！」

ぽふっ。……ん？　下を見るとチャイがいた。どうやら、滑って落ちそうになった俺をチャイが助けてくれたようだ。はぁ～。あっ、獣人の騎士と目が合った。……恥ずかしい。

「チャイ、ありがとう」

「急にどうしたのだ？」

コアが心配そうに俺の下へ来る。

「どうしたって、急に声がして……」

待て。今の声は……直接頭に響いてきたような気がする。そうなると、コア達には聞こえてない可能性が高いな。確かめるには声を掛けたらいいかな？

『ロープ？』

『そうだよ。ごめん、急いでいたから』

コア達の様子を見るが、声を気にしている様子はない。聞こえているのは俺だけだな。

『あぁ、大丈夫だ』

「今、ロープが直接声を掛けてきたんだ。それに驚いてしまって……心配かけたな、悪い」

コアとチャイの頭を撫でる。親蜘蛛さん達も心配そうに俺の方を見ている。

『ロープは大丈夫なのか』

まぁ、声の感じから言って問題はないような気もするが。

『ん？　何が』

大丈夫そうだな。なら、どうして連絡が途絶えたんだ？

『ずっと連絡が取れなかったから、心配したんだ』

『ごめん、あれ？　ずっと？』

ロープの不思議そうな声に首を傾げる。何かを感じて視線を上げると、コアと親蜘蛛さん達も首を傾げていた。心で話しているから、ロープと話していると分かっていても不思議だよな。と言っても、俺だけ声を出して話すと知らない人が見たら、俺がおかしくなったように見えるだろうしな。

そういえば、騎士達はどうしたんだろう？　下を見ると、今度は上を見上げて固まっていた。どうも、俺を見ているような気がする。自意識過剰かな？　ちょっと横に移動して……見られているようだ。なんなんだ？　じっと見てくる彼らに居心地が悪くなる。ここから移動した方がよさそうだな。

森の中で、座って話が聞ける場所を探すか？　それとも、家に帰った方がいいだろうか？　ロープはさっき大変だと言っていたよな……やっぱり家だな。

「帰りたいんだけどいいか？」

ここまで連れてきてもらって悪いんだが。

「もちろん構わない。お前達は？」

コアがチャイと親蜘蛛さん達に問うと、彼らも「構わない」と答えてくれた。

「悪いな。あれ、そういえば親蜘蛛さん達は、森へ侵入した者達を捜しにきたんじゃなかったっけ？」

親蜘蛛さんを見ると、二匹ともが頷いた。侵入者の件はどうしたんだろう？

「問題ないようだから、放置する」

そう言って、下の騎士達を見る。あぁ、彼らを調べる予定だったのか。まぁ、悪さをしているようには見えないな。

「主、ロープは大丈夫だったのか？」

「あぁ。問題なかったみたいだ」

コアには心配をかけてしまったな。

「いつもありがとうな」

コアを撫でると鼻先をぐりぐりと手に押し付けてくる。もう少しだけ力加減がほしいな。そしてチャイ、お願いだからこれぐらいで睨むな！

親蜘蛛さんが、血まみれだった体をクリーン魔法で綺麗にすると俺の前に来た。これは乗っていいということだろうな。

「お邪魔します」

親蜘蛛さんに乗ると、すぐに家に向かって走りだす。

「あっ！」

下で慌てた声が聞こえたが、ロープの調べてきた話が気になる。申し訳ないが、ここはスルーさせてもらおう。また、縁があったら会えるだろうし。

『主、話しかけて大丈夫？』

ロープの心配そうな声にちょっと笑みが浮かぶ。

『大丈夫だ』

『えっと。調査をお願いされてから、どれくらいの時間が経っているのか分からないけど、遅くなってごめんね。俺の中では時間というものが存在しないから、どれくらい経ってるのか分からないんだけど……』

時間というものがない？　そうか、ロープは魔幸石だ。時間は無限にある存在だったな。無限にある時間なんて気にしないか。

『ごめん。俺のお願いの仕方が悪かったんだ』

根本的な違いを初めて感じたな。これから気をつけよう。

『そんなことないよ。主からのお願いは何よりも嬉しいから』

そう言ってもらえると安心だな。でも、あまり頼りすぎるのはよくないからな。

『あっ、そうだ！　それより大変なの！　地震の原因を調べたら、ちょっとこの星が危ないことが分かって！』

…………えっ？　この星が危ない？　それってどういう意味でだろう？　聞かなければならないけど聞きたくない。俺は穏やかに平凡に暮らしたいんだ！　……この世界に飛ばされてから、なんでこう後から、後から……。

『話していい？』

すぐに聞いた方がいいんだろうが、落ち着いて聞きたい。だって絶対にろくでもないことのような気がするから。

『ロープ、家に着くまで待ってくれ。落ち着いた状態で聞きたい』

それまでに何を訊いても慌てないように心構えをしておこう。

『それもそうか。分かった』

それにしても、アイオン神はこの星が危ないことを見逃したのか？……デーメー神みたいに、わざと見逃したわけじゃないよな？　もし今回もそうなら、龍達に頼んで暴れてもらおうかな。いや、駄目か。神に反撃されて、龍達が怪我をするかもしれない。どんな方法なら、確実に神に痛手を負わせられるだろう？

「主、大丈夫か？　随分神妙な顔をしているが」

「ん？　大丈夫。ちょっと神を懲《こ》らしめる方法を考えているだけだから」

「そんなことか」

「えっ？」

俺が驚いた声を出すと、コアが俺を見て「ふん」と鼻を鳴らす
「我だけでは無理だが龍達と協力すれば、神を懲らしめるのは簡単だ」

簡単という言葉に、コアを唖然と見る。

「怪我とか……」

「問題ない」

そういえば、飛びトカゲ達も言っていたな、似たようなことを。そうか簡単なのか。もし、アイオン神がよからぬことを考えているなら、お願いしようかな。

『主。俺も参加するからな！　暴れまくってやる』

暴れるってロープは魔幸石。つまり石だよな？　暴れられるのか？

『主？　俺の持っている力は強いからな？』

神様達が作った石だもんな。

「頼りになるな」

「そうか。なら誰かを懲らしめたいと思ったら、すぐに言ってくれ」

ん？　コアの言葉に首を傾げる。なんでコアが満足げに……あっ、声が出てたかも！　えっと、コアはなんて言ったかな？　怪我の心配もなく懲らしめられるだったよな。

「えっと。コア、ありがとう」

でも、神様を懲らしめていいのか？　というか、なんで既にやる気に？

「まだやらないからね」

「分かっている」

大丈夫かな？　まぁ、コアは俺の意思を汲《く》んでくれるから大丈夫か。それより、もし本当に何か企《たくら》んでこの世界が危ないことを無視したんだったら、お願いしようかな。

254. 最悪な事実。

家に着いてしまった。いや、家で落ち着いて話を聞くと言ったのは俺だから、当然なんだが。何だか怖いな……いや、大丈夫だ。皆がいるからなんとかなる！

『主、二人で話したい』

二人で？　えっ、皆は？

『……分かった』

ふ～……そういえば、なんでこんなに緊張しているんだ？　ロープが大変だと言ったから？　地震が怖いものだと知っているから？……それとも、感覚的に何か感じているのか？

「分からない」

ただ漠然とロープから結果を聞くのが怖いと思ってしまう。

『主？』

「なんでもないよ」

そういえば、ロープは念話でしか話ができないのかな？　皆に聞こえるように話せると便利なんだが。

「ロープ、部屋に着いたよ」

『うん、見てるから知ってる』

見てるって……まぁ、いいか。

「一つ聞きたいんだけどいいか？」

『何？　どうしたの？』

「ロープの声を、皆に届けるようにすることはできないのか？　念話だと俺だけだろう？」

「できるよ。こういうことだよね。ちなみに、念話でも同時に届けることができるよ」

部屋に響く俺以外の声。できたんだ。それに念話でも？　何だ、だったらもっと早くお願いすればよかった。

「これからは皆にも声が届くように話してほしい。あぁただし、今日みたいに近くに関係ない者がいたら、念話でいいから」

いきなり声が聞こえたら怖いだろうからな。俺だって、ビビるし。まぁ、すぐにロープだと気付けるからいいけど。

「分かった」

「うん、よろしく。じゃあ、話してくれるか？　分かったことを」

何を訊いても慌てないように……。

「分かった。主、落ち着いてね」

ロープがそう言うということは、俺にとって衝撃の内容なんだろうな。うわ〜、聞きたくない。と言えればいいが、そうも言ってられないよな。

「大丈夫だ。教えてくれ」

「この世界は、壊れかけていることが分かったんだ」

壊れ……かけている？…………うん、覚悟してたけど……ちょっと……。壊れかけているのか……落ち着け、原因が分かれば対処できるはずだ。だから、まだ大丈夫。混乱するなよ。

「えっと地震は壊れかけていたから起こったんだな？」

違う、これが訊きたいわけじゃない！

「そう」

落ち着こう。壊れかけているが、まだ壊れたわけではない。だから大丈夫だ。よしっ、とりあえず……壊れてしまう前に、この星にいる者達の移動を……。まて、それを考えるのはまだ早い。壊れている原因を改善したらいいんだから。原因……そうだ原因を聞かないと。

「どうして壊れかけているんだ？」

「……強い者が集まりすぎたんだ。この星に」

ん？　強い者が集まりすぎた？……まさか。

「普通、星が生まれたら神獣が多くても二匹までなんだ。別にルールがあるわけではない。ただ、星の許容量がそうなんだ。……ここには、神獣が二匹以上いる。それに神獣以外の者達も強い」

なるほど。つまり強い者が集まりすぎて、パンクしてしまったということか。…………マジか。

えっ、本当に？　こんなのどうやって対処したらいいんだ？

「すぐに壊れそうなのか？」

「それは大丈夫。壊れていた箇所を魔力で補強したから」

魔力が強い者が集まったために壊れたのに、魔力で補強？　よく分からない世界だな。

「でも時間稼ぎだと思った方がいいかな」

「そうか」

根本的なことを解決しないと駄目ということか。根本的？　強い者が多いなら減らすことが解決につながる……減らす？　誰を？……仲間を？…………駄目だ、それは絶対に！　だが、最悪なことはこの世界が壊れてしまった時だ。その前に、皆を移動させないと。

「なぁ、この星以外に龍達を移動させることはできるのか？」

「それは無理だと思う」

無理？

「なぜ？」

「生まれ落ちる世界に合わせて、調整されて生まれるんだ。だから他の世界では生きられない。もし移動したら、かなり体に負担がかかると思う。それに数年で死ぬだろう」

調整されてって……嫌な感じだな。それにしても移動は無理なのか。死ぬと分かっていて移動はさせられない。でも、この世界が壊れても死ぬ。どうしたらいい？　壊れる原因がまさか、強い者が集まりすぎたからだなんて……くそっ。

相談は……無理だ。飛びトカゲ達に言えばどうなる？　彼らのことだから、きっとこの世界から出ていってしまうかもしれない。どうしたらいい？

「ロープ、アイオン神と連絡を取れる方法はないか？」

アイオン神には確認したいことがある。

「伝言を飛ばすことはできる」

「なら『すぐにここに来い』と飛ばしてくれ」

「分かった」

彼女が味方なら、何か解決策を知っているかもしれない。なんとか、皆で生き延びる方法を考えないと。

「主、大丈夫？」

「正直に言えば、大丈夫ではないな。でも、なんとかしないと」

はぁ、何をどうしたらいいのか、さっぱり思いつかない。えっと、神獣達、力の強い者達が集まりすぎたのが問題なんだよな。つまり、龍達の魔力が強すぎるのが問題になるのか？　魔力は関係ないのか？　存在？

「駄目だ。考えが纏まらない」

そういえば、龍達が進化していたな。……あれは恐らく、俺の新しい力が影響を及ぼしているような気がする。龍達以外のコア達が強くなっているのも恐らく……。

「俺の存在が皆を強くしたんだ……俺が原因か？」

「主、それは違う！　元々この世界には龍が五匹もいた。それがそもそも間違いなんだよ」

確かに龍は五匹いる。だが、上手く回っていた。俺が来る前は、壊れていなかったはずだ。だって、彼らは地震を知らなかったのだから。どうして、壊れていかなかった？　魔眼があったから？　森の結界があったから？……頭の中がごちゃごちゃだ。

「主、アイオン神には伝言を飛ばしたから」

「あぁ、ありがとう」

コンコン。

「主、大丈夫か？　なんだか魔力が随分不安定に揺れているが」

コアの声が部屋の外から聞こえ、慌てて自分の魔力を落ち着かせる。どうやら気持ちが不安定になったせいで、魔力がそれに煽られたらしい。魔力が多いため、少しの揺れでも大きくなってしまうのだ。

「大丈夫だ」

何度か深呼吸を繰り返していると、揺れていた魔力が落ち着くのを感じた。大丈夫、きっと何か解決策があるはずだ。

「入ってもいいか？」

どうしよう。今は、いつも通り振る舞える自信がない。

「主？」

不安そうなコアの声が届く。会話ができない時は誤魔化せたが、今は無理だな。だったら、一緒に考えた方がいいか。

「…………いいよ」

部屋の扉を開けて入ってくるコア。どうやらチャイは一緒にはいないようだ。

「チャイは置いてきた」

コアのことだ。きっと何かあると気付いたのだろう。

「我もいるぞ」

コアの後ろに飛びトカゲの姿もあった。その二匹の姿に、ホッとした。

「コア、飛びトカゲ」

俺の言葉に、すっと視線を険しくするコアと飛びトカゲ。

「何があった？」

コアの言葉に、視線を落とす。正直、まだ迷いはある。でも、龍の知識に何か解決策があるかもしれない。

「地震の調査をロープに依頼したんだが、この世界に何が起こっているか分かったんだ」

ロープから聞いた内容をコアと飛びトカゲに伝える。何だか無力だなと感じる。すごい力があっても、こんな時に何もできないなんて。

「そうか」

「「…………」」

「我々が、この世界から出れば――」

「それは駄目だ」

飛びトカゲの言葉を遮《さえぎ》る。それだけは絶対に駄目だ。それにロープは、神獣以外の者達も強いと言った。コアや親玉さん達がもっと力をつけてしまったら？　今度は彼らを切り捨てるのか？　そんなことは絶対に嫌だ。飛びトカゲ達だって、コア達だって誰もこの世界のために切り捨てたくない。

「だが……」

飛びトカゲが困惑した雰囲気で俺を見る。その視線を受け止めて、ダダビス達のことを思い出した。きっと、この世界で生活する人や獣人達のことを考えるなら、飛びトカゲの提案を受け入れる必要があるのかもしれない。でも俺の中で飛びトカゲ達と人や獣人、どちらが大切かといえば飛びトカゲ達なんだ。この世界に落ちてから俺を支えてくれたのは、コアや飛びトカゲ達だから。

「この世界が壊れたとしても、一緒にいる」

この世界が壊れたら、それはきっと俺のせいだな。俺が選んだからだ。

255. 決めた！

「主。でも、我は……」

飛びトカゲが視線を下げて、尻尾をばんと床に叩きつける。

「飛びトカゲ、俺の部屋を壊さないでくれよ」

俺の言葉に驚いた表情の飛びトカゲは、俺の視線が自分の尻尾に向いていることに気付く。決まり悪そうな表情をして、ちょっと視線を明後日《あさって》の方へ向けた。

「すまん。無意識だ」

それだけ困惑したってことだろうが、放置していると尻尾で床にヒビが入りそうだ。まぁ、ヒビが入ったら、一つ目達が楽しそうに直すんだろうけど。

「飛びトカゲ、俺は決めたんだよ」

俺の言葉に飛びトカゲがため息を吐く。コアがそんな飛びトカゲに向かって前足で頭を叩く。

ばごっ。

……結構な音がしたけど、大丈夫なのか？　ちょっと心配になって、飛びトカゲの様子を窺う。

「痛いな。何をする！」

「いや、グダグダ馬鹿みたいに考えているのでカツを入れてやろうと思ってな」

怒った様子の飛びトカゲに、鼻で笑ったコア。

「どういうことだ」

飛びトカゲが不貞腐れたようにコアに訊く。

「悩んでいるなら、龍の知識を探れ。主、別に諦めたわけではないだろう？」

そのコアの言葉に頷く。

「絶対にこの世界は守る」

無理なら皆と一緒に終わるだけだ。あ〜でも、子供達……アイオン神が来てから相談だな。まぁ、彼女が味方ならの話だが。

『ロープ、念話で頼む』

『どうしたの？』

『この世界から、飛びトカゲ達が出ていかないようにしてほしい』

きっと彼らは、この世界を守るために勝手に出ていってしまうだろう。そうならないように頑張るけど、無理だと思ったら絶対に彼らは出ていくことを選ぶ。でも、それは駄目だ最後まで皆と共にいる。そう決めた。俺が勝手に決めた。あっ、これって……皆を閉じ込めることになるのか……。

『分かった。あっ、俺も一緒にいるから』

『えっ？　ロープはアイオン神にお願いすればこの世界から出られるんじゃないか？』

ロープはこの世界で生まれたわけではない。なら、この世界から出ていっても問題ないはずだ。

『出られるよ。でも、俺の主は一人だから。最後まで一緒にいる』

『ようやく自由になれたんだから、もっと楽しめばいいのに』

『ふふっ。俺は主と一緒にいるのが楽しい。だから問題ない』

『そうか。ありがとう』

うん、大丈夫だ。彼らを絶対に失ったりしない。

「主」

飛びトカゲの声に、視線を向ける。

「みんなに話をしてもいいか？」

知らないほうが、幸せに暮らせるのではないかという思いはある。でも、そう思うこと自体が俺の勝手なんだろうな。

「いいよ。みんなで解決しよう」

俺の言葉に飛びトカゲとコアが頷く。

「ただし、俺は誰もこの世界から切り捨てない。この世界に最後が来ても。そう決めたことも言う。ごめんな我儘《わがまま》で」

コアが悲しそうな表情をする。が、次には力強く頷いた。

「大丈夫だ。きっと何か解決策はある」

「そうだな」

飛びトカゲも何度も頷く。うん、大丈夫。それにしても、勇者召喚のギフトがあってよかった。あれがなかったら、きっと前を向けなかったな。今まではそこそこに感謝してたけど、今日ほど感謝した日はないな。

「コア達と話して落ち着いたな」

「役に立てたか？」

コアの言葉に、ギュッと首に抱きつく。あ～、落ち着く。

「あぁ」

よしっ。皆に説明するか。

飛びトカゲはふわふわ達を呼んでくると、先に部屋から出ていく。天使達と子供達をどうするか、考えないとな。自分の意思が言えればいいが……無理だな。そろそろ天使達は意味のあることを話してもいいと思うのだが、未だにそれがない。早い子だと一歳前に話すと聞いたことがあるんだけど……。かなり遅れているよな、不安だ。

一階に下りると階段下にチャイがいた。コアを見ると嬉しそうに尻尾を振っている。

「なんだ、ここにいたのか」

コアの対応にちょっと勢いが落ちる尻尾。それに笑いそうになるのを耐えながら、チャイの頭を撫でる。撫でられて嬉しいが、コアの言ったことも気になる様子のチャイ。なんとも複雑そうな表情で、俺とコアを見比べている。コアはちょっと笑って、尻尾でチャイのお尻を叩いた。相変わらずのいちゃつきぶりだ。

「大切な話があるから、リビングに行こうか」

俺の言葉に、天井にいた子蜘蛛達、孫蜘蛛達がわさわさと動き出す。おそらく皆を呼んできてくれるんだろう。皆が集まると、リビングでは狭いからウッドデッキも大きく開けようかな。

「主」

ウサとクウヒが俺の下に走ってくる。何かを感じたのか、ちょっと不安そうだ。その後ろにヒカルもいる。ヒカルはまだ話すことはできないが、上手く皆と交流している。

「ウサ、クウヒ、ヒカル。これからのことで大切な話があるから」

俺の言葉に、三人は緊張した面持ちで頷いた。リビングに行くと既に、仲間達が集まっている。ウッドデッキは一つ目達が開けたのか、いつもより窓が大きく開いていた。親玉さんやシュリ、親蜘蛛さんや親アリさん達は既にいる。アイ達もいるようだ。龍達は……来たな。カレンは少し離れた止まり木から、俺を見ている。

「少し前から地震があったことは、皆も知っていると思う。ロープにその原因を調査してもらって、少し前にその原因が分かった」

静かに話を聞く皆に、この世界が直面している問題について説明した。話し終わると、龍達が視線を交わしているのが見える。きっと出ていこうとしているのだろう。

「俺の我儘を皆に伝えておく。俺は誰かを犠牲にして生き延びても嬉しくない。逆につらくて死にたくなるだろう。だから、誰もこの世界から出ていってほしくない。俺はつらい思いをしたくない」

俺の言葉に複雑な表情をしている龍達を見る。いつからだろう？　彼らのほんの少しの変化で表情が読めるようになったのは。いつの間にか、ある日気付いたんだよな。それだけ一緒にいるということなんだろう。

「主……でも……」

水色が悲しそうに目尻を少し下げて、俺に近づいてくる。頭を撫でると、手から伝わるひんやり感。夏だと気持ちいいんだよな。これから冬だけど。

「まだ壊れてないし、壊れると決まったわけでもないだろう？　諦めるには早いぞ」

なんとしても解決しないとな。

「そうだな」

ふわふわ達の表情が少し変わった。

「ヒカル、ウサ、クウヒはアイオン神にお願いして……」

あっ、ヒカルはいいがウサとクウヒはこの世界で生まれているんだった。そうなるとこの世界から出ると死んでしまうかもしれない。

「私は主と一緒にいる」

「俺も」

ウサの言葉にクウヒとヒカルが賛同する。三人の表情に悲壮《ひそう》感はない。

「えっと……」

どうしよう、ウサとクウヒに言うべきか？　二人を見ると、まっすぐ俺を見ている。

「ごめん。ウサとクウヒはこの世界で生まれたから、他の世界では生きられないかもしれない」

「うん。分かった」

ウサもクウヒも、特に気にしていないような返事をする。それに首を傾げると、ウサがギュッと抱きついてきた。

「それならずっと一緒にいられるね」

ウサの頭を撫でると、嬉しそうに笑う。

「そうだな、一緒だな」

くいっと引っ張られる。見ると、ヒカルが自分を指さしている。

「ヒカルも一緒にこの世界に留まるって」

クウヒの言葉にヒカルが嬉しそうに笑う。先のことを決めるのが早すぎないか？

「ヒカルはこの世界で生まれたわけじゃないから、他の世界でも生きていけると思うぞ」

俺の言葉に首を横に振るヒカル。じっとヒカルを見ると、ヒカルもじっと俺を見る。

「分かった。俺に付き合わせて悪いな」

首を横に振るヒカルの頭を撫でる。あとは……太陽達なんだが……。あの子達は幼すぎる。アイオン神にお願いしよう。天使達もだな。あっ、真っ黒な卵も移動してもらおう。……そういえば、あの卵はいつ孵《かえ》るんだろう？　視線をリビングにある卵が置かれているベッドに向ける。そろそろ生まれてもいいと思うんだが。もしかして、あの子達……あの子？　どっちだ？　まぁ、それは今考える必要はないな。あの子に必要な力が足りないのかな？

256. マニュアル本？

皆の雰囲気がよくなってきたな。よかった。これからみんなで協力して、この世界の継続方法を考えないとな。

「ん？」

庭の隅に光が集まりだしているのが見えた。あれは……。

「アイオン神が来たみたいだな」

ロープにお願いしてからそれほど時間を置かずに来てくれたようだ。アイオン神に向かって歩き出そうとすると、その横をすっと何かが飛んでいく。

「ふわふわ？」

ふわふわを視線で追うと、水の塊《かたまり》がアイオン神に向かってすごいスピードで飛んでいくのが見えた。

「あれ？」

何をしているんだ？　止めようと声を出そうとすると、火の玉と氷の塊が水の塊の後を追うのが見えた。そしてアイオン神の姿が見えた次の瞬間には、水と火と氷に攻撃されていた。

「…………」

「えっ、ちょっと何？　何？」

アイオン神の叫び声が聞こえる中、攻撃は続いている。さすが神。すべての攻撃をぎりぎり無効化して回避している。が、まだまだ攻撃は続いている。雷が落ちたと思ったら、地面から土が突き出し、逃げた先に炎が襲いかかる。すごいな、龍達の連携攻撃だ。て、違う！　呑気に見てたら駄目だ！

「あっ。待った！　みんなまだ待った！」

俺の叫び声に攻撃がやむ。多分、アイオン神は知っていて放置したとか思ってそうだな。前のデーメー神のように。ただ、数カ月の付き合いだがアイオン神がそんなことをするとは思えない。俺も一瞬は、アイオン神が放置したのではと考えた。だが、冷静になると、どうもしっくりこない。なので、まずは話がしたいのだ。龍達の不安が的中したら、思う存分すればいい。

「なんなんだ？　なんで攻撃されたんだ？」

ボロボロになりながら、俺の下へ来るアイオン神。

「あぁ……こんにちは」

俺の挨拶に一瞬唖然とするアイオン神。悪い。何を言っていいのか分からなかった。大丈夫か？と聞きたいが、見た目が既にボロボロだし。

「こんにちは……じゃなくて、なんて攻撃されたんだ？」

不思議そうに俺を見るアイオン神。

「この世界が壊れかけているのを知りながら、言わなかったと思われているんだよ」

「あぁ、なる……ん？　壊れかけている？　どういうことだ？　見習い達の残した厄介《やっかい》なものは解決しただろう？」

この反応なら知らないのかもしれないな。嘘を吐かれている可能性はあるかもしれないが。じっとアイオン神を見る。

「まさか……また、何かあったのか？」

アイオン神が神力を動かしたのが分かった。どうやら調べているようだ。

「本当に知らなかったのか？」

飛びトカゲに聞かれ、頷くアイオン神。

「あぁ、壊れかけていると言ったが、この世界のことか？　ざっと調べてみたが、分からなかったのだが」

えっ？　分からない？

「ロープ。まだいるか？」

「いるよ」

俺の声にロープが答えてくれる。

「アイオン神には分からないみたいなんだけど」

「表面しか調べてないからだよ。壊れているのは世界の中心部分」

それって、表面が壊れているよりやばいってことだよな。

「中心……部分?」

ロープの言葉にアイオン神の顔色が悪くなる。そうとうやばいみたいだな。

「アイオン神も知らなかったみたいだな」

コアがアイオン神の様子を見て言う。確かにこれで知っていたら、演技が上手すぎる。というか、固まってないか?

「アイオン神!」

「……」

「アイ――」

ばきっ。

「いたっ!」

水色の頭突きを食らったアイオン神が、頭を押さえる。すごい音がした。それにしても龍に頭突きをされたのに、吹っ飛ばなかったな。やはりアイオン神は強いのか。まぁ、それでも痛そうだけど。

「水色、もっと加減してあげないと」

「翔、それは違う。やるなと言ってくれ!」

あぁ、そうだったな。

「それで……座るか」

龍達の攻撃をやめるために、庭の真ん中まで出てきていたんだった。ここで立ち話を続けるより、座ってじっくり話したい。長くなるだろうし。ウッドデッキを見ると、一つ目達がお茶とお菓子の準備をしていた。親玉さん達は既におやつタイムのようだ。さっきの緊迫した空気は何だったのだろうと思うぐらい、くつろいでいる。まぁ、ギスギスするよりはいいか。

「あ～、頭も腕もずきずきする」

「腕？」

アイオン神が左の腕を押さえてため息を吐く。もしかしたら龍達の攻撃が当たっていたのかもしれないな。でも、血も出てないし大丈夫だろう。

一つ目が用意したお茶とお菓子を楽しむ。甘いお菓子が今日はいつもより美味しく感じる。疲れているんだな。

「アイオン神、世界の中心が壊れた時の対処法を知ってるか？」

俺の質問に苦悶《くもん》の表情を見せるアイオン神。知らないのか？　ないのか？　面倒くさいことをしないと駄目なのか？　どれだろう？

「世界の中心が問題だとすると、世界の実関連の問題となる」

世界を誕生させる世界の実に、問題が起きたということか。つまり、かなり大事だということだな。

「それで？」

「……マニュアル本を見ないと分からない」

「「「……はっ？」」」

飛びトカゲとコアと俺の声が合わさる。周りで話を聞いていた仲間も、怪訝《けげん》そうにアイオン神を見ている。マニュアル本？　世界の実のマニュアル本があるのか？　マジ？

「世界の実が作られたのは本当に遥か昔なんだ。もうどれくらい前なのか分からないほど。作った神も、もう存在していない。以前は頻繁に世界が作られていたらしいが、ここ数百億年は新たに世界が作られたのなんて数えるほどだ。私も三億年ぐらい前に作ったのが最後だから、世界の実に神力を注ぐことで世界が生まれるのは知っているが、問題の対処方法までは覚えていない」

「だからマニュアル本があるのか？」

まぁ、使わないと使い方なんて忘れていくからな。それにしても、数億年という単位がすごいしな。

「マニュアル本は数千年前に、世界の実で世界を作ろうとした時に……なんだったかな？　えっと、あぁそうだ。命を育む世界にしたはずが命が定着しない問題が起きて、それの対処がどの神もできなかったんだ。それで、慌てて時の神が集まって何とか記録を探しだして、マニュアルを作ったんだ」

……神も大変なんだな。

「龍達みたいに、必要な時に思い出すようにはできないのか？」

確か、言葉をきっかけに知識を思い出すと飛びトカゲ達が話していたよな。思い出す時は不意だから気持ち悪くなるとも言っていたが。

「神獣達に埋め込まれる知識の量は膨大だが、世界一つ分だ。我々は一柱で数個から数十個の世界を管理している。世界が増えるたびにその知識量は増えるから、埋め込むのは無理なんだ」

埋め込む知識が多すぎるということか。まぁ、確かにすごい量だろうな。

「我々が覚えていればいいんだが……長く生きすぎて、その昔のことはちょっと記憶が……」

まぁ、数億年前にしたことを思い出せと言われてもな、無理か。

「悪い。戻ってマニュアルに何か解決策があるか、探す」

数千年前に作ったマニュアル……すぐに見つかるんだろうか？

「そのマニュアル本が、どこにあるか把握しているのか？」

「えっ？」

俺の質問に首を傾げるアイオン神。

「マニュアルはすぐに見つかるのか？」

「あぁ、マニュアルだけを集めた本棚に……」

あっ、目が泳いだ。これはすぐには無理かな？　しかし、マニュアル本だけを集めた本棚か。数年に一冊のペースでマニュアル本が増えたとしても、いったいどれくらいの量があるのか想像もできないな。

「マニュアル本は多いのか？」

コアがちょっと呆れた雰囲気で訊く。

「あぁ、遥昔から伝わる道具のマニュアルから、新しく誕生した道具のマニュアルまであるからな。一年間に二、三冊としても……」

一年間に二、三冊？　それって俺が想像したマニュアル本より、あるってことじゃないか。

「管理している者はいるのか？」

コアの質問に首を横に振るアイオン神。

「部下と一緒に探すから、待っててほしい。なるべく……頑張る」

「……頑張れ」

あまり期待できないかもしれないな。マニュアルに対策が書かれてある可能性も不確かだしな。

「神が集まってなんとか記録を探し出して」と言ったが、すべて探し出せたのか不安だ。俺は俺で対策を考えよう。

257. 魔力の濁り。

対策を考える前に必要なことがあるよな。それは世界の実で作られた、この世界のことを知ること。地球とは全く異なる作られ方みたいだし。まぁ、地球と同じ作りですと言われたところで、詳しく知らないから対策はとれないんだけど。要するに、まずはこの世界がどんな形なのか知らないと駄目だろうな。

「アイオン神、この世界は神力で作られている世界で合っているのか？」

世界の実に神力を注ぐみたいなことを言っていたよな。

「世界の実には純度の高い魔神力が詰め込まれている、そこに我々の神力を混ぜることで核を作るんだ」

かく？……核でいいのかな？

「神力と魔神力が混ざり合って核になる。そこからその世界に必要なものが生み出されるんだ」

アイオン神の説明に首を傾げる。核ができるまでは分かった。そこから世界を生み出す？　希望すれば、ポンと生まれるのか？

「……よく分からない」

「えっと……核が生まれると大地が生まれる。ここまではどの世界でも同じなので、ここまでが世界の実に埋め込まれている初期設定だ」

そんな設定があるんだ。

「核の上に大地があるのか？」

「いや、通常は核の周辺は空間が広がっている。そして世界の大きさを決めると大地が誕生する」

世界の大きさを自由に決められるということか。

「核はどれくらいの大きさなんだ？」

「直径一〇〇メートルの円だ」

直径一〇〇メートルの円？　思ったより小さい、で核の周辺は空洞。庭を見る。あの下に空洞があるのか？　まぁ、掘ってもいいように大地はかなりの厚みがあるんだろうけど。なんとなく不思議だな。

「地球の場合も核の周辺は空洞なのか？」

「あぁ、核の周辺は空洞だな。簡単に説明すると、核を守る壁がありその上にマグマがある。地球の場合は、生まれた一年目から大地を上へ上へ重ねていったから、無限に層が積み重なって今の大地ができている。この世界とは全く異なる作りだな」

大地の層なんだ。

「あれ？　プレートはどこにあるんだ？」

「あぁ、それは……核に神力を詰め込みすぎてマグマを熱くさせすぎたんだ」

「はっ？　詰め込みすぎ？」

「そのせいで接している地層が溶けてしまって、慌ててマグマと地層の隙間に、熱に強い壁を入れて落ち着かせたんだが、マグマの熱の逃げ場がなくなってしまって。気づいた時には壁にヒビが入っていて一枚の壁が何枚かの板になってマグマの上を移動してた」

してたって……。

「壁が割れた反動で動くはずのないマグマが動き出してさらに温度上昇、このままでは板になった壁の間から大量のマグマが上の大地に溢れ出すと部下に言われて、慌てて板を重なるように大きくして冷却装置をつけたんだ。地層に近いマグマを冷やすことができてほっとしていたら、地下のマグマの動きが止まっていなくて、板がまぁ、動いてしまって地震が……。しかもマグマが動いているせいで、核が誤作動を起こしてマグマを生み出すし、増えたマグマを外に出さないと内部から崩壊するし……。で、気付いたら今の噴火あり地震ありの地球になったんだ。あっ、プレート呼びは地球に住む者が付けた名前だからな。私はあれに名前を付けていない。元壁だった板だ」

なんだか行き当たりばったりだな。しかも冷却装置に、板に、核の誤作動。

「へぇ〜。マグマの動きを止めたらよかったんじゃないのか？」

「それも考えたんだが、マグマを止める方法がとにかく面倒くさくて。ミスったら世界が消失してしまうことも分かったし……手がつけられなかった」

……地球も大変だな。

「言っておくが、この失敗は私だけではないぞ。初めて世界を作る神の多くが、同じ失敗をしている。初めての時は、失敗をしたくないと、神力を詰め込みすぎる傾向にあるんだ」

……そんなことを力説されてもなぁ。

「この世界は地球とは異なると言ったよな？　この世界の大地はどう生まれたんだ？」

俺の質問に少し考えるアイオン神。

「私が作った世界ではないから正しいとは限らないが、一気に大地を作ったのではないだろうか？」

一気に？　地球のように地層を重ねたわけではないということか？

「見習い達は、上級神になることを急いでいたと聞いている。おそらく、力任せに大地を誕生させたはずだ」

それってこの世界にとってよくないのではないか？　無理やり作ったということだよな？

「力任せに作った時にデメリットはないのか？」

「ん〜、何かあったような気もするが……悪い、覚えていない。そもそも世界の実は貴重なものなんだ。そんな無茶な使い方をする者がいると思っていないからな」

貴重な実から生まれた地球を、アイオン神も結構雑に扱っているような気がするが。本人はそう思っていないんだろうな。まぁ、地球は関係ないか。この世界のことをもっと知る必要がありそうだな。ロープにお願いしてもっと詳しく調べてもらうことはできるかな？　そういえば、この世界の核と大地の間はただの空洞なのか？

「この世界の核の周辺は何もない空洞なのか？」

「空洞には魔力が詰まっているはずだ。この世界を動かすための原動力だから、それに間違いはないと思うが」

「ロープ、この世界の核の周辺は調べることができたかな？」

まだこの辺にいるかな？

「もちろん、頑張ったよ！」

よかった、いてくれた。

「ありがとう。空洞には何があった？」

「濁《にご》った魔力だな」

「濁った？　いや、世界を動かす魔力なら純度の高い魔力で濁りはないはずだ」

アイオン神が焦った声を出す。濁っていたら駄目なのか？

「えっ？……濁っていたよ。それに濁っているから純度もかなり低いし」

「どういうことだ？」

アイオン神が頭を抱えて考え出す。どうも、ありえないことが起きているらしい。濁りか……濾《こ》したら綺麗になるかな？　そういう問題では、ないのかな？

それにしてもこの世界の空洞には魔力があるのか。本当に魔力が大切な世界なんだな。あれ？　ロープがこの世界が壊れかけていたと言っていたが、どう壊れかけていたんだろう？　あまりの衝撃的な言葉で、詳しく訊くのを忘れていた。

「ロープ、壊れかけているとは実際にどうなっていたんだ？」

「核の周辺の魔力が外に漏れないように壁があるんだけど、それにヒビが入っていたんだ」

「ヒビ？」

「そう。その影響なんだと思うんだけど、見つけたヒビに近い大地が変形していた。大地の一部分が突き出したり、凹んだり」

ヒビで大地に影響が出たのか。

「大地の変形が地震の原因？」

「世界の実については、よく分からないんだ。極秘扱いの実だし。でも、おそらくそうだと思う」

ロープもはっきり答えが分からないようだ。

「なるほど」

「見つけたヒビは修復しておいたから」

「ありがとう」

壁のヒビの原因が、強い者が集まりすぎたことによるものならまたヒビは入るな。

「ロープ。魔力の濁りだがどんな色をしていた？」

「紫の薄汚れた感じだったけど」

アイオン神の質問に不思議そうに答えるロープ。アイオン神の眉間に深い皺が寄る。

「ちょっと戻ってマニュアルを探す。それと世界の実について詳しい者がいないか調べる」

アイオン神が立ち上がって、庭に向かって歩き出す。

「アイオン神、魔力に濁りがあったらどうなるんだ？」

これだけは訊いておかないと。

「分からない。ただ、魔力が濁っているのはおかしい。特に核の周りの魔力が濁るなんて」

そうとうありえないことが起きているようだ。ぶつぶつ言いながら、すっと消えるアイオン神。

「かなり気になるみたいだな。挨拶もなかった」

飛びトカゲの言葉に頷く。

「そうみたいだな。魔力の濁りか……」

飛びトカゲの魔力を探る。綺麗な魔力を感じることができる。力も強い。確かに濁りなんてないな。コアの魔力も、ふわふわの魔力もどれも澄んでいる。

「マニュアルとアイオン神が詳しい神を見つけるのを待つしかないのかな？」

俺にできることはなんだろうか？

258. エントール国とオルサガス国。

―エントール国　宰相視点―


ばんっ。手に痛みを感じ視線を向けると、叩きつけた机にヒビが入っていた。どうやら力強く叩きすぎたようだ。だが、そんなことではこの苛立ちは収まらない。収まるわけがない！

「腑抜《ふぬ》け共が！」

多くの仲間が殺されたというのに、なぜあの国を野放しにするのか。どれほど苦しく、無残に殺されたのか分からないのか！　それなのに、許す？　そんなこと、許されるはずがない！　今こそ、攻めるべきなのだ！　それをなぜ気付かないのだ！

「宰相殿。このままでは……」

公爵家当主アルピアリ公爵が悔しそうに顔を歪める。

「分かっている。愚王め……」

何としてもあの国を滅ぼし、仲間の無念を晴らすべきなのだ！　なのに……くそっ！　あんな弱腰の王では駄目だ。森の王や神が認めたから認めるなど、くそっ！

「しかし森の王達があの国を許した以上、手を出すのは――」

「違う！」

伯爵家当主マッロシ伯爵の言葉を否定し睨みつける。マッロシ伯爵は、体をびくりと震わせると視線を逸らした。

「森の王は許してなどいない。いまだに関係改善はされていない！　間違えるな！」

「はい……すみません」

このマッロシ伯爵は気が弱い。全く、エントール国の誇り高い貴族がなんたることか！

「情けないわね」

伯爵家女当主タルレスタがワインを飲みながらため息を吐く。彼女の言葉に、マッロシ伯爵は小さく頭を下げた。その行為に、呆れた表情のタルレスタ女伯爵。

「少し落ち着きましょう。皆さんどれぐらい賛同を得られましたか？」

アルピアリ公爵の言葉に、大きく息を吐く。確かに落ち着かなければ、隙を見せるわけにはいかない。だが、アルピアリ公爵の続けた言葉に顔が歪む。どいつもこいつも、あの国が森の王に許されたと勘違いしたため怖気づきやがって。全員の顔を見るが、あまり賛同は得られていないようだ。

「はぁ、今は派手に動くわけにはいかないな。特に王に睨まれている」

前回の失敗は痛い。かなりの損失になってしまったからな。しかし、諦めるわけにはいかない。

「それにしても、ダダビスはいい働きをしてくれたわ。彼のおかげで、この国も森の王や神に目をかけられていると思わせることができたのだから」

タルレスタ女伯爵がクスリと笑う。確かにその通りだ。教師の斡旋《あっせん》を森の神から直接依頼されるとは、本当にいい働きをした。

「だが、あれは使えんぞ」

アルピアリ公爵の言葉にタルレスタ女伯爵が頷く。

「えぇ、あれは王に忠誠を誓っているからね。少し揺さぶってみたけど無駄だったわ」

「おい、あまり激しく動くなよ。前回のことがあるからな」

森の神がエンペラス国の現王を守ったことで、予定が大きく変わった。あれさえなければ、もっと早くにエンペラス国を手中に収められたというのに。

「森の神か……どうにかこちらに引き込めないか？」

「宰相殿、なんて恐ろしいことを言うのです！」

マッロシ伯爵が顔を青くする。

「なんだ？　森の神をこちらに引き込めばすべて収まることではないか！」

「森の神は神聖な存在ですよ！　もしこんな話が聞かれ、不快に思われたらどうするのです！」

「ちっ。分かっている！」

神聖な存在か。確かに、もし森の神の怒りを買えば、エンペラス国のようにただでは済まないだろう。待てよ、怒りを買って今の王を退ければ……そしてそのあとに私が王になれば……。

「何かいい案でも浮かんだのかしら？」

タルレスタ女伯爵がにやりと笑う。どうも表情に出てしまったようだ。

「森の神の怒りを買えば、王はその許しを請わねばならない」

森の神だけでなく、我々が納得する許しをな。

「でも怒りなんて、どうやって?」

タルレスタ女伯爵が私をじっと見る。

「ふっ、我々が薦める教師を送り込めばいい。ただそれだけだ」

住み込みらしいからな。仕掛ける機会はいくらでもある。怒りを買い、そして王に責任を取らせる。

「我々が何かをする必要はない。ただ、いい教師を選定すればいいだけだ」

アルピアリ公爵とタルレスタ女伯爵が私の言葉に少し驚き、そして顔を綻《ほころ》ばせた。マッロシ伯爵だけが眉間に皺を寄せる。この者は要注意だな。裏切る可能性がある。見張りをつけるか。

―オルサガス国　王弟殿下視点―

「兄上!　なぜ駄目なのですか?」

王の執務室の扉を勢いよく開けると部屋に入っていく。周りの止める声など気にしていられない。

「王弟殿下!　ここは王の執務室ですよ!」

宰相が眉間に皺を寄せて、声を荒げる。それに少したじろぐが、だが今はそれよりもこちらの方が重要だ!

「何がだ?」

威厳のある声が部屋に響く。兄に視線を向けられ、そのいつもとは違う威圧に戸惑ってしまう。が、今は怒りの方がほんの少し勝った。

「エンペラス国をなぜ攻撃しないのですか？　彼らのしてきたことが前王が死んだだけで許されるわけがない！」

「確かにな」

兄の言葉に「やはり俺は間違っていない」という気持ちが湧く。

「だが、我々エルフは森の意思を尊重する。それは、森の王とそして神の行動によって決めることを意味する。それは分かっているな？」

が、続く兄の言葉にギュッと手を握り締める。

「それは……」

兄の目がすっと細まる。それにびくりと体が震える。

「森の神は、エンペラス国のガンミルゼ王の窮地を救った。これが森の意思だ。窮地を救った以上、森の意思はエンペラス国の王を認めたということ。もしガンミルゼ王を殺した場合、もしくはエンペラス国に攻め入った場合、このオルサガス国が森の神の怒りを買うかもしれない。それを考えたか？」

兄に言われ言葉に詰まる。確かに森の神と王は、ガンミルゼ王を認めていることは事実だ。

「ですが、エンペラス国は森との関係を築けていません」

それも事実だ。エンペラス国は森へ使者を送っているようだが、接触したという情報はない。エントール国は第三騎士団ダダビス団長が接触に成功したのに。

「それを言うなら、わが国もだな」

「えっ？　どういうことですか？」

「気付いていないのか？　我が国の使者もまだ森の王にも神にも接触ができていない」

あっ、そういえば失敗したと森から撤退していたな。でも、なぜ？　どうして森の意思を尊重する、このオルサガス国の使者を拒否する？

「そういえば、誰に聞いたんだ？」

「えっ？」

一瞬何を訊かれたのか分からず、兄の顔を見る。先ほどまでの威圧を感じる雰囲気ではなく、普段の優しい兄の表情にホッとする。

「誰に、エンペラス国が森の神との接触に失敗したと聞いた？」

「あぁ、騎士総隊長に聞きました」

「そうか」

あれ？　見間違いかな？　一瞬兄の表情に嫌悪が浮かんだような気がしたけど。

「デル。森の王や神が、なぜ我々と接触をしないのか考えないといけないよ」

接触しない理由？……兄は何かを知っているのかな？

「えっと、接触しないのはこちらが……森の意思に反しているから？　でも、エンペラス国に何もしていないのだから意思に反しているとは言えないのでは？　もしかして、他のことで森に距離を置かれているとか？」

他に考えられることは……分からない。兄をちらりと見ると、なぜか嬉しそうにほほ笑んでいる。その笑みにちょっと不貞腐れてしまう。一二〇歳以上年が違うから仕方ないけど、兄にはすべてにおいて負けている。仕方ないけど、悔しい。

「デル、行動力があるのはいいことだ。だが、相手の話に乗せられては駄目だ。まずは手に入れた情報を自分の中でしっかりと精査すること。とても重要だ」

兄が、俺をじっと見つめてくる。相手の話に乗せられる？……確か、騎士総隊長が俺に意見を訊いてきたんだよな。あの最低の国は、やはり使者との接触もできなかった。思った通り許されない国なんだって。なのに兄が攻めるのは駄目だと決定した。そんなのおかしいと……そう、騎士総隊長が言うから、だから俺は兄に決定を変えてもらおうと思って……。

「自分のことを利用しようとしている者がいることを、しっかりと頭に入れておくんだよ」

「うん」

騎士総隊長が、俺を利用しようとしたということだよね。でも……あの優しい人が本当に？　ちらりと兄を見る。ふわりと笑い、頭を撫でてくれる。ちゃんと考えよう。

259. 声。

「主、森の奥にある湖の近くに広場を作りたいのですが、いいですか？」

ん？　森の奥の湖というとあの浮かぶ島がある湖のことか？　朝食の果物を楽しんでいると、一つ目が話しかけてきた。たぶんリーダーの子だな。果実水を飲んで、口の中のものを飲み込む。

「なんでそんな場所に広場が必要なんだ？」

家に作った広場もかなり広い。そんなに広場は必要だろうか？

「訓練場所が足りなくなっているので」

訓練？　リビングから広場を見る。確かに広場を使うのに、順番待ちをしているな。コアのフェンリル達も、チャイのダイアウルフ達もアイのガルム達も最初の頃に比べると増えたな。綺麗に並んでいる姿は、可愛いけどね。

「確かに昔より順番待ちの列が長いな」

列には子アリや子蜘蛛も参加しているみたいだな。そういえば、時々龍達も列に参加して周りが引いてたな。広場で特訓しているダイアウルフとガルムを見る。昔と違って、一度戦いだすと長いから、待ち時間も長くなっているんだろうな。皆、日々強くなっているんだが、あそこまで鍛える必要があるのかちょっと疑問だ。

「分かった。広場を作ろうか。俺は木を切ればいいのかな？」

この森に生えているあの巨木を切れるのは、俺だけらしい。切った木の加工は一つ目でもできるらしいが、切るのはどう頑張ってもできなかったそうだ。かなり悔しそうにしている一つ目を尻目に、役目があったと小さくガッツポーズをしたのは内緒だ。

「どれくらいの広さにするんだ？　森に影響がないようにしないと駄目だからな」

「それなら大丈夫です。トロン達にお願いして調整してもらいました」

……トロン達が調整？　なんだかよく分からないけど、大丈夫ならいいだろう。それにしても、いつもと変わらない日常だな。この世界がどうなるか分からないことでギスギスしたくないから、いつも通りにしようとは言ったけど。本当にいつも通りだ。希望通りなんだけど、ちょっと拍子抜けだな。……あれ？　今の考えはちょっと理不尽のような……気をつけよう。

「後で木を切りに行くことにする。その時に広さも教えてくれ」

「分かりました！」

おっ、嬉しそうだな。残っている果物を食べる。そういえば、今日はウサとクウヒも特訓に参加するからと早めに朝食を済ませていたな。後でどんな様子なのか見てこよう。

朝食が終わりウッドデッキから広場を見る。様々な魔法が飛び交っている。相変わらず、すごいな。

「あっ、ウサ発見…………。すごく強くなっているんだな」

今戦っているのは……ガルムか？　あのアッシュグレーの毛色はガルムで間違いないよな。一対一だと、ほぼ互角か？　いや、ウサの方が少し押しているようだな。そういえば、ウサもクウヒも急に背が伸びたよな。まだ俺の方が高いけど……出会った獣人達を思うとすぐに追い越されそうだよな。クウヒの方は、体つきも随分とがっしりしてきたしな。奴隷だったから成長に不安があったけど、問題なさそうでよかった。あっ、ガルムが吹っ飛んだ。ウサは接近戦が得意みたいだな。それにしても蹴りでガルムを吹っ飛ばすのか。すごいな。

「あっ、あるじ～！」

俺を見つけて手を振るウサの笑顔は、昔のままで可愛い。手を振り返していると、先ほど飛んでいったガルムがボロボロの姿で戻ってきた。ウサは俺にとって娘のような感覚なんだが……ちょっと複雑だ。あまり強くならないでとは、言えないよな。

さて、そろそろ湖に行って広場を作るための木を切るか。

「主、どこかへ行くのか？」

「水色か。湖の近くに広場を作りたいらしいから、手伝いに行くんだ」

俺の言葉に、尻尾がゆらゆら揺れる水色。犬や猫は尻尾に感情が出るというけど、龍達も同じだろうか？

「一緒に行ってもいい？」

「もちろん。行こうか」

水色と一緒に、森の中を湖に向かって疾走する。気付くと、フェンリル四匹が俺を囲うように走っている。たぶん護衛だな。未だに一人で行動させてもらえない俺って……。

「あっ、うわ～。なんかまた変化してる」

浮かんでいる島の数は増えていないが、浮かんでいる島の一つが巨大に成長している。どこまで大きくなっていくんだろう？　湖を覆いつくすほど大きくなることはないよな？

「主、こちらです」

一つ目に呼ばれ、湖の左側に来る。俺を呼んだ一つ目が、森の奥を指さすので視線を向ける。かなり遠くに、旗が左右に揺れているのが見える。

「あそこまでの木を切っていくのか？」

「はい」

はいって……旗を持っている一つ目の姿がここからでは見えないんだが。どれだけ広い広場を作るつもりなんだ？　本当に大丈夫なのか？

「かなり広いけど、本当に問題ないのか？」

「はい。既に川の移動も済んでいますし、問題はありません」

川の移動？　そういえば、周辺にあった川がなくなっているな。

「川も移動ができるのか？」

一つ目が首を傾げる。

「川は、水の精霊と土の精霊達が移動させましたが？」

不思議そうな表情で俺を見る一つ目。もしかしてこの世界の川は精霊の力があれば自由自在に動かせられるのか？……アメーバのような精霊達に、担がれ移動する川を想像してしまった。たぶん違う。絶対に違う。

「そうか。えっと、とりあえず切っていくな」

そういえば、森が変化している時に川も一緒に変化していたな。縦横無尽《じゅうおうむじん》に川が森に現れたから、あれには驚いたよな。今度、川を移動させることがあるなら見せてもらおう。

さて、切っていくか。目標の旗を見る……遠いな。いったい、何本の大木を切ればあの旗に近付くんだろう……見ていてもどうしようもないな。頑張ろう。

魔法で森の大木を切る、切る、切る。集中し直して切る、切る、切る。切った大木は親蜘蛛さんと親アリさんが、すぐに移動させていくので邪魔にはならない。ただ、切っても切っても旗が遠い。ちょっと休憩しよう。そういえば切った大木はどこに移動しているんだろう？　大木を移動させている親アリさんを視線で追うと、一つ目達が待ち構えていた。そして近づいた大木を、一斉に加工しだす。

「なんだろう。大木を襲っているようにしか見えない」

しばらくすると、大木が大小さまざまな板になっていた。そして一つ目達は、次の大木を待ち構えている。じっと見ていると、一体の一つ目と視線が合う。ぶるっ。なぜか体が震えた。そっと視線を逸らして立ち上がる。よしっ、休憩終わり。とっとと切ろうかな。

グラグラ。

「あっ、地震だ」

あの日から数日。久々に揺れたな。ロープには、地震の原因となっている場所を特定したら知らせてほしいと言ってある。きっとすぐに場所を特定してくれるだろう。

ぽこぽこ、ぽこぽこ。

「ん？」

湖の音に違和感を覚えた。何か下から出てきているような音。視線を向けると、湖の一部分が気泡で波立っていた。

「なんだ？」

ぽこぽこ、ぽこぽこ、ぽこぽこぽこ、ぽこぽこぽこぽこぽこぽこ。

もしかして地震の原因が湖の下にあるのか？　これは調べるのにちょうどいいと思えばいいのか？　だが水が抜けたりしないよな。湖に近付くと、湖が一瞬真っ黒になる。

「えっ？」

ぼこっ。

今までと違い大きな気泡が湖に浮かび上がり、

「「「「「ぎゃあぁぁぁ」」」」」

「ひっ……………何？　今の？」

気泡が割れた瞬間に聞こえた叫び声。その声はかなり苦しそうで、一瞬だったからいいが聞き続けるのは遠慮したい。そんな声だ。

「見習い達に閉じ込められていた人達の叫び声に似ていたな」

洞窟《どうくつ》で聞いた苦しそうな声。あれを思い出させる声に、体がぶるりと震える。

「すごく嫌な予感がする」

260.　ヒビを探そう。

「な、なんだ、今のは……」

水色が警戒をしながら近付いて、湖の中を覗きこむ。

「危険な感じでしたね」

一つ目達も水色に続き湖に近付くと、湖周辺へと視線を走らせる。

「叫び声みたいに聞こえたな。ふぅ」

早鐘を打つ心臓を深呼吸で落ち着かせ、水色の隣に立って同じように湖の中を覗きこむ。

「少し濁っているな」

いつもは透明の綺麗な水なのに、今は濁ってしまっている。先ほどのあれが原因だろうか？　それにしても恐ろしかった。一瞬だったが、体の芯を冷やすような何かを感じた。そういえば、以前にも感じたことがあるような気がするな。いや、一瞬だったから気のせいかもしれないな。

「主、湖にいる者達の様子がおかしい」

「えっ？」

水色に言われ、もう一度湖の中を覗きこむ。確かに、おかしい。いつもなら、湖から顔を出したりするのに、今日は一匹も水面から顔を出さない。どうしたんだろう？　この湖の濁りが原因か？

すっと湖の水に手を浸す。

「主、危ないぞ！」

水色が慌てた様子で、俺の湖に浸かっている方の腕を口に挟む。

「大丈夫だ」

結界もあるし、対処できるだろう。ちらっとこちらに視線を向ける水色は、なんとも情けない表情をしている。

「危ないと感じたらすぐにやめるから」

「……はぁ、分かった」

水色のちょっと不服そうな声に、苦笑が浮かぶ。心配してくれることは嬉しいが、調べないと。水は冷たく、だがどこか刺々《とげとげ》しい何かを感じる。これは……なんだ？　魔力？…………いや、違うな。神力でもないな。ん～？　何だろう、拒絶するような力とでもいうか……あれ？　これ力か？　何か違和感があるな。それに、やはり以前どこかでこれに似たものを感じたことがある。どこでだったかな？　もう少しで分かりそうなのに……。

ぽこ。

ぽこ。

とっさに湖から手を引き、音が聞こえた方へ視線を向ける。また、先ほどと同じ気泡が湖の底から上がってきてしまったようだ。

「あっ！　湖の水を汚したのはあの気泡みたいだな。気泡が割れるたびに周辺の水が濁っていく」

小さい気泡が一つ、また一つと水面に上がってくる。その気泡が割れると、その周りの水がすっと黒くなり周りの水に紛れ込んでいく。

ぽこ。

ぽこ。

先ほどと違い、気泡が激しくなることはないが止まる気配は一切ない。

「あの気泡をなんとかしないと駄目だな」

このまま気泡が止まらなければ、湖の水はすべて駄目になってしまいそうな気がする。そうなれば、ここに住むすべての生き物に影響するだろう。なんとか食い止めないと。

「ロープ？　いないか？」

予想だが、あの気泡が核の周辺にある魔力の欠片だろう。魔力が濁っていたと言っていたし。なら、ロープは既にヒビの入った壁を直したことがある。ロープが協力してくれたら、すぐにヒビくらいふさげるだろう。……いないのか？

「ロープ？」

ヒビの修復方法を聞いておけばよかったな。そもそも、連絡手段を聞いていないのが問題だよな。

さて、どうしようか。

壁のヒビ。まずはそのヒビがどこにあるのか把握することが大切だよな。大地の下。どれくらい下まで探ればいいんだろう。……ちょっと気が遠くなりそうだな。まぁ、やるしかないよな。

「主？　何かするのか？」

水色が何かを感じたのか、訊いてくる。

「あぁ、あの気泡を止めないと湖が駄目になりそうだから、その原因を探って気泡を止めようと思う」

俺の言葉に頷く水色。

「主、何かすることはありますか？」

一つ目達が俺をじっと見つめる。

「そうだな……何かあるかもしれないから、警戒をしてほしいかな。何かあった時は一つ目の判断で対処していいから」

一つ目がこの世界に害を与えることはない。任せても大丈夫だろう。

「「「任せてください」」」

ん？　目の前には二体の一つ目。声が三つ聞こえたんだが？　周りを見ると、旗を一本持った一つ目が目に入った。あぁ、広場を作る時に旗を持っていたのはこの子か。

「広場作りはちょっと中断だな」

「大丈夫です。気泡の対処が済めばすぐに再開できるように準備をしておきます」

うん。ちょっと休憩がほしいかな。なんだか、終わったらすぐに広場作りに取りかかれと言われている気がする。

「あ～、休憩してからな」

「……？」

なんでそこで首を傾げるんだ？　俺には休憩が必要だぞ？

「休憩なんて必要ないと思います」

「いや、必要だから！」

なぜ、断言されたんだ？

「仕方ないですね。お茶とお菓子の準備をしておきます」

この一つ目、これまであまり話す機会のなかった子かな？　話すペースが、今までの一つ目と少し違う。どこかずれているような……。まぁ、今はそれを確かめる時間はないな。それにお菓子とお茶なら大歓迎。ゆっくり休憩ができるはず……させてくれるよね？

「ありがとう。さて、まずは大地の下を調べる必要があるな。魔力の方がよいのか？　それとも新しい力か？」

ヒビを修復する時に使うのは魔力だよな。なら魔力で探っておいた方が、後々便利かな？　見つけてすぐに修復ができるもんな。やり方は知らないけど、何とかなるでしょう。

「さて……」

地面に手をつき、魔力をまっすぐ下に流し込む。強い一本の紐をイメージして、どんどん下へ、下へ、下へ。結構深いところまで魔力の紐が到達したが、特に気になるものは出てこない。壁はまだ深いところにあるということだろうか？

「ふぅ」

紐の長さをどんどん足して、もっと下、もっと下。ん？　魔力の紐が何かに引っ張られている気がする。どうしよう、どこに行くか不安はあるが、このまま頑張っても壁に辿り着けないかもしれない。ここはちょっと引っ張られて様子を見ようかな。よしっ。引っ張る力に魔力の紐の先端を絡ませるイメージを作る。が、魔法を発動させる前に魔力の紐が今までないスピードで下に引っ張られてしまう。

「すごっ」

引っ張る力はかなり強く、魔力の紐の強度が心配になる。たぶん元は魔力なので魔力を紐に供給し続ければ、切れるようなことはないのだろうが不安だ。そうだ、魔力の紐をワイヤーで強化しておこう。

「必要はないかもしれないが、不安解消に」

魔力の紐をワイヤー入りの紐に強化するイメージを作る。

「紐の強化」

イメージした魔力の紐にワイヤーをプラスする。頭に浮かんでいた魔力の紐が、ふっと一瞬だけ白く輝く。たぶん……成功したはず！

「それにしても、まだ下へ向かっているみたいだな……」

引っ張る力に身を任せていると、急に何か巨大な力を感じた。そして引っ張っていた力が消えた。

「ここまでか。それにしても巨大な力は壁かな？」

まるで……特に何も思い浮かばないが、これまでで一番強い力を感じる。魔力？　いや、神力だなこれ。神力の壁？　あれ？　魔力でヒビを修復したといっていたような気がしたが、訊き間違いか？　神力の壁は魔力では直せないよな？

「主、大丈夫か？」

水色の言葉に無言で頷く。魔力を意識して供給し続けるのは、意外に疲れるのだと初めて知ったよ。いつもは無意識だからな。しかもイメージした魔力の紐が細かったので、そこに魔力を供給するには少しずつ魔力を流す必要があった。これが想像より集中力が必要で、本当に疲れた。頭がちょっと、くらくらしてしまっている。一度落ち着こう。ふぅ………ちょっと落ち着いたな。

「さて、紐の先にある巨大な力を調べますか」

紐に魔力を多めに流し、紐の先端を手のように変化させる。紐の先端に手。……不気味だ。まぁ、調べるためで、誰かに見られるわけではないからいいだろう。

「まずは触ってみるか」

巨大な神力に手を伸ばし、ぺたぺたと触れてみる。あちこち触ってみたが、平らな何かに触れている感触しかしない。やはりこれが壁で間違いなさそうだな。

「あちこち触ったが、問題のない壁だよな。どこにヒビがあるんだ？」

これ……ヒビを見つけるのが、かなり大変かもしれない。

261. 見つけた！

「あ～、くそっ！　見つからない」

魔法で手を作ってみたけど、どうも失敗だな。紐が長すぎて、上手く動かせない。しかも見えないから手探りだし。何かもっと他に役立つものに変えて調べた方がいいかもしれない。何がいいだろう？

「手で探るより、見えた方が分かりやすいよな」

ん？……そうだよな。ヒビを探すなら、見て探すのが一番だよ。なぜ最初にそれを思いつかなかったんだ？　くっ、手で探ってた時間が無駄だったような気が……はぁ。

「主、大丈夫か？　なんだかすごく疲れた表情をしているが」

「えっ！　いや、大丈夫。ははっ」

心配してくれるのはすごく嬉しいが、疲れた原因が自業自得だからな。はぁ、何かすごく落ち込むな。隣にいた水色にもたれかかると、ひんやりした体が気持ちいい。

「水色の体は気持ちいいな」

「そうか？　主が気に入ってくれたなら嬉しいな」

嬉しそうに笑う水色に、和むなぁ。いや、和んでいる場合じゃないんだけどね。なんだか意味もなく気が滅入るというか……。湖に視線を向けると、一定間隔で浮かぶ気泡。まさか、あれの影響か？……頑張ろ。

さて、どうやって地下の様子を見るかな。ん？　既に壁まで魔力が届いているんだから、ドローンでも作ったらいいんじゃないか？　そうだよ。ドローンを数体飛ばしてヒビを探させれば、簡単に見つかるんじゃ……。あ～、本当に手で探っていた時間は無駄だよな。なんであんな方法を……待て！　まただ、なんだか考え方がいつも以上に後ろ向きになりやすい。気泡の汚れた魔力が風に乗ってこの辺りに漂っているのかもな。

「ふぅ、早くヒビを閉じないと」

ドローンは既にイメージができているから、地下に届いている魔力の先にドローンを……五体出して。あとは、壁に沿って動くイメージを追加して、壁にヒビが入っている場所を捜索っと。簡単だな。森の捜索するのにドローンの使い方は完全にマスターしたもんな。まぁ、地下でもしっかり動いてくれるかは分からないが、こればかりはやってみないとな。

「ドローン、捜索開始」

魔法の発動と共に五個の画像が目の前に浮かび上がる。

「わっ、びっくりした」

水色の言葉に、また説明を忘れたことに気付く。

「悪い、地下の様子を見たかったから。これは俺の魔法でできているから問題ないものだからな」

俺の言葉に一つ目達が興味津々で画像に近付く。

「確かに主の魔力をこれに感じます。これが地下の様子ですか？」

「あぁ、たぶんそうだと思う」

画像を見ると、薄暗い空間が映し出されていた。画像の下に見えるのが魔力を抑え込んでいる壁かな？　色は、黒？　薄暗いからそう見えるだけかな？　ドローンにライトをつけられるかな？　もしくは別にライトだけイメージして辺りを照らすか……別のライトをイメージした方が簡単そうだな。ライト……あっ、球場のあの明るいライト。あれだと広範囲を照らすことができるよな。えっと、あれには何個のライトが付いていたっけ？　九個？

「テレビでちらっと見たぐらいじゃ、イメージが難しいな」

でもまぁ、結果は明るく照らせばいいんだから、なんとかなるだろう。九個のライトを上空から壁に向かって照らすイメージを作って。えっと、一個だと一方向しか照らせないよな……。ポールをイメージしてそれの四方に、それぞれ九個のライトをセッティング。後は魔法を発動。

「ライト点灯」

ドローンから送られてくる映像がぱっと明るくなる。

「「「うわっ」」」

あっ、またやってしまった。

「主、明るくなりました。これなら見やすいです」

一つ目が嬉しそうに、画面を指す。驚かせたことは、気にしてないみたいだな。

「よかった。成功したんだな」

五つの画面を見る。かなり明るくなって見やすい。黒だと思っていた壁は少し暗めのグレーだった。それが画面の一面に広がっている。だが、どのドローンもヒビは見つけられていないようだ。

「ないな」

「そうですね」

俺の独り言に、返答がある。横を見ると、腕を組んで画面を見る一つ目。たぶんこの子、今日初めてじっくり話したちょっとずれている子だ。

「ん？　見てないと駄目ですよ？」

一つ目の言葉に苦笑が浮かぶ。やっぱり。

「そうだな。気をつけるよ」

「気をつけてください」

何かちょいちょい上からというか……まぁ、可愛いからいいけど。ちらりと見ると、腕を組んで画像前で首を傾げる一つ目。可愛いな。

「主～！　見つけた！」

水色の叫び声に、一つの画像の前に皆が集まる。

「本当だ。これだな」

画像には、ヒビが入っている壁が映し出されていた。場所は分かった。あとはこのヒビを閉じるだけなんだが……壁からは神力を感じる。だが、ロープは魔力で壁のヒビを直したと言っていた……はずなんだよ。ん～、間違ってないという自信が持てないな。もし違って、ヒビを悪化させてしまったら？　怖いな。やっぱりここはロープを待って……駄目だ。ロープには時間の概念がないから、いつ連絡が返ってくるか予測がつかない。

それにしても、なんでこんな目にあってるんだろう。毎回、毎回。周りを見回すと、一つ目と水色が、少し遠くで全体の警護をしているフェンリル達が、俺を見ていた。それは、いつもと変わらない。なのにイラつく。なんで俺だけこんな目に…………ん？　なんだ、今の考えは……。

「主、どうしたのだ？」

水色と一つ目達が、心配そうに俺を見つめている。当たり前だが、その視線にイラつくことはない。なのにさっきは……湖を見つめる。ぽこ、ぽこと気泡が見える。

「大丈夫。ちょっと考え事をしていただけだ。それよりヒビを早急に閉じないと駄目だ」

落ち着け。どうも、勇者召喚のギフトの力が抑えられている気がする。このままいくと、俺の考えがどんどんやばい方向へ行きかねない。何とか、あのヒビを塞がないと。

パシャッパシャパシャ。激しい水音に、全員の視線が湖に向く。

「ん？　あれは……」

湖から顔を出して、こちらを見る生き物の姿が目に入った。姿はゲンゴロウを大きくしたような感じで、最初見た時はドン引きした。その巨大なゲンゴロウの体が左右に揺れだす。

「何をしているんだ？」

「主、下がって。あれは攻撃態勢だ」

攻撃？　巨大なゲンゴロウを見ると、以前と違うことに気付いた。前に見た時は澄んだ綺麗な緑色の目をしていたのに、今目の前にいるものの目は緑色だが濁っている。どうやら、あの気泡の影響を受けてしまったようだ。

「水色。あの子を眠らせられるか？　おそらく核の周辺にある濁った魔力の影響を受けている」

「水色、手伝ってやる」

一つ目の一体が、ゆっくりゲンゴロウに近付く。

「気をつけろ、体がかなり硬く火を跳ね返す」

「体が硬い？　ふんっ。体の硬さなら負けないからな」

ん？　今そんなことを気にしている時ではないと思うんだが。

パシャパシャ、パシャパシャパシャ。

「来るぞ！」

水色の言葉に緊張感が走る。巨大ゲンゴロウが湖からすごい速さで俺の目の前に迫ってくる。が、そのまま俺の視界から消えた。

「とりゃ～！　どうだ、俺の方が硬いんだからな！　参っただろ！　あははははっ」

「「「「…………」」」」

一つ目達は基本同じものをもとに作った。だから、なんで色々な性格があるのかずっと疑問だった。でも今日ほど疑問に感じたことはない。いったいあの子に、何があったんだ？

「そういえば、最近子供達とヒーローごっこをしてましたね」

なるほど。えっ、つまりあの一つ目はヒーローになりたいの？

「あれ？　まだ起きてる？」

一つ目の言葉に、巨大ゲンゴロウが飛んでいった方を見る。確かに、起きてはいる。だが、震えながら一つ目を見ているので、もう襲ってくることはないだろう。

「あと一発」

一つ目の言葉に、慌てて止めに入る。

「待て。もう、戦う気はないみたいだから」

「残念」

262.　ヒビの修復。

戦う気がなくなった巨大ゲンゴロウは、こちらを見てびくびくしている。先ほどと比べると目の濁りも薄くなっている……ような気がする。もしかしたら俺の願望で、そう見えるだけかもしれないが……。だが、このままではまたあの濁りの影響を受けるだろう。なんとかしたいが、どうすればいい……。

「体の中に入った濁った魔力……余計なものだよな」

あっ！　体の中にあったら駄目なんだから、外に出せばいいんだ。うん。そうだよ。簡単なことだ。あとは、方法だな。

ちらりと巨大ゲンゴロウを見る。視線が合うと、びくりと震え始める。飛び蹴りしたの俺じゃないんだけど、ちょっとショック。いや、ショックを受けている場合じゃないな。

ん～、あの濁りを菌だとして、体から目に見えない細かい菌を排除するイメージを作って……。排除したものが、空気中に飛散したら意味がないな。集めて一つに丸めて固めるイメージを作っておこうかな。これで飛散することはないだろう。よしっ、思いのほか上手くイメージが作れたな。

巨大ゲンゴロウに近付くと涙目でふるふるしている。もう完全に、いじめないでって感じなんだけど。

「俺は攻撃なんてしてないよ？」

ふるふる、ふるふる。ふるふる、ふるふる。うん、諦めよう。

「体の中の余分なものを排除するから、そのまま動くなよ」

俺が巨大ゲンゴロウに手で触れると、震えが激しくなる。それに小さく苦笑を浮かべる。

「排除」

巨大ゲンゴロウが光るとゴロンと何かが落ちる音がした。視線を向けると黒い塊。おそらく排除されたものの塊だろう。

「きゅっ」

可愛い声に視線を向けると、澄んだ綺麗な瞳と視線が合う。巨大ゲンゴロウ本来の目だ。よかった。視線が合っているのに震えてない！

「ところで、君は肺呼吸？　エラ呼吸？」

いつまでも地上にいていいんだろうか？

「きゅっ？」

地上でも苦しそうじゃないから肺呼吸かな？

「主、肺呼吸ではないぞ。エラ呼吸でもないが」

「えっ？」

水色の言葉に首を傾げる。他の呼吸方法なんてあったかな？……肌呼吸？　いや、これはないか……だったらなんだ？

「そもそも呼吸していない」

「えっ！」

呼吸してないの！　巨大ゲンゴロウを見る。そういえば鼻がない……いや、ゲンゴロウの鼻の位置なんて知らない。じゃなくて！　呼吸してないのに、生きているのか？　じっと巨大ゲンゴロウを見る。動いているよな？

「生き物だよな？」

「もちろん」

よかった。生き物ではあるんだ。

「この子はどんな存在なんだ？」

呼吸をしないのに生きているなんて、俺からしたら不思議なんだけど。

「魔力が集まって、ある日何かの拍子に生まれるんだ。周りに漂う魔力を体内に入れることで生きている」

つまりこの子は魔力の塊？　そっと手を伸ばして巨大ゲンゴロウに触れる。あぁ確かに、ギュッと集まった魔力を体内に感じる。あれ？　これ……俺の魔力に似ているな。俺の魔力が、森の中を漂っているからかな？

「普通は魔力の塊が意思を持つことは珍しいんだが……」

水色の言葉に首を傾げる。この湖の生き物に見えたもの達は、皆意思があったような気がするが。

アメーバが俺に水を掛けると、楽しそうに参加する子がいるし。

「主の魔力が集まって生まれたから、魔聖魂《ませいこん》がこの世界では別物になっているのかもしれない」

「ませいこん？」

巨大ゲンゴロウのことだよな。

「魔力で生まれた聖なる魂。意思はなく、その世界の魔力の影響を受けやすい存在なんだ」

魔力で生まれた聖なる魂……魔聖魂でいいのかな？　水色の説明に、一つ目達も興味深そうに巨大ゲンゴロウを見る。それにちょっとおどおどしている姿が、可愛い。

「あまり怯えさせるなよ」

「はい。大丈夫です」

いや、大丈夫ではないだろう。間違いなく怯えているんだが……。それにしても意思がないのが通常なのか。巨大ゲンゴロウを見る。一つ目達につんつんされて、ぷるぷるしている。意思は間違いなく存在しているよな。

「こらっ、つんつんしないの。泣きそうだよ」

左右から一つ目達につんつんされて、涙目になっている気がする。さすがに可哀そうでやめると、嬉しそうに俺にすり寄ってきた。見た目は巨大ゲンゴロウ。ちょっとだけ腰が引けそうになった。

「湖にいるのは、全部魔聖魂でいいのか？」

それとも違う生き物がいたりするのかな？

「いや、魔聖魂は生まれること自体が珍しいから。この湖にはこの子とあと一匹だけだ。他は水の中で生きる魔物だよ」

水色が水の中を覗くが、濁りが先ほどより悪化していて既に中は見られなくなっているみたいだ。

「魔物だったんだ」

ということは、アメンボみたいな子もエビみたいな子も魔物だったのか。想像していた魔物とちょっと違ったな。

「もう一匹の魔聖魂も、この子みたいに大きいのか？」

「いや、もっと小さかった。魔聖魂は生まれた時に最初に目に映ったものに似るから」

ほぉ、すごいな。魔聖魂独自の形はないってことか。

「きゅっ」

「どうした？」

魔聖魂が湖を見る。そうだった。ヒビを直そうとしていたんだった。すっかり巨大ゲンゴロウのことで忘れてた。

ドローンに繋がっている画像を見る。相変わらず、ヒビから黒い濁りが溢れている。ヒビか……。

壁のヒビならモルタルで直したことがあるな。魔力をモルタルみたいに変化させて、ヒビに塗ったら直せないかな？　ん～、ここで考えても答えは出ないな。よしっ、魔力をモルタルのように粘り……。

「ぎゅ～」

苦しそうな鳴き声に、画面から顔を上げると湖からエビのような生き物が這《は》い出てきた。苦しいのかバタバタと暴れ、湖の水がバシャバシャと音を立てる。

「濁った魔力のせいで苦しんでいるのか？」

ヒビの前にこの湖の水を綺麗にしておこう。すぐに濁り出すが、時間稼ぎはできるだろう。湖の傍で膝をつき、手を湖に入れる。湖の水に混ざり込んでいる濁った魔力を、一つに集め固めるイメージを作る。湖の中にいる生き物の体内から排除するのは先ほどイメージして作った魔法で大丈夫だろう。

「集めて硬化。排除」

湖と這い出ていたエビのような生き物が光に包まれる。光はすぐに消え、残ったのは綺麗な澄んだ水になった湖と、不思議そうに周りを見るエビのような生き物。

「大丈夫か？　苦しくないか？」

俺の言葉にパシャンと尻尾を何度か動かすと、すっと湖の中に戻っていった。よかった。だが、すぐにヒビをなんとかしないと駄目だろうな。

「よしっ、とっととヒビを埋めよう」

あっ、集めて固めたもの……湖の底だな。

「主、どうした？」

湖を見て眉間に皺を寄せた俺を、水色が不思議そうに見る。

「濁った魔力を一つに集めて固めたんだが、湖の底に沈んだなって思って」

「きゅっ」

巨大ゲンゴロウが鳴くと、パシャンと水の中に入っていく。水から濁りが消えたから戻ったのかな？

「あとで拾うか」

しっかり固めるイメージを作ったから、濁った魔力が滲《し》み出てくることはないだろう。あとで魔法で拾い上げれば、大丈夫のはずだ。今は原因となっているヒビを直そう。

「画面を見ながらの方が、失敗しないよな」

画面に映し出されるヒビに、壁の修復で行ったようにモルタルのように変化させた魔力を埋めて濁った魔力を閉じ込めていく。経験しているから、イメージが作りやすいな。あとはヒビの周りにある濁った魔力だな。……湖の時と同じように集めて固めよう。

「よしっ。モルタル補修、集めて硬化」

魔法の発動と共に、画面に映るヒビに何かがボタッと落ちスーッとその何かがヒビに沿って伸ばされていく。

「この黒っぽいのが、モルタルのような状態に変化させた魔力か……」

上手くヒビが隠れていっているな。溢れた濁った魔力で、空気が濁っているのか奥が見えにくいが、薄っすら見える範囲では成功しているようだ。よく見ようと画面に近付くと、パッと見えにくかった画像が一瞬で奥まで見通せるものに変わる。

「うわっ」

何が起こったんだ？　あっそうだ。空気中に混ざり込んだ濁った魔力も一緒に対処したっけ。

「ヒビが綺麗に埋まってるな。これで濁った魔力が漏れてこなければ成功だな」

263. まさか……。

「大丈夫そうだな」

ヒビをモルタル魔力で埋めてから二〇分ぐらい。濁った魔力が、にじみ出てくる気配はない。ただ、もうしばらく様子を見た方がいいだろうな。

「きゅっ」

ん？　巨大ゲンゴロウの鳴き声に視線を向けると、湖から出てくる姿が見えた。口に黒い丸いものを銜《くわ》えている。

「それは？」

「きゅっ」

俺の前に来た巨大ゲンゴロウは、口に銜えていたものを俺に向かって転がす。なんだろう……丸い塊。あっ、もしかして湖の底の転がっているはずの、濁った魔力を固めたものか？

「湖の底から、取ってきてくれたのか？」

「きゅっ」

嬉しそうに鳴く巨大ゲンゴロウの頭を撫でる。想像したより、柔らかいんだな。

「ありがとう」

巨大ゲンゴロウが持ってきてくれた、濁った魔力を固めたものを手に取る。手に触れた瞬間、気持ちの悪いものに触ったような不快感を微かに覚えた。

「ん？」

濁った魔力が外に漏れているのかと思ったが、気持ち悪く感じたのは触った一瞬だけ。手に持っていても、特に不快に感じることはない。それに首を傾げながら、直径一〇センチほどの黒い球体を見る。

「なんだ？」

なぜか黒い球体を見ていると、ぞくっとした寒けを感じた。慌てて球体から視線を逸らす。先ほど触れた時に感じた気持ち悪さ以上の何か得体の知れないものを感じた。深呼吸をして、もう一度黒い球体を見る。やはり感じる。何だろう？　じっと黒い球体を見つめていると、どんどんと不安感が増していく気がする。気分が悪いな。

「ふぅ」

黒い球体を両手で隠すように持つ。

「主。ものすごく不穏なものを感じるな」

水色が両手で隠した黒い球体に視線を向けながら、嫌そうに言う。それに頷く。確かに不穏なものを感じる。不安を煽るような、なんというか……。

「じっと見ていると気が滅入りそうになったよ」

俺の言葉に水色が頷く。

「確かに。見ているだけなのに不安に襲われた」

水色も俺と同じような感覚になったということか。両手の中の黒い球体を見る。指の間から見えるそれが、とても怖いもののように見え体が一瞬びくりと震えた。こんなことは初めてだ。なんだろう？　目が離せない……。

……すべて壊したい。

「主！　大丈夫ですか？」

一つ目の、いつもより少し大きな声にハッとする。なんだ？　あれ？　周りを見渡すと、一つ目達に水色、巨大ゲンゴロウまでもが心配そうに俺を見ている。少し離れたところで警護しているフェンリル達も、こちらの様子を窺っている。

「あぁ、大丈夫だ」

両手で隠した黒い球体を見る。俺はさっき、これを見ながら「すべてを壊したい」と確かに考えた。だが、それは俺の意思ではない。まるで、誰かに意識を乗っ取られたような……。コアが以前、乗っ取られそうになったことがあったな。あの時は、小さい二ミリ程度の異物が原因だったよな。

黒い球体を見る。

「異物キャッチ」

魔法の発動と共に、黒い光が黒い球体を包みこんだ。

「うわっ」

慌てて手を放すと土に落下してしまう。しまった。拾おうとするが、黒い光は消えていないのでそのまま様子を見る。しばらくすると、ゆっくりと黒い光が消えていった。

「黒くない」

黒い光が消えると、淡い青色の丸い球体が転がっていた。それを手に取ると、黒い球体の時に感じた不快感はない。

「青い魔力？」

異物を取り除いて残ったということは、これが魔力なんだろう。だけど、魔力に色がついていることに首を傾げる。俺の魔力も、フェンリル達の魔力も色なんてついていたっけ？　見やすいように色をつけたことはあるけど……。でも、異物を除いて残ったんだから……これが魔力なんだよな。あれ？

「あっ！　また濁ってきた！」

淡い青い色の魔力が、見る間に濁り始める。一番濁りのひどいところを見ると、黒い小さな何かが転がっている。おかしい。異物キャッチの魔法でしっかり固めたのに、なんでまた濁り出すんだ？

「あっ！」

濁り始めると、手に持った球体から先ほど感じた不快感にまた襲われた。

「さっきの魔法で一度は固まったんだから、魔力からしたら異物が混ざっているということだよな？　集めて固めたのに、固まらず再度広がった。コアの時の異物は神力だった。魔力に混ざっているのは神力ではないということか」

どんどん黒くなっていく球体を見て、ため息を吐く。どうしたらいいんだ？　じっと球体を見ていると、まだ真っ黒ではないためか不快感が先ほどより軽めだと気付く。まぁ、こんなことに気付いても意味はないが。ん？　でも、この不快感……以前も経験しているような気がする。そういえば、濁った魔力を初めて感じた時も、似たようなことを思ったな。以前に知っていると。

「どこでだ？」

こんな体の芯を冷やすような不快感は日本では感じたことはない。つまりこの世界に来てからだ。……色々あったからな、この世界に落ちた時から。ん？……落ちた時？　そうだ、森に落とされた時に感じたあの不快感に似ていないか？　あれは確か、森を覆っていた黒い影に感じたんだよな。あの時はあれが何か分からなかったけど、今は分かる。あの黒い影は、魔眼による呪いだ。

「呪い？」

そういえば、湖から大量に濁った魔力が溢れた時、まるで人の叫び声のような音がしたよな。もしあれが本当に叫び声だったら？　湖に視線を向ける。ヒビを綺麗に修復できたのか、気泡は上がってこない。手の中の黒くなってしまった球体を見る。

「浄化？」

疑問形になってしまった。

「あっ」

白く淡い光が黒い球体を包み込むと、空中にふわっと浮く。

「浮いた！」

手を伸ばして取ろうとしたが、浄化中かもしれないと手を引っ込める。水色と一つ目達が、浮かんだ球体を不思議そうに見つめている。

「主、何をしているんだ？」

「浄化だよ」

「浄化……」

水色が少し嫌そうな声を出す。どうしたんだ？

「浄化とは綺麗にすること。清浄にすることですよ。他にも心身の罪やけがれを取り除くことでもあります」

水色に一つ目の一体が自信をもって答える。まぁ、正解といえば正解なんだけど。この場合は少し違うかな。

「それは知っている。そうではなくて……濁っていたのは汚れていたからだよな？」

水色が「そうであってほしい」という感じで俺に訊く。それに首を傾げる。本当に、どうしたんだ？

「いや、呪いだと思う。魔力に呪いが混ざっていたから、濁っていた可能性が高いと思うんだ。だから浄化で呪いを解いてみたんだよ。これで魔力が綺麗になるかもしれないから」

「……呪い……」

水色が俺の説明に肩を落とす。そういえば、水色達は魔眼の呪いにずっと苦しんでいたんだった。

ふっと浮かんでいた球体から、淡い白い光が消える。視線を戻すと、球体はゆっくりと落下して地面に落ちた。慌てて近づき、球体を拾う。

「あっ！　透明だ」

異物キャッチでは淡い青色の丸い球体になったが、今手の中にあるのは透明な球体。目の高さまで持ってきて、じっと中を覗き込む。どこにも濁りがない。しばらく様子を見るが、濁りが戻ってくることはないみたいだな。つまり、魔力に混ざっているのは呪いで間違いないということになる。

「まさか、本当に呪いだったとは」

魔眼の呪いでさんざん苦労……してないな。知らない間に呪いは完全に消えてたし。それにしても、なんで気付かなかったんだ？　あれだけ魔眼の呪いに関わってきたのに。

「主？　本当に呪いか？」

「あぁ。核の周辺にある魔力を濁らせている原因は、呪いで間違いないだろうな」

俺が「呪い」と断定すると、水色の体がびくりと震える。

「そうか。呪いなのか」

水色が嫌そうに、球体から体を離す。きっと触れたくもないんだろう。しかし、また呪いか。でも、浄化魔法は慣れている魔法の一つだ。思ったより早く核の周辺の濁りを解決できるかもしれないな。

264. 球体？　平面？

「主。ごめん！　呼んでたんだよね？」

不意に聞こえた声に、全員がびくりと震える。こればかりは仕方ない。姿が見えないロープだ。

いや、姿を見せてくれたら……待て、いきなり目の前に何かが現れたら……。結果は一緒だな。諦めよう。

「ロープ、確認してほしいことがあるんだが、いいか？」

「何？」

そういえば、前の地震をロープは認識してなかった。地震があったことから説明した方が、分かりやすいかな？

「今日、地震があったんだ。で、ヒビが生まれた」

「えっ！　すぐに見つけて対処するよ」

「いや、それは既に終わっているから大丈夫だ」

「そうなの？　早いね。俺は何をしたらいいの？　確認って？」

ロープの焦った声や拍子抜けした声に、小さく笑ってしまう。ロープは姿が見えないが、声で何となく感情が伝わってくる。表情が見えたらもっと分かりやすく……あっ、ロープは魔石だったな。

魔石から感情を読み取るのは、流石に無理だ。

「ヒビがちゃんと塞がっているか確認してほしかったんだ。あと、塞がっているかどうか調べる方法があるか訊きたかったんだ」

いちいち、ヒビから魔力が漏れてくるのか観察するのは時間がかかりすぎる。調べる方法があったら便利なんだけど、あるかな？

「ん～、色々試したけどまだこれという方法は見つけられてないんだ。今は経過を観察する方法が一番だね」

残念。

「五時間ぐらい漏れてこなければ大丈夫みたい。失敗した時は、五時間以内に漏れてきてたから」

ロープも失敗とかするんだ。ちょっとびっくりだ。それにしても五時間か、長いな。

「分かった」

「それより主、ヒビは何カ所見つかったの？」

えっ？　何カ所？

「一カ所だったが……もしかしてもっとある可能性があるのか？」

「それは分からない。前にヒビを探した時は、地震が頻発に起こっていた時だったから、一回の地震でヒビが一つなのかは確認できなかったんだ。今回はそれを確かめられるかなって思ったんだけど……」

この地震については、分からないことが多いから調べた方がいいだろう。それにしても駄目だな、ヒビは一カ所だと思い込んでいた。もっと視野を広くして考えないと。

「そういえば、日に日に一日に起こる地震の回数が多くなっていると言っていたけど、修復してからは変化はあった？」

えっ？　ロープの話に、ちょっと動きが固まる。今のロープの言い方は俺が言ったってことだよな。頑張って記憶を探るが、思い出せない。いつ俺は、そんなことをロープに話したんだ？……えっ、本当に覚えてないんだけど！　やばい、いつだ？

「主？」

「ははっ、悪い。俺が言ったみたいだけど、覚えてないんだ」

なんで、忘れているんだ？　話の内容から、ここ最近の出来事のはずだよな？　えっ、ど忘れ？　重要なことを？……魔力による記憶の忘却……なんて病気があったりしないかな？　いやいや、落ち着け。何を馬鹿なことを考えているんだ？　もしかして、さっきの呪いの魔力を吸ったせいか？　周りの空気に混ざっていたから、間違いなく吸っているはず。よしっ。きっとそのせいだ。いや、何か話が変わっているような気が……。

「ん～、もしかして。主が寝ている時に訊いたから覚えていないのかも」

「それだ！」

「えっ？」

「いや、なんでもない。たぶん寝ぼけていたんだよ。だから覚えていないのだと思う」

そうだ、それに間違いない。……大丈夫だよな？　でも、寝ぼけて忘れた？

「えっと……」

そうだ、ヒビを探そう。一カ所とは限らないみたいだし。

「ロープ。他にヒビがないか調べてみるよ」

「分かった」

「ロープはヒビを修復した場所を見てもらえるか？　漏れるかどうかは時間がたたないと分からないとしても、修復したのを見て何か感じることがあるかもしれない」

「それはいいけど、場所は？」

「ここ」

前にある画面を指す。見えるかな？

「すごい！　壁の映像だ！」

「あぁ、ヒビを探すなら見て探した方が見つかりやすいと思ってな」

すっと目の前を風が通り抜けた。ん？　もしかして今のロープか？

「随分と明るいけど、灯りも点けたの？」

「あぁ、探しやすいだろ？」

「うん。俺が探す時は、周辺に濁った魔力があったから……あれ？　濁った魔力がない！」

画面の前にまた風がふわっと吹く。それを感じながら、不思議な気持ちで画面の前を見る。姿は見えないけどいるんだよな。やっぱり姿が見えないのは不便だな。小動物の姿にでもなってくれないかな？　そうしたら急に現れても、驚きは少ない……いや、そうとも言い切れないな。小心者の俺は、どんなに可愛い小動物でもいきなり現れたらビビるな。

「濁った魔力は浄化したんだ」

「浄化？　えっとまさか……呪い？　えっ、本当に？」

「あぁ、間違いなさそうだ」

「……また」

ロープは森を呪っていた魔眼に協力させられていたからな、思うこともあるよな。

「呪いなら、対処方法は分かっているから少し気が楽になったよ」

「それもそうか。魔眼の呪いを大量に解いていったんだもんね」

半分以上は知らない間にだけどな。アイオン神から、呪いを解いた魔法を色々聞いたが、ほとんどピンとこなかった。ほぼほぼ思い付きで魔法を使っていたからな。もう一度同じことをやれと言われても、できる気が一切しない。

そういえば、映像を見るだけで今までの修復してきたヒビとの違いは分かるのだろうか？

「映像だけで、分かるか？」

「分からないから、この映像の魔力を追ってヒビのあった場所まで行くつもり。だから気にしないで」

「そうか、分かった」

あとは任せて大丈夫だな。

「少しいいか？」

水色の声に視線を向けると、湖から数匹の生き物が顔を覗かせている。見ると目が少し陰っているようだ。おそらく呪いの影響が出ているのだろう。一度湖は浄化したが、その後も呪いの魔力が気泡で上がってきていたからな。

「浄化だな」

「すまない。浄化はかなり魔力を使うため、我では対応できないんだ」

「気にしなくていいぞ」

浄化魔法で大量に魔力を使ってきたから、俺は生き残ってこられたんだしな。湖に手をつける。

「浄化」

湖の水だけでなくそこで生きるすべての生き物から呪いを解く。一瞬だけ、淡い白い光に包まれたがすぐに消えた。湖の水とこの中で生きる者達は大丈夫だな。問題は、空気中に飛散した呪いだな。この周辺だけを浄化しておけばいいのか？　それとももっと広範囲で？……もしものことがあるから、広範囲で浄化をするか。別に魔力がごっそり減ることもないしな。

「じょ……」

待てよ。この周辺だけじゃ駄目だよな？　だって、ロープが修復してくれたヒビからも呪いは出ていたはずだ。……すでに森に充満している可能性があるのでは？　いや、あんな小さなヒビだから影響は少ないか。でも、塵《ちり》も積もればという言葉があるように、安心はできない。森全体に……前は森に張られた壁があったから魔眼の呪いは森から出なかった。だが今は壁はない。この世界全体に浄化をかけた方がいいのか？　ちょっと範囲が広すぎるか？　体の中の魔力を探る。満タンあるな。

「よしっ」

「主？　何かおかしなことを考えてないか？」

水色が不審げに俺を見てくる。それに首を傾げる。おかしなこと？

「いや、それはない。考えるのは浄化のことだし……」

本当に浄化のことしか考えてないのに、なんでまだそんな疑うような目で見るんだ？

「本当か？」

「本当だって！」

なんなんだ？　まぁ、とっとと浄化を終らせよう。えっと範囲はこの世界。球体の世界をイメージして……球体だよな？　そういえば核が球体ではなくて円と言っていたんだよな。まさかの平らな世界とか？……球体でいいや。平面でも球体で浄化したら何とかなるだろう。地球のような星をイメージして……これだと地球を浄化しそうだな。首を横に振ってイメージを変える。ドローンで見たこの世界をイメージの中で球体にする。難しい、無理。他に簡単な方法……俺がいる丸い世界をイメージ。俺の大きさがおかしい。世界から俺が飛び出してしまった。えっと、俺を小さくして……その世界を球体の壁で包み込んで壁の中全体を浄化するイメージ。よしっ、できた！

「世界を浄化」

「やっぱり！」

ん？　水色の声が聞こえた気がしたけど。うわっ、体からごっそりと魔力が一瞬で消えた。この感覚は、ちょっと慣れないな。ふぅ、世界は広かったな。

「あれ？」

半分ぐらいの魔力が戻ってきた。使わなかったのか？……この世界は球体じゃないのか？　えっ、マジで？

265. 木を切るのが目的だった。

「主！　驚かせるのはやめてくれ！」

戻ってきた魔力に首を傾げていると、なぜか水色に怒られた。驚かせた？

「……あっ！　悪い」

浄化魔法で、世界が一瞬真っ白になったんだった。説明もなく、急にあんな世界が広がれば驚くよな。魔法を発動させる前に、しっかりと説明しておくべきだった。

「気をつけるよ」

次、同じことをする時はちゃんと説明しよう。ただ、魔法を発動させてみないと、どんな現象が起こるのか分からないんだよな。この場合はどう説明したらいいんだろう？　「何かが起きるから気をつけろ」で、いいのか？

「本当に気をつけてくれ！」

水色の様子を見る限り、かなり驚かせてしまったんだな。一つ目達やフェンリル達も心配そうに俺を見ている。

「悪い。今度やる時は、ちゃんと言ってからやるから」

「ん？　やる？　あれ？　本当に我の言っていることを理解しているか？」

「もちろん、浄化のことだろう？」

俺の返答に首を傾げる水色。何だろう？　ずっと浄化魔法のことを話しているよな？

「そう、世界に浄化を掛けたことだけど……」

「ちゃんとわかってるよ。ごめんな」

「あぁ、分かってくれてるなら……」

なんだか納得してないような雰囲気だな。まぁ、よく何も言わずに魔法を使うから信用できないのかもしれない。それって、俺のせいだよな。次は必ず言ってから魔法を使おう。

あれ？　そういえば、ロープの声が聞こえなくなってる。修復したところを、見に行ってくれたのかな？

そうだ。水色だったら、この世界の形について何か知っているかもしれない。

「水色、訊きたいことがあるんだが」

「ん？　訊きたいこと？」

「うん。この世界の形についてなんだが。この世界は平面世界なのか？」

俺の質問に首を傾げて困った表情の水色。

「この世界が平面？」

「あぁ、浄化の魔法を使ったんだけど、なぜか魔力が戻ってきたんだ」

「戻って……」

水色の雰囲気から、困惑しているのがわかる。やはりおかしいことなのか？

「余分な魔力は、世界が吸収して戻ることはないはずなんだが……。それと、世界は球体のはずだ。平面の世界は作れないはずだが。我の知識にないだけかもしれないが……」

水色の言葉に、頭を抱えたくなった。世界が吸収しなかったということは、何か原因があるということだ。これは、核の周りの魔力以外にも問題があるということじゃないか？　調べなければならないよな？　だが、俺は器用じゃないから、同時に解決を目指すとかはやめた方がいい。まずは核の周りの魔力を浄化して、それからこの世界の他の問題に目を向けよう。一つ一つ解決していった方が、きっと早く問題を解消できるはずだ。たいした問題でなければいいが……。

「主。魔力が戻ってくるのは、おかしいと思う」

水色の言葉に頷く。

「うん。俺もそう思う。でもまずは、魔力の浄化を頑張るよ」

「分かった。他の者が、原因を知らないか訊いておくよ」

「ありがとう。頼むな」

今度地震が起こったら、ヒビから核の周辺の魔力に浄化を掛けてみよう。核の周りの魔力がどれほどの量なのか分からないが、まぁなんとかするしかない。

「よしっ。今回も問題は解決だな。帰ろうか」

「そうだな。あれほどの力を使ったのだ。疲れてはいないのか？」

水色の心配そうな声に、頭をぽんぽんと撫でる。

「ありがとう。でも大丈夫だ。俺の魔力は底なしだからな」

使えばなくなるが、すぐに魔力が補われるからな。ドローンから送られてくる画像を見ながら、腕を上に伸ばし体を横に傾ける。大丈夫そうだな。このまま、魔力が漏れてこなければ成功だな。

あとは……他にもヒビがないか探すんだったな。ヒビの修復場所を見せている以外のドローンに、ヒビを探させよう。他の画像を見ると、既にドローンが動いているのが分かった。あれ？　命令したかな？……まぁ、いいか。

「あの……主。森の開拓が……」

「「あっ」」

忘れてた。ここに来た最初の目的は森の木を切って広場を作ることだったんだ。水色を見ると、俺と同じで忘れていたんだろう。明後日の方向を見て誤魔化している。

「悪い。えっと、木を切るんだよな？」

「はい。大丈夫ですか？　明日でもいいですよ？」

一つ目の言葉に首を横に振る。別に疲れているわけではない。魔力も既に元通り。本当に、戻るのが早いな。

「さて、とっとと木を切って広場を作ろうか」

俺の言葉に一つ目の一体が森の中を駆けていく。目で追うと、離れたところで旗を振るのが見えた。あそこまで木を切るってことだな……やると決めたが、遠いな。

「始めよう」

見ていても木は切れないからな。頑張ろ。

旗を振る一つ目までまっすぐ木を切ったが、多い！　いや、頑張ればすぐに終わるはず。と思ったが、切っても切っても減らないんだが……ははっ、あと半分か？　腰を反らせながら、周りを見る。随分と広い場所の木が切り倒されている。なのに、まだ半分ぐらい。いったいどれだけ広大な広場を作るつもりなのか……まぁ、あの訓練に耐える広場だからな。それにしても、まだ半分もある。……いや、あと半分だ。あと半分しかない、だから大丈夫。半分なんてあっという間だ！　思い込みって大切だ。


「終わった～」

全然、あっという間じゃなかった。単純作業って疲れる。本当に疲れる。

「お疲れ様です。大丈夫ですか？」

一つ目の労わりの言葉が心に刺さるな。報われる。

「疲れているのですか？　仕方ないですね。お茶とお菓子で休憩しましょう」

……一つ目に仕方ないって言われた。ちょっと驚いて見ると、首を傾げられる。この一つ目は、ちょっとずれてる子だな。あれ、そういえばヒビの対処の後に休憩を入れるって言っていたのになかったよな？

「ヒビの修復のあとの休憩は？」

「必要なさそうだったので、入れませんでしたが。何か？」

「……そう」

ばこっ。

ずれている一つ目の頭を無言でリーダーの一つ目が叩く。驚いた雰囲気で、頭をさする一つ目。

「休憩を忘れていました。申し訳ありません」

ギラリと光る視線に、ちょっとビクッとしてしまう。

「……あぁ、気にしなくていいよ。ちょっと休憩して帰ろうか」

「はい。すぐに用意をしますね」

ずるずるずる。一つ目を引きずっていく一つ目。何だろう、リーダーの一つ目の目つきが怖いんだが。

「俺が作った岩人形……ゴーレムだったか？　まぁ、なんでもいいけど岩人形だよな？　表情が出てきたのは理解してきたが、あんな怖い目つきしたか？」

一体の一つ目を視線で追うと、一体が正座をしている。……可愛い。って、違う。違う。あれはやめさせるべきか？　だが一つ目の世界にも上下関係があるかもしれないし……あの目つきで見られるのか？……彼らにも彼らのルールがあるだろうから、俺が口を挟むべきではないな。うん、見守ろう。

「ん？　ふわふわ？」

切り株の上に座って休憩しようとすると、近くにふわふわがいた。いつの間に、ここに来たんだ？

「ようやく気付いてくれた〜」

ふわふわは小さくなって俺の体に体を寄せてくる。撫でると、嬉しそうに喉《のど》を鳴らしてくれる。

「ごめんな。木を切るのに必死で周りは気がいがなかったみたいだ」

本数が本数だったから頑張ったもんね。それにしても、小さい龍は本当に可愛い。

「それはいいよ。それより！　主！　また無理したでしょ！」

無理？　まぁ、確かに頑張って木を切ったかな。

「ははっ、大丈夫だよ」

「笑い事じゃない！　あんな膨大な魔力が必要な魔法を使うなんて！　どれだけ驚いたと思う？」

膨大な魔力……浄化魔法のことか？

「あれは必要だったから」

「話は水色に聞いた。でも、普通はあんな魔法を使ったら死んでもおかしくないから！」

そうなのか？　感覚的にあれぐらいなら、何度か連続でできそうだけど。そういえば、世界中に魔法を使うのは初めてか？　前は森だけだったっけ？

「聞いてる？」

目の前にずいっと顔を寄せるふわふわ。それにちょっとのけ反りながら、無言で頷く。これは、怒ってる？

「はぁ。主は本当に無茶をする」

ふわふわが言うと水色が頷く。そんなに無茶をした覚えがないんだが……。

「あれぐらいなら数回……十回ぐらいは連続で使えそうだけど」

魔力が戻ってくる速度を考えると、もっと使えそうだけど。もしかしたら途中で魔力の戻りが鈍くなるかもしれないしな。絶対はないから十回ぐらいと言っておこう。

「主は本当に規格外だな」

ふわふわの言葉に苦笑が浮かぶ。規格外か……俺の存在そのものがそんな感じみたいだからな。

「俺達の知っている普通から、どんどん遠ざかっていくな」

えっ、そうなの？　それはちょっと考えないと駄目かもしれない。水色の言葉に、ちょっと焦ってしまう。

「どの辺が？」

「「全部」」

……全部かぁ。

266. オルサガス国　騎士団騎士。

―オルサガス国　下っ端騎士ナピスラ視点―

洞窟に集められた武器を見つめため息を吐く。これは……反逆行為だよな。まさか本当にオップル総隊長が、王様の意向に背く行動を起こすとは思わなかった。

「逃げたい」

騎士、やめたい。まぁ、やめられないんだけど……。

「はぁ」

俺はハーフで見た目がエルフより人に近いから、この国には居場所がない。耳を触る。エルフには見られない丸い耳。あ〜、ヤダヤダ。どうせ俺には何もできない。でもこのままだったら、俺達下っ端が最初にエンペラス国の騎士とやり合うことになるんだよな。昨日は偶然にも、オップル総隊長と側近達がエンペラス国を攻撃する時期について話していたのを、聞いてしまった。少し前から、オップル総隊長がエンペラス国を狙っているという噂はあったが、まさか本当だったなんて。

「おい、武器の確認は終わったのか？」

洞窟の奥にある武器を隠している空間に、一人の騎士が入ってくる。ため息が出そうになるのをなんとか止め、頭を下げる。

「すみません。まだです」

かなり広い空間に積み上がっている武器を、たった一人で調べているんだ。ちらりと時計を見ると、約二〇分。終わるわけないだろうが。馬鹿なのかこいつ。

「なんだ、半端《はんぱ》か」

はいはい。どうせ俺はエルフと人のハーフで半端者ですよ。なんで俺、この国を守る騎士になろうなんて思ったんだろう。ほんと、騙されたよな。

「とっとと終わらせろ。本当に屑《くず》だな」

はいはい。終わらせろというなら、とっとと出ていってくれ。お前がいると確認ができないんだよ。

「ちっ」

舌打ちしながら出ていった奴の足音が遠ざかるのを確認してから、ため息を吐く。王様はいい人なんだけどなぁ。剣を捧げた時に少しだけ話ができたけど、とても優しかった。でも、優しいだけじゃ駄目なんだろうな。優しいから、オップル総隊長に舐《な》められる。でも、オップル総隊長はこれからすることが成功すると、本気で思っているんだろうか？　エンペラス国に攻撃を仕掛けたら、きっと森に潰されると思うんだけど……。

「あれ？　この武器」

殺傷能力が強すぎるから王様が製造を止めた武器だよな。なんでこんなものがこんなに……。まさか、作らせたのか？

「はぁ」

もうこれだけで、反逆罪の証拠になるんだろうな。何かこそこそしているのは知っていたが、武器製造にまで手を出していたのか。王様は、まさかオップル総隊長が裏切るとは思っていないのかな？　まぁ、王様を前にしている時は家臣として尽くしているように見せているもんな。この武器を一つだけでも持ち出せたら……無理か。持ち出せたとしても、誰に渡すんだ？　騎士達はオップル総隊長に心酔している。騎士以外に知り合いなんていない。

「駄目だな。俺にはどうすることもできない」

無力だな。俺の行動で、家族にも被害が及ぶし……。

「はぁ」

問題の武器の数を数え、紙に記載する。次の武器は……こっちも問題のある武器か。その武器の隣を見る。……これもか。

「本気なんだ……」

エンペラス国は、大きく間違った時期もあったかもしれないが、それは前王時代だ。今の王に替わってから、正しい道を進んでいる。しかも、今の王は森から守られた王だ。確か、ガンミルゼ王。俺の父が言っていた「彼はそうとうなやり手だ」と。そんな森から守られる王がいる国に戦争を吹っ掛けるなんて、愚かだとしか言いようがない。王様がオップル総隊長の本性に気付けばいいのに。無理なのかな？　前の王様の弟だったっけ？　あれその前の王様の弟だったかな？

「げっ」

ある箱を開けて、つい気持ちが飛び出してしまった。これって、呪いがかかっている剣だよな。使用する者の命を使って力を発動させる。なんでこんなものまであるんだ？

「まさかこれを使って戦えってことか？」

……たぶん、そうなんだろうな。総隊長にとって俺達下っ端の騎士なんて、使い捨てだからな。特に下っ端といわれる騎士には、俺のようなハーフが多くいる。ハーフはいつ死んでもいい存在だからな。それを知っていたら騎士になんてならなかったのに。騙されたよな。騎士で功績をあげれば、ハーフでも認められるという謳《うた》い文句で騎士になったら現実は使い捨て。しかも、内情がばれたら問題になるからと家族を人質に取られてしまった。家族がそれに気付いていないのが、救いだな。差別から守るという理由で、一つの村に集められているだけだと思っている。実際に、差別からは守られているしな。

「はぁ。終わった」

すべての武器の数を数え、紙に記載する。なんだか空しいな。

「おい」

「はい」

気付かなかった。気をつけないと。

「その箱を持って外に出ろ」

入ってきた騎士が指すのは、呪いのかかった剣。本気か？　騎士を見ると、にやりと笑われる。

あぁ、本気か。

「……はい」

命令を下した騎士が洞窟の入り口から出ると、一人の騎士が入ってくる。彼は俺と同じようにハーフだ。だが、俺より待遇はいい。その理由は見た目。彼は俺のような人間よりではなく、エルフより。耳が尖っているのだ。たったこれだけで対応が変わる。本当にこの国の騎士は屑だ。

二人で箱を持って洞窟から出る。やはり集められているのは俺のようなハーフの騎士達。

「箱を開けて、剣を持て」

俺と一緒に箱を持ってきた騎士が蓋を開ける。

「えっ……」

中身を見て、全員が一度困惑した表情をした。が、すぐに諦めた表情になる。

「何をしている！　とっとと剣を持って二人一組で訓練開始！」

周りを見ると、ニヤニヤした表情の騎士達が少し離れた場所にいた。呪いの剣を使ったらどうなるか、見物に来たんだろう。本当にこの騎士団は屑ばかりだ。

「くそが」

誰かの小さなつぶやきが聞こえる。仕方ない。これが俺達のいる場所だ。手を伸ばし剣に指先が触れる。

ふわっ、視界が真っ白になる、

「えっ？」

「うわっ」

「なんだっ！　何が！」

バキッ、バキバキバキ。ピシリッ。

何かが壊れる音が近くで聞こえる。怖くなり伸ばしていた手をすぐさま胸元に引き寄せる。

「何が起こったんだ？」

視界はすぐに元に戻り、周りを見るが特に何かが起こった様子はない。ただ、世界が一瞬真っ白になったようだ。

「森の王、もしくは森の神の力か？」

「そうかもな。でも、何も起こってないよな？」

目の前にいる下っ端仲間の騎士達が声を潜めながら話す。俺もそれに頷きながら周りを見る。

「おい、剣が！」

えっ？　一人の騎士の言葉に、箱の中に視線を向ける。そして息を飲む。箱に入っているすべての剣が白くなっていた。

「何が起こったんだ？」

俺の言葉に、周りにいた騎士達が首を横に振る。手を伸ばし、一本の剣を握る。そっと箱から出す。持ち手も鞘も白くなり、不気味な雰囲気だ。鞘《さや》から出すと、刃こぼれを起こし使える状態ではなくなっていた。

「なんだ、それは！」

少し離れた場所から怒鳴り声が聞こえた。そんなことは俺も訊きたい。なんて言ったら、怒鳴り散らされるんだろうな。

「……剣です」

「そんなことは分かっている！　どうしてそうなった！」

そんなこと、俺が知るはずがないだろう。少し離れた場所にいた騎士達が慌てて駆け寄って、箱の中を見る。そして顔色を変えた。

「まさか……森の王達に……」

唖然とした騎士の一人がぼそりと言うと、慌てて周りを見る騎士達。そのビビっている様子に、下っ端騎士達が呆れた表情をする。今まで偉ぶっていたくせに、なんだそのへっぴり腰。情けない。それより、本当に森の王は気付いているのか？　まぁ、偶然なんて起こるわけがないから気付いているんだろう。被害は剣だけ。もしかしたら警告なのかもしれないな。

「次は何が起こるんだろう」

俺の言葉に、騎士達がびくりと震える。本当に情けない。ため息を吐きそうになり、慌てて視線を森へと向ける。

「えっ」

全身から汗が噴き出るのが分かった。

「大丈夫か？」

どうやら顔色も悪くなっているようだ。ハーフ仲間が心配そうに訊いてくるが、それに答える余裕はない。木々の間から見えるあの姿……目が六個のあの姿は……おそらくアルメアレニエ。気付かれているんじゃない、見られている。

「ひっ！」

ハーフ仲間達が俺の視線の先に気付きだした。見つけては、さっと視線を逸らす。

「ほ、報告すべきか？」

「それは……」

視線を、箱の中を見て慌てている騎士達に向ける。

「おい、これはお前達の責任だからな！」

なんでだよ！

「報告はしなくていいだろう」

「そうだな」

ハーフ仲間達の心が一つになった。

「なぁ。手、振ってないか？」

箱を開けたハーフ仲間が、おかしなことを言う。だが気になるので、騎士達にばれないように視線を向ける。……本当に前脚を俺達に向かって振っていた。小さく手を振り返すと、アルメアレニエは森の奥へと消えた。なんだったんだろう？

267. 卵が孵らない！

「地震が起きない。いいことなんだが……」

湖で地震に遭遇してから、四日。あの日から地震は起こらない。いや、地震がないのはいいことなんだ。だが、地震がないとヒビができない。ヒビがないと核の周辺の呪いを解くことができない。あの後調べたが、ヒビはあの場所だけだった。修復も上手くいったのか、呪いのかかった魔力が溢れてくることもなかった。成功して嬉しいが、浄化ができない。複雑だ。

「いっそのこと、俺がヒビを作ったらどうだ？」

魔法で壁にびしっと……いや、やめておこう。間違ってヒビではなく、壁に穴でもあけたら大変だ。もちろん注意はするが、どこで失敗するか分からないからな。それにしても、待つと来ないものだな。

リビングに入り、ベビーベッドが置いてある場所へ行く。天使達は子供達と部屋を同じにしたため、ここにあるのは卵が鎮座《ちんざ》しているベビーベッドのみ。

「まだ、生まれる兆候はないのか？」

ベビーベッドの傍で横たわっている飛びトカゲに訊く。

「あぁ。力も満ちている様子だから、いつ生まれてもおかしくないはずなんだが、生まれる様子がない」

ベビーベッドには、黒い卵。飛びトカゲ曰く、ケルベロスの子供で間違いないそうだ。俺には卵の中が透けて見えるが、俺以外には見えないらしい。新しい力が関係しているような気がするが、本当にそうなのかは不明。それにしても、卵の中を覗きこむ。

「どうした？」

卵の中ではこちらを見ているケルベロスの顔が三つ。俺が近づくと、それぞれ違う態度を見せる。

「一匹は友好的だと思うんだ。なのに、後の二匹にはどうも警戒されているみたいでさ」

体は一匹分だが、頭は三匹分。同じような思考回路をしているんだろうなと思っていたが、様子を見る限り違うようだ。一匹は手を振ったら、反応してくれる。が、あと二匹の表情を見ると怖が

られている気がする。何にもしていないのに……。それにしても、なんだろう。最初の頃に感じた印象と今ではちょっと違うんだよな。最初に見た時は、あまりの表情に驚いたもんな。小さいのにすごい威嚇顔で面白……いや、怖かったと言ってあげるべきかな。

「お前達は、いつ生まれるんだ？　待ってるから早く出てこいよ～」

ケルベロスの様子から、俺の姿も声も届いているようだ。だが俺からは、姿は見ることができるのに声が聞こえない。声が聞こえれば話ができ、なぜ孵らないのか分かるのに。

「あっ、友好的な子が怒ってる。また他の二匹が何かやったな」

「本当に不思議なものだな」

飛びトカゲの言葉に視線を向ける。何が不思議なんだ？

「ケルベロスの顔は恐ろしいものだ。まだ子供だが、かなり独特の顔だろう？」

そうだったかな？　卵の中から、こちらを見ているケルベロスの顔を見る。まぁ、確かに口が裂けているようにデカいし牙もデカいから、恐ろしく見えるよな。でも、ん～。

「何か変わったんだよな」

じっと卵の中の三匹の顔を見る。最初の頃に比べると、なんとなく表情が柔らかくなっている気がする。俺の気のせいかな？

「どうしたのだ、主。何か異変も起きているか？」

「いや、三匹とも元気だけど……ん～、やっぱり表情が……」

「表情？」

飛びトカゲの不思議そうな声に視線を向けると、中は見えないと言っていたはずなのに、卵をじっと見ていた。

「見えるのか？」

「いや、全く」

なら、どうして卵を凝視したんだ？

「それより表情とはなんだ？」

「あぁ、ここに来た時より、ケルベロス達の表情が穏やかに見えてさ」

見慣れたから、そう見えるのか。本当に穏やかになったのか、それがちょっと分からないんだけど。

俺の言葉が届いたのだろう。三匹で顔を見合わせて、首を傾げている。あっ、首を傾げる方向は皆一緒なんだ。そうか、一緒じゃないと頭と頭がぶつかるか。

「ん～、卵に与えている力が影響しているかもしれないな」

与えている力？

「つまり俺の力で表情が変わったということか？」

そんなことが起こるのか？

「主の力は清らかだから、魔界に住む者には本当は毒となるはずなんだ」

なんだって！　毒？

「主、慌てる必要はない。主の力はケルベロスを苦しめてはいない。卵の中は見られないが、卵から伝わる状態はとてもいい。毒には全くなっていない」

「そうか。よかった」

俺の力が毒になる可能性なんて、考えたこともなかった。これからは気をつけないと駄目だな。

そういえば、卵が何か分かっていなかった時に石を集めて力を与えたことがあったな。すべての石がそうではなかったが、毒々しい力を感じた石があった。あれは俺の持っている力とは真逆な印象を受けた。あれが、この子達にとって必要な力ということか。ん？　ケルベロスは、本来は魔界にいると聞いたな。つまり、あの時感じた毒々しい印象を持った力が必要になるんじゃないか。だが、ここで与えている力は俺の力で真逆の力だ。

「真逆の力？」

まさか、生まれない原因って……俺の力のせいなのでは？　ケルベロスにとって毒にならないが、問題を起こす力だとしたら……。

「飛びトカゲ」

「どうした？」

俺の表情を見た飛びトカゲが、困惑した表情を見せる。たぶん顔色が悪いんだろうな。

「ケルベロスが生まれないのは、俺の力が原因じゃないか？　毒ではないが、ケルベロスにとって問題を起こす力だった可能性はないか？」

「それはない。ケルベロスの卵の力は安定している。問題があるなら、安定は決してしないはず」

そうなんだろうか？

「本当に？」

「あぁ。最初の頃は不安定な力の揺らぎがあって心配したが、主の力が卵に注がれるたびに揺らぎがなくなり、安定した。主の力は間違いなく、ケルベロス達の命を繋いだ」

そうなんだ。なら、大丈夫なのかな。だとしたら……俺の力は問題ないが、殻《から》を破るだけの力がないと考えられないか？　あの毒々しい力が殻を破るのに必要だとか……。

「魔界に住むケルベロスに必要な力が、足りてないとは考えられないか？」

「必要な力？」

俺の言葉に首を傾げる飛びトカゲ。

「ケルベロスに石の力を与えたことがあっただろう？　あの時、毒々しい力を持つ石があった」

「あぁ、覚えている。あの石の力を感じた時、魔界を思い出したからな」

やはりあれが、魔界の力なのか。

「ケルベロスは本来魔界にいて、あの毒々しい力を与えられているはずなんだよな」

「そうだな」

「だが、ここで与えられるのは真逆の俺の力だ。魔界の力を与えられていないから、生まれることができないのでは？」

俺の言葉に考える飛びトカゲ。

「それは……。ごめん、分からない。魔界から出たケルベロスの卵は、神力を受けその姿を消滅させるという知識しかないんだ」

神力を受けて消滅。俺の新しい力は神力とも少し違うと言っていたから、消滅を免れたのか？

……消滅させなくてよかったぁ。無意識に恐ろしいことをしてたな。

「あの毒々しい力を再現できれば、生まれてくることができるのかな？」

俺の予想が正しいのかは分からないが、やってみる価値はあるような気がする。でも、あの毒々しい力。思い出しても、寒気を感じるんだよな。

「いや、それは無理だろう」

「そうなのか？」

飛びトカゲの言葉にちょっと残念な気持ちが湧き上がる。いい案だと思ったんだが。

「普通、魔界の力を再現などできない」

「そうなんだ。だったら神に……魔界の力を神にお願いしても、くれないよな……」

なんとなくそんな気がする。

「無理だな。そもそも神は魔界の力に触れられない」

「えっ？　触れない？」

「そう俺の知識が教えてくれるから、そうなんだと思う。ただ、この知識も神が植え付けたものだからな。神の現状を知った今となっては、どこまで正しい知識なのか不安がある」

飛びトカゲの言葉に苦笑が浮かぶ。確かに、彼らは自分達に都合のいいように色々変えていたからな。神が植え付けた知識が正しいとは……全く言えないな。

「そういえば、魔界の力はなんて言うんだ？　魔力は、違うな。魔界力？」

「闇の魔力だ」

闇の魔力？　何か別の呼び方はなかったのか？

「魔界の力が闇の魔力か。神がいる世界の力は光の魔力が正式名称か？」

「そうだ」

なるほど……話す時に面倒くさそうだな。あれ？　神力は？

「神の使う力が神力だったら、魔界を治める魔神でいいのか？　その魔神が使う力はなんて呼ぶんだ？」

「魔神力と呼ばれている。そういえば、なぜ魔神がいると思ったんだ？」

「えっ？　だって神がいるなら魔界を治める神がいてもおかしくないだろう？」

なんだろう？　何かおかしなことでも言ったか？　それより魔神力？　どこかで聞いたことがあるような……。あっ、世界の実に確か魔神力が詰め込まれていると言っていたな。つまり、神と魔神が協力して世界を作っているようなものか……ん？　協力？　もしかして、昔は仲がよかったとか？

「どうも、魔界に神がいることは極秘のようだ」

はっ？　そうなの？　飛びトカゲを見ると、疑問が表情に出ていたのか、頷いた。

「極秘ねぇ。理由は？」

首を横に振る飛びトカゲを見て、苦笑してしまった。いったい、何を隠そうとしているんだか。

まぁ、巻き込まれないためにもスルーするけどね。絶対に、その部分には触れない！

268. 闇の魔力。

よし、魔神のことは忘れよう。今最優先に考えるのは、闇の魔力だ。卵を見る。……試すぐらいはしてもいいんじゃないか？

「主、今度は何をするつもりだ。また何か、大きなことをしようとしていないか？」

飛びトカゲを見ると、じっと俺を見つめてくる。そんなに信用をなくすことを繰り返しただろうか？　記憶にないんだが……。

「別にしてないよ。ただ、闇の魔力を再現できないかとは、考えている」

ケルベロス達の表情を見る。どう見ても、以前より威圧感が薄れている気がする。これが俺の力の影響なのかどうかは不明だ。ただ、影響の可能性が少しでもあるなら、対応しないと駄目だと思う。俺の力を受け取ることで、本来のケルベロス達とは違ったら、そのせいで魔界に帰れないなんてことになったら……すごく悔やまれる。今更遅いかもしれないが、まだ生まれる前なのだから間に合うと思いたい。

「俺の力を受け取ったせいで、魔界に帰れなくなったり、もしかしたら魔界に帰れても空気が合わなかったりしたら可哀想だろう？　それに卵の中だけというのは窮屈だと思う」

体を見る限り、走るのが速そうだ。それがこんな小さなところに押し込まれている。どう見ても可哀想だ。飛びトカゲを見ると、卵をじっと睨むように見ている。中は見えていないと言っていたよな？　何か感じることでもあるんだろうか？

「どうしたんだ？」

「なぜか気に入らない」

「えっ？」

飛びトカゲの言葉に首を傾げながらケルベロスの卵を見る。なんで卵の中から牙をむいているんだ？　この二匹は、俺にビビっていた二匹だよな。何が起こっているんだ？　もう一匹を見ると呆れた表情をしているように見える。そういえば、最近は表情が豊かになったなぁ。

「主は闇の魔力を再現すると言ったが、本当にできるのか？　知識を確認してみたが試した者すらいないようだ」

試した者はいないか。それはできないからなのかな？　どうも、神達は見たくないものから目を背ける傾向があるような気がする。そう考えると、試すことで闇の魔力を認めることになり最終的に魔神に……考えるのはやめよう。ここは触れちゃ駄目なところだ。

「あれ？」

「どうした？」

「アイオン神は、この部屋に入ったことがあったよな？」

何度もこの部屋でお茶をしていたはず。

「あぁ。何度もあるぞ」

「ケルベロスの卵を目撃しているはずなのに、何も言わないな」

「あっ……そうだな」

これは、目を背けているが正解か？　アイオン神まで？　ふっ、次に来た時に問い詰めてやろう。それより再現すると言ったが、そんな簡単にできるだろうか？　どうすればいいかな？　この世界に、既にあの毒々しい力はない。活用できるのは、俺の記憶にあるものだけだ。それであの力を再現できるのか？

「主は、新たな力を手に入れて問題ないのか？」

「んっ？」

闇の魔力を再現したら、新しい力を手に入れたことになるのか？　確かに、俺が使える力の種類が増えることになるが……。待てよ。今のこの世界で新しい力を手に入れるのは問題になるのでは？　龍達の数が多いのも問題だが、俺が新しい力を手に入れたことで皆が強くなり進化したことも問題だった。新しい力が追加されたら、また強くなって進化してしまうかもしれない。もしくは、闇の魔力が毒になる可能性だってあるのではないか？

「どっちもアウトだよな」

ケルベロスの卵を見る。ずっと卵の中で窮屈そうだ。しかも、これからのことを考えると、ケルベロスに合った力が必要だと感じる。こうなったら、力任せに割るか？……駄目駄目。何が起こるか分からないのに、俺は何を考えているんだ……。

「主？」

不安そうに飛びトカゲが俺を見る。卵の中からも、心配そうなちょっと目尻を下げた三匹が俺を見ている。

「闇の魔力を再現できたら、この世界に影響があるかもしれないと思って」

「確かに、魔界の力となるからな。周辺が吹っ飛ぶかもしれないな」

「ん？」

今、なんて？　周辺が吹っ飛ぶ？　俺は、新しい力を手に入れたら皆がまた強化されるのではと思ったんだが。魔界の力ってそんなに恐ろしい力なのか？

「暴走すれば、被害は出るだろう」

暴走……。

「この世界では、魔界の力が暴走することもあるのか？」

「魔界に馴染む力だからな。この世界は魔界とは全くことなる環境だ。可能性はある」

そこまで考えていなかったな。飛びトカゲがいてくれてよかった。俺だけだったら、チャレンジとか言って既に再現して何か問題を起こしていたかも。まぁ、あの毒々しい力を再現できればの話だが。

「一つ一つ解決していこう」

俺の言葉に不思議そうな飛びトカゲ。

「俺は卵の中からケルベロス達を出したい。心配だからな」

そう、ずっと卵の中というのはやはり問題だろう。ある日、卵の中で亡くなっていたらショックがデカい。もう一つ、卵の中にいて問題がないとしても、この世界の力の影響を受けている。あっ、影響を受けているから俺の力がケルベロスの毒になっていないのか。俺が思う以上に影響を受けているかもしれない。

「早急に闇の魔力が必要な気がしてきた」

卵から孵るだけじゃない。魔界に帰ることを考えて、魔界にある力と真逆の力を受け取り続けるのは、問題になると思う。絶対、そうなるか分からないが、何か嫌な予感がする。闇の魔力の再現は、なるべく早くだな。

「次は……闇の魔力を再現する時に起こる、暴走をいかに抑えるか。暴走して周辺が吹っ飛んだら大変だからな。でもこの問題は、結界を作れば防げるはずだ」

結界はかなりの数を作ってきた。だから、毒々しい力を閉じ込める壁をしっかりイメージすれば、なんとかなると思うんだよな。まぁ、なんとかなるではなく、なんとかするだけど。

「あとは、この世界への影響だよな」

「影響？　暴走以外か？」

「俺が闇の魔力を手に入れたら、それがこの世界に流れ込むかもしれない」

神力に似た新しい力は、俺の魔力に混ざって世界に流れた。というか、勝手に漏れていたから対処のしようがなかったんだけど。もし、もっと前に新しい力の影響を知っていれば、なんとしても止めたはずだ。この世界を滅ぼしたくないからな。今回、闇の魔力を再現できたら、それも光の魔力に混ざって世界に流れてしまうかもしれない。

「闇の魔力は、魔界の力だ。この世界の者達には毒になるだろう」

「それもあったな」

俺の力が、ケルベロスにとって毒となる可能性があったと聞いたから、反対もあり得ると思っていた。本当に毒になってしまうのか。ん～、再現はリスクがデカいか？　でも卵の中で目を覚ましている時間が、最初に比べてかなり長くなっている。それを考えると、もう生まれてもいいはずなんだ。でも、生まれることができない。しかも日々、光の魔力を受け取ってしまっている。毒にはなっていないらしいが、影響はある。やっぱり、一日でも早く彼らに合った力が必要だな。

「どうすればいいんだ？」

俺の代わりに、誰か闇の魔力を再現してくれないかな？……俺の代わり？　そもそも、闇の魔力の再現をどうして俺の中でやろうとしているんだ？　俺の中ではなく外、例えば魔石の中で行えば、俺が新しい力を持つことはない……はずだ。たぶん。神力に似た新しい力を手に入れた時って、どうしたっけ？　俺の中で力を変化させたのか？　あれ？　おかしいな、全く覚えてない？　待て、まだ諦めるな。いつだっけ、新しい力を手に入れたのって……えっ？　俺がやったことなんだから、ちょっとぐらい覚えているはずだろ？………駄目だ、全く思い出せない。なんだか気持ち悪いな。

仕方ない。後でもう一度試そう。

「あのさ、魔石の中で闇の魔力を再現することはできると思うか？」

見つけた毒々しい力は、何かの石に入っていた。あれが魔石なのかは、分からなかったが。石の中にとどめることはできるということだ。なら、その中で光の魔力を闇の魔力に変えることもできないかな？

「魔石の中で？　できるような気もするが、知識が乏しくて判断がつかない。悪い」

あぁ、落ち込んでしまった。知識にないんだから、分かるわけないのに！

「気にしなくていいぞ。でも、できるような気はするんだよな」

「あぁ。魔力の……この場合、光の魔力のことなんだが、光の魔力は変化をさせることができるんだ」

「変化？」

「火の魔力を、水の魔力に変えられるんだ。だから、光の魔力も闇の魔力に変えられる気がする」

火の魔力が水の魔力に？　なにそれ？……今は闇の魔力で手一杯だから、別の時に教えてもらおう。うん、そうしよう。

それにしても、魔石の中で魔力は変えることができるのか。なら、きっと闇の魔力にも変えられるはずだ！

「よしっ、魔石を使って闇の魔力を再現しよう！」

勢いも大切だよね。考えるのが、面倒くさくなったわけではない！

「主はいつもすごいことを考える」

飛びトカゲの呆れた声に、肩を竦める。そんなつもりはない。今回は、この世界にこれ以上の負担をかけずに、闇の魔力が再現できないか、その方法を探しているだけだ。。世界か……そういえば、この世界は神力と魔神力が合わさってできているんだよな。二つの真逆の力が合わさって……。これから再現しようとしている力は、俺が持っている光の魔力と真逆の力だ。光の魔力と闇の魔力を合わせたら、この世界にとって強すぎる俺の光の魔力を、少し抑止してくれないかな。上手く再現できたら。ちょっと試してみてもいいかもな。

269. できた……。

「とりあえず、思い出すか」

あの毒々しいと感じた力を、どれだけ詳細に思い出せるかがカギとなるはずだ。ん～。ケルベロスの卵に、見習い達が残した石が必要だと感じて探して見つけたんだよな。……ここまで思い出す必要はないか。えっと、石、石……黒い石だったな。そう、手に持った時に感じた足元から這い上がってくるような恐怖。うわっ、思い出すことが重要なんだが、思い出しただけで寒けが。しっかり覚えていてよかったけど……。こんなことがない限り、絶対に思い出したくないな。

「やばっ、ちょっと震えてる」

あの時は必死だったけど、こんなに恐怖を感じたっけ？　ていうか、思い出すだけで震えるのに復元とかして大丈夫か？　いや、必要だから。がんばれ、俺！

「あっ、ここでやるのは危ないか」

ここは、皆が集まるリビングだ。もしも何かがあった場合は、被害が大きくなる。でも、どこでやろう？　何かあった場合を考えて、広い場所が必要だよな。あと仲間が集まっていない場所は……。

「新しく作った広場で挑戦してみるか。広場を闇の魔力対応の結界で覆えば、暴走しても被害は少なくて済むだろう」

そうしよう。

「飛びトカゲ。新しくできた広場で再現できるか挑戦してみるよ」

「そうか。我もついていこう」

「危険だぞ？」

「一番危険なのは主だろう？」

「それは仕方ないよ」

誰かに任せられることじゃないし。たとえ任せられたとしても、こんな危険なことは俺がやる。

「ケルベロス、待ってろよ。闇の魔力を再現してくるな」

卵の中のケルベロスに向かって声を掛けると、三匹が不安そうに俺を見ていることに気付いた。

俺の心配をしてくれているようだ。魔界の生き物なのに、優しいよな。もしかして魔界も力は恐ろしいが、そこに住む者達はこちらとそれほど変わらないのかな？

「大丈夫だ。きっと成功させるから」

手を振ってリビングから外に出る。

「あれ？　今日は少ないな？」

どうしたんだろう？　広場で特訓している子達が、異様に少ない。朝はいつも通り、皆で特訓していたのに。もしかして湖の方の広場で特訓しているのだろうか？　それだったら、再現は無理だよな。

「今日は、皆さんで森へ行っております」

後ろから聞こえた声に振り向くと、一つ目がいた。

「そうなんだ。子供達も一緒に？」

太陽や桜達の姿もない。天使達もいないということは、本当に皆で行ったのか。……何かあったのかな？　なんだろう。仲間外れ……いやいや。違うはず……違うよね？

「子供達が森へ興味を示しだしたため、森の危険な場所や近づいてはいけない魔物について、実際に見て教えていくとコアが言っておりました」

「そうなんだ」

森に危険な場所なんてあるの？　それに、近づいたら駄目な魔物？　俺、そんなの一切知らないんだけど！

「主？」

「いや、分かった」

後でコアに訊こう。今は、闇の魔力を手に入れることに集中しないと。

「ケルベロスに必要な力を作るのに、湖の広場を利用したいんだけど問題ないか？」

広場の管理は一つ目達がしているみたいだから、訊いておこう。

「問題はありませんので、ご自由にご利用ください。気をつけていってらっしゃいませ」

「ありがとう、行ってきます」

一つ目に見送られて、湖まで一気に走る。飛びトカゲを見ると、少し緊張している様子だ。怖いのかな？

「大丈夫か？」

「ははっ。闇の力だからな、少し緊張している」

「そうか。そういえば、最初は再現は無理だと言っていたな」

「普通は無理だ。だが主がやると言ったから、できるような気がした」

俺がやると言ったからか……失敗しないように頑張らないと。

広場に着いて周りを見る。誰かを巻き込んだら大変だ。

「誰もいないよな？」

「大丈夫みたいだ」

飛びトカゲの声に頷く。さてやるか。途中まで思い出したから、今回は簡単にイメージが作れるだろう。あっ、結界！　忘れるところだった。

「あっぶない」

さっきのイメージした闇の魔力を、閉じ込める壁のイメージを作って……。暴走して攻撃してきたら、閉じ込めるだけじゃ駄目かな？　攻撃されたら反撃……はやめておこう。どれだけの威力か分からないからな、下手に反撃して大爆発でもしたら大変だ。えっと……吸収させよう。そうだ、攻撃されたらピタッと壁にくっついて力を吸収して壁の力に変えてしまおう。くっついて離れないイメージは、何がいいかな？　ピタッとくっつく……ハエ取りにしよう。毎年、夏に見ていたからイメージが作りやすい。

「闇の魔力が壁から外に漏れないイメージを作って、暴走したらピタッと壁にくっついて、壁が力を吸収」

力の吸収のイメージが……ハエじゃなくて力の塊。吸収、吸う？　蚊が血を吸うイメージで力を吸収……上手くイメージが作れたな。えっと、壁から針が出てきて、暴走した力の塊がその針に刺さって吸い取る、できた！

「闇魔法の結界」

広場を覆うように結界が展開された。あれ？　薄いオレンジ色をしているな。……もしかしてハエ取りの色のイメージか？　確かにあるハエ取りのイメージはオレンジだが……まぁ、いいか。きっと大丈夫なはず……ん？　結界一面に針が……。

「主、随分と恐ろしい結界を作ったのだな」

いや、こんなつもりではなかったんだけど。

「あぁ、まぁ、そうだな」

気にしないで次にいってみよう。……いや、気になる！　オレンジの結界から無数の鋭い針が突き出しているって怖すぎる。

「ははっ」

重要なのは結界がしっかり働くかどうかだが、闇の魔力を再現して様子を見ない限り、成功しているのか分からないのか。まぁ、大丈夫だろう。次は魔力を変化させるイメージか。重要だ。

「石から溢れたあの毒々しい力をイメージ……」

大丈夫、しっかり思い出せた。あと、俺の持っている魔力を思い出してそれを毒々しい力に変化
……あれ？　イメージが消えた。しっかり思い描けたと思ったんだけどな。

「もう一度」

頭の中に思い出した毒々しい力、もう一つ俺の魔力を思い出す。頭の中で俺の魔力を変化させようとすると、イメージがまた消えてしまった。なるほど、再現できないと言っていた飛びトカゲが正解だな。しかし不思議なものだな。思い出しているものが、俺の意思に反して勝手に消える感覚は。

「悔しいな」

こうなったら、意地でも変化させてやる。でも、どうすれば？　勝手にイメージが消えるということは、何かの影響を受けているということだよな。つまり影響を受けない環境を作ればいいのか？　影響を及ぼすものを空気だとイメージして、空気を抜いた空間をイメージする。微妙だが、なんとかイメージできたな。

「よしっ。この中で再現すれば」

もう一度、空間の中に毒々しい力があるイメージを作る。次に俺の魔力だな。頭にある空気を抜いた空間に、毒々しい力と馴染みのある俺の力が浮かぶ。ここから。俺の魔力を、隣の毒々しい力に変えていく。……無理、分かりにくい。

「色をつけてみよう」

毒々しい力を赤に俺の魔力を透明にイメージして。透明がどんどん赤くなるイメージを作って……ゆっくり、ゆっくり。ずきっ。一瞬、頭に痛みが走る。とことん邪魔をしたいらしい。鬱陶《うっとう》しいな。頭の痛みを無視して、透明の塊を赤く変化させていく。

「できた！」

俺の魔力が、見事に変化するイメージが完成した。おぉ、なんだかすっごく疲れた。体が休息を求めているのがわかる。でも、ここまで作り上げたんだ。試したい！　が、作った闇の魔力を漂わせていると危ないからな。魔石の中に闇の魔力を閉じ込めるまでイメージをしっかり作って……あれ？　魔石の中で変化させると、言ってなかったか？……とりあえず、最後までイメージを作り上げよう。手に持っていた魔石の中に、変化させた俺の力を詰め込むイメージを作る。

「なんとかイメージが完成したな」

久々にここまで詳細にイメージを作ったからか、体を重く感じる。

「考えていた方法とは違うんだが……新しくイメージを作るのも面倒だし。このままでいいか」

もう一度、しっかりとイメージを頭の中で作り上げる。一度成功したからなのか、頭が痛くなることはなかった。後は、本番。手の中に魔石を五個出す。

「光の魔力を闇の魔力に変化。魔石に……注入する」

体からごっそりと魔力が消えるのが分かった。まぁ、すぐに元に戻るので問題なし。手に持っていた魔石が次々と熱くなり、手を放してしまう。

「失敗？　成功？」

目の前には黒い光を放つ五つの魔石。そこから感じる力で、中に希望通り闇の魔力があることが分かる。上手くいったと言いたいが、これは危ないな。魔石の中にある闇の魔力が、すごく不安定だ。

270. 今日は駄目だ。

かちかちかちと音を出す魔石は、空中でその震えを次第に大きくしていく。

「主、危ないのではないか？」

飛びトカゲの質問に、頷く。

「かなり危ないだろうな。魔石から離れよう」

俺と飛びトカゲは、魔石を見つめたまま少しずつ後ろに下がる。その間も魔石の震えが大きくなり、闇の魔力が今にも魔石から飛び出してきそうだ。これは、かなり怖いなぁ。体が震えているから、足が縺《もつ》れそうだ。震える魔石を見ていると、どんどん不安が増していく。

「これからどうなっていくんだ？　爆発なんてしないよな？」

もし爆発するなら何か対策をしないと。楯《たて》か？　先ほど作った闇魔法の結界を楯のように俺達の前に立てたら、被害は少なくできるだろうか？　いや、爆発すると決まったわけじゃないが、でも楯はいい考えかもしれない。頭の中で闇の魔力を想像し、それを防ぐ結界をもう一度しっかりとイメージする。そして、飛びトカゲと俺の前に楯のように置くイメージをプラスする。

「闇魔法の楯」

俺の前と飛びトカゲの前に巨大な楯が現れる。よしっ。あれ？　爆発の衝撃は楯で耐えられるものだっけ？　テレビで見た爆発シーンを思い出す。無理じゃないか？……どうしよう。

「主、失敗したのか？」

「作り出すことはできた。でも、闇の魔力の威力を甘く見すぎたかもしれない」

「主が失敗するのは珍しいな」

飛びトカゲの言葉に苦笑が浮かぶ。

「今まで成功したのは奇跡だよ。俺の実力はこっちだと思うぞ」

たまたま今まで成功していただけだ。いや、勇者のギフトに運気アップがあると言っていたから、それかもしれないな。ん？　なら、勇者のギフトの効果が切れそうになっているのか？　それは大変困る！

ちがうちがう。現実逃避をするな！　今は目の前の問題！

「確実にこのままではやばい」

頭の中がぐちゃぐちゃだ。落ち着け……考えろ。なんとかできるはず、というかなんとかする！

「不安定なのはなぜだ？　いや、それはどうでもいい。不安定なら安定させればいいだけだ！」

そうだ！　安定させればいい。何かヒントがないかと周りを見ると、三匹の子蜘蛛達と視線が合う。結界の外だが、この周辺は危険だ。

「危ないから、離れろ！」

俺の声が聞こえたのか、子蜘蛛達が慌てて離れるのが見えた。それにほっとすると、湖が視界に入った。水……水はゆらゆらと不安定だ。そう、不安定。それを安定させるには？　凍らせる……固めたらいいんだ。ゆらゆらと揺れる不安定な水を、凍らせて固め安定させるイメージを作る。

「あとは、発動するだけだ！」

魔石の一つに手を向ける。

「安定しろ」

また、体内の魔力がごっそりと抜けるのが分かる。もう慣れてしまった感覚なので、そのまま魔石に手を向け続ける。目の前の魔石は、徐々に黒い光を消し地面へと落下した。

「成功か？」

落ちた魔石を確認したいが、まだ四個の魔石が不安定だ。時間がない。

「次！」

順番に空中に浮いている魔石に向かって魔法を掛けていく。地面に転がる四個の魔石。

「よしっ。最後の一個！」

空中に浮かんでいる最後の魔石に手を向けると、魔石からびしっと音が聞こえた。びしっ？　非常に嫌な予感がする。

「あ～、割れた！」

最後の一つは間に合わなかった。目の前で魔石にヒビが入っていくのが見える。そしてヒビから黒い煙が溢れてくる。非常にやばい。飛びトカゲと自分の周りに、もう一度結界を張る。

「闇魔法の結界」

　バリンッ。

　結界を張るのとほぼ同時に、魔石の割れる音がした。

「セーフ」

　魔石から、どんどん黒い煙が溢れてくる。そのまま周辺に広がるのかと見ていると、黒い煙がおかしな動きを見せ始めた。

「なんだ？」

　黒い煙はある程度が集まると、ギュッと固まりあるものへと形を作っていく。

「……はっ？　え、なにこれ」

　目に映るものが信じられず、目をこする。もう一度見るが、消えない。

「主、あれは何だ？」

「あ～、あれは……ハエだな」

　ソフトボールぐらいあるハエが、どんどん魔石の周りに生まれていく。なんでそうなるんだ？　闇の魔力がそんな形をしているわけはないよな？　となると……俺のイメージ？

「あっ！」

　広場を覆った結界を見る。ハエ取りをイメージした。その時に、ハエをしっかりイメージしてしまった。でも、闇の魔力をハエにしようと思ったことは一度もないぞ！

「こちらに来るぞ」

「えっと。結界にぶつけたらきっとくっつくんだろうな。なんせハエ取りだ。風の力で結界に飛ばすか」

風をハエにぶつけて弾き飛ばすイメージを作る。

「風で排除！」

結界内に突風がふき、周りを飛んでいたハエの形になった闇の魔力が結界に向かって飛んでいく。どんどん結界から突き出している針に刺さっていくハエ。ちょっとグロイ。いや、イメージしたのは俺だけど！　思っていた結果と違うから！　吸収のイメージに蚊を利用したのは失敗だったな。

それを言うならハエ取りもか。

「なんとかなったようだな」

「あぁ。怪我はないか？」

飛びトカゲに視線を向ける。

「大丈夫だ」

闇の魔力の結界の中にいるので、針のついた膜で覆われているように見える。周りを見ると、既に溢れた闇の魔力はすべて結界に吸収されたようだ。

「結界解除」

広場に張っていた結界と、俺と飛びトカゲに張っていた結界が消える。あ～、それにしても焦った。

「あれ？」

なんだろう？　今、体に少し違和感が……ん？　一瞬だったから気のせいか？

「主、一つ確認なんだが」

「なんだ？」

視線を飛びトカゲに向けると、首を傾げている。何か疑問でもあるのか？

「闇魔法とはなんだ？」

闇魔法？　なんだそれ？

「闇魔法の結界と言っていたであろう？」

「あっ！」

ん？　闇魔法の結界？　結界と言ったなら、闇の魔力を抑える結界を張った時だよな。

どうやら今日は本当にグダグダのようだ。闇の魔力の結界と言うところを、闇魔法の結界と言ったような気がする。

「言い間違いをしたみたいだ……」

「えっ……そうか……。まぁ、そういう日もある」

飛びトカゲが、フォローしてくれているが、いらないぞ。空しくなるだけだから。でも、ありがとう。

あとで言葉を修正しておかないとな。地面に転がる四個の魔石を拾う。魔石からはじわじわと毒々しい力を感じる。色々ありすぎたが、成功したみたいだ。よかった。

「それが闇の魔力なのか？」

「あぁ、そうだ」

神が隠したかった魔界の力を手にしたからだろうか？　今までにないほど、気分がいい。ざまぁみろだ。

「主？　なんだか悪い顔をしているが……」

ん？　悪い顔？　そういえば、いつもの俺とは違う感覚があったような……。まぁ、いいか。

「気にしなくてもいいよ」

「そうか？」

少し戸惑っている飛びトカゲに、笑顔で頷く。ちょっと気分が高揚しただけだろうから。それにしても、闇の魔力か。

「これでケルベロス達も、安心だな」

ケルベロス達が吸収した力を再現したのだから、これは正しいはず。違ったら泣くぞ。

「家に戻ろう――」

「あーはっはっはっはっ」

ん？

なんだ？

「見たか、私の力を！」

周りを見るが、声が森に響いているため場所がわからない。というか、あんな笑い方をするシチュエーションが気になる。普通はしない。

「悪の王、バッチュ。もう、お前の自由にはさせにゃい……させないぞ！」

あっ、噛んだ。わかった、これ。森の中でヒーローごっこしているんだ。でも、どこだ？

「最近はずっとあの遊びが好きみたいだな」

飛びトカゲが苦笑している。子供達に一度、悪役を頼まれて頑張っていたもんな。

「そうだな」

「今日こちょは、あれ。今日こしょは、お前をたおちゅ」

姿が見えないが、可愛い。リビングでも、お姫様の救出劇をしていたな。机が一つと椅子が二つ壊れて、一つ目にこっぴどく怒られていた。だから、外でやってるのか？

「私を倒せるものなら倒してみろ！　お前達には、やられたりはしない！」

それにしても、どこでやってるんだ？

「子蜘蛛達！　この遊びはどこでやってるんだ？」

「「黒い洞窟の傍だよ～」」

黒い洞窟がどこなのか分からない。

「案内を、お願いしていいか？」

すぐに移動を開始する子蜘蛛達。その後ろを追いかける。

「任せて！」

「皆で力を合わせれば、きっと倒せる！」

「「おぉ～」」

それにしても、いったい何を参考にしているんだろう。たぶん一つ目達の誰かが教えたんだろうけど。それにしても、声がよく響いているな。何か道具でも使っているのか？

271. 急に？

「あそこだよ～」

子蜘蛛の一匹が指す方向を見る。洞窟の前に子供達の姿がある。だが、悪の王、バッチュの姿がない。悪役は誰がやっているのかと周りを見回す。

「あっはっはっは。どうだここまでは来れないだろう」

「あっ……いた」

洞窟の上に、両手を左右に広げている一つ目を見つけた。その姿にちょっと驚く。一つ目は黒い服に黒いマントを着ていた。確かに、それの方が悪役っぽい見える。

「悪役が増えてる」

一つ目の左右には三匹ずつ子アリ達の姿があり、お揃いの黒い布を首に巻いている。かわいいな。

「あれ？　一つ目の手に持っているのって、まさかメガホンか？」

いや、確かに洞窟前と洞窟の上だとちょっと距離があるけど……。そこは拘《こだわ》らないのか？　メガホンを使う悪の王の姿は、正直笑える。怖さ半減って感じだな。そうだ。のんびり見ていては駄目だった。

「一つ目も太陽達も、声をもう少し抑えてくれ。森に響いている」

湖からこの洞窟まで結構な距離があるのに、声が届いていた。どうやってあれほど離れている場所に、響いてきたのか分からないが急に聞こえたらびっくりする。そういえば、獣人達は耳がいいんだったな。森にも入ってきているし、急にあの声が聞こえたら怖いだろうな。まだ森の中心部分には足を踏み入れていないから、聞こえていないとは思うが。後でちょっと見回るか。

「主、大丈夫だ。周りにも聞こえるように風を使って広げただけだから」

待て、何が大丈夫なんだ？　風の力まで借りて森に声を響かせた理由はなんだ？

「なんでそんなことをしたんだ？」

「私の存在を――」

「主！　悪の王、バッチュがなかなか倒れてくれない」

一つ目バッチュの声を遮って、風太が悔しそうに口を尖らせる。太陽と雷と翼も悔しそうに、何度も頷く。だがそれを、俺に言われても困る。洞窟の上を見る。

「バッチュ、ヒーローごっこはお終い。下りておいで」

あの一つ目の名前は、バッチュでいいのか？

「……仕方ない。ヒーローの親玉が来たので、今日の所はこの辺りで引いてあげよう」

いや、勝手にヒーローの親玉に配役しないでくれ。そもそも、ヒーローに親玉っておかしくないか。

「主、ヒーローの親玉なの？」

太陽が瞳をキラキラさせて訊いてくる。それに慌てて首を横に振る。

「違うから！」

「あっはっはっは」

まだやってる。

「いいから早く下りておいで！　ついでに風の魔法で声を広げない！」

あれ？　風の力を借りているなら、あのメガホンは何のために持っているんだ？

「あのメガホンって」

「悪の王バッチュの武器だよ！」

翼が元気に答えてくれるが、その言葉にちょっと驚く。メガホンが武器って。いや、剣を振り回されても困るから、それでいいのか。危なくない武器を選んでくれたということなのかもしれないが、他にもっとなかったか？

「主、どうしたの？」

「いや、なんでもない。あれ？」

普通に話しているな。噛んでない。

「湖の広場にいた俺にも声が届いたんだが……」

俺の言葉に頬を染めて恥ずかしそうにする子供達。もしかして恥ずかしかったから噛んだのか？

「みんなにヒーローの存在を知ってもらおうって悪の王バッチュが急に言いだして、声を広げるから……緊張しちゃった……へへっ」

翼の言葉に、他の子達も恥ずかしそうに頷く。可愛すぎる。

「そっか。おっ、太陽達もヒーローの衣装なんだな」

子供達を見ると、色は違うがお揃いのズボンを履いていることに気付いた。太陽が赤色のズボン。風太が青色のズボン。雷が黄色のズボン。翼が緑色のズボンか。戦隊ものでよく見かける色だよな。確か、俺が見ていた時の紅一点は桃色だった。なんか懐かしいな。

「桃色は誰なんだ？」

「桃色は桜だよ。橙色が月で深紅が紅葉！」

五人じゃなかった。全員でヒーロー役をしているのか。

「そうか。桜達はどこにいるんだ？」

周りを見ても、どこにもいない。

「洞窟内で捕まっているよ」

捕まっている？

「じゃ、急いで助けに行こうか」

洞窟内か。暗いから、怖がっているかもしれない。

「大丈夫だ」

後ろからの声に振り向くと、シュリが三人を乗せて洞窟から出てきた。桜も月も紅葉も俺を見ると嬉しそうに手を振る。それにほっとする。

「ありがとう。洞窟の奥にいたのか？　怖がってなかったか？」

「この洞窟はそれほど広くないから大丈夫だ。ただ、手首を縛られていた」

「バッチュ、ちょっとおいで」

「何？」

一つ目バッチュが、不思議そうに俺を見る。本当に分かっていないのか？

「本当に縛ったら駄目だよ」

「ん〜、本格的に」

「駄目！」

俺をじっと見て、頷く。本気だと分かってくれたようだ。それにしても……メガホンが気になる。

いや、気にしないほうがいい。

「森の案内や魔物の確認などは終わったのか？」

コアやチャイはどこにいるんだろう？　確かコアが案内していると言っていたはずだが。

「行ってきたよ！　森の境界近くは、人や獣人がいるから行かないようにって。危ないんだって」

元気に答える雷の頭を撫でる。危ないとはどういうことだろう？

「シュリ。人や獣人が、子供達を見つけたら、何かしてくる可能性があるのか？」

そんな危険な人物が森に入ってきているのか？

「いや、そうではない。子供達はまだ加減が上手くないから、遊びの攻撃でも威力が強い。それに巻き込まれて人や獣人が怪我でもしたら、子供達が気にするかもしれない。だから近づかないように言ったんだ」

あぁ、加減か。大切だよな加減って。そうか、危ないのか人や獣人の方か……なるほど。

「分かった」

「魔物も見たよ！　毒があるのは気をつけないと駄目なんだって」

風太が俺の腕にぶら下がる。

「そうだな。毒は怖いから気をつけないと」

これは素直に受け取っていいのか？

「うん。だから毒のある魔物を振り回しては駄目だって。振り回すと、周りに被害が出るんだって」

……魔物を振り回しているのか？　そんなこと、初めて聞いたが。

「シュリ。子供達の強さは、どれぐらいなんだろう？」

話を聞く限り、結構な力を持っている様子だ。ちょっと訊くのが怖い。が、保護者だからな把握しておかないと。

「混ぜ物の中でもかなり特殊なもの以外は、問題なく狩れるはずだ」

混ぜ物は、確か見た目と能力が異なる魔物だ。その魔物でも特殊な能力を持っていなかったら、勝つということか？　それって強いのか？　分かるような、分からないような。俺の様子を見たシュリが、少し考える。

「中型サイズの我が子が五匹で襲いかかっても、子供達なら簡単に跳ねのけるだろう」

えっ？　中型サイズって子アリのことだよな。あの子アリを跳ねのける？　広場で子アリ達の攻撃を見たが、かなり威力があったと思うけど……。あれを跳ねのけるのか……そうか。

「急に強くなってないか？」

一月前の特訓では、そこまで強さは感じなかったのに……。

「ここ一月ほどで一気に成長したのだ」

シュリの真上から飛びトカゲが顔を出し、説明してくれる。

「ここ一月で？」

「そうだ。特にここ二週間の成長はすごいものがある」

飛びトカゲの言葉にシュリが頷く。その二匹には微かに戸惑いがある。本当に急に強くなったのかもしれない。

「そうか。ありがとう」

急成長か。子供達は、俺のように勇者召喚の被害者だ。元々は大人だが、様々なことが重なって子供の姿となり、記憶が消えた。アイオン神は、俺のように新しい力を作り出すかもしれないと言っていたな。他にも似たところがあったとしたら？　例えば、身体能力。この世界に来て、俺の身体能力は異常なほど上がった。子供達も同じなら……でも、急に強くなるのはおかしいよな。

「太陽、風太、雷、翼」

「「「「なに～」」」」

「どこか体がおかしいなって感じたことないか？　ちょっとしたことでもいいぞ」

俺の言葉に首を傾げる子供達。ごめん、説明が下手で。でも、どうやって説明をすればいいのか分からない。

「あっ！　守らなきゃって誰かが言った！」

守らなきゃ？　翼を見ると、頷く。

「誰が言ったのか分かるか？」

それには首を横に振る翼。

「疲れた～」

太陽の言葉に、他の子達も頷く。朝から森を見て回って、遊んで、それは疲れるだろう。話は今でなくもいい。

「帰って、おやつでも食べようか？」

俺の言葉に太陽達がわっと盛り上がる。

「私達もいい？」

シュリの上で桜達が心配そうに訊く。

「当たり前だろ。みんなでおやつにしよう」

俺の言葉に嬉しそうに笑う桜達。それにしても「守らなきゃ」か。いったい何からだろう？

272.　特別調査部隊隊長　四。

―エンペラス国　特別調査部隊隊長　マロフェ視点―

混ぜ物に襲われた村の瓦礫処理が終了したので、森の中での混ぜ物の調査に移行した。森に入ってすぐに森の王と森の神に遭遇するという奇跡を体験し、興奮のあまりその日と翌日は全く仕事にならなかった。なんとか隊員達を落ち着かせ、調査を開始。すぐに混ぜ物が見つかるとは思っていなかったが、予想に反してすぐに混ぜ物は見つかった。生態系を調べ、根絶する方法を模索しながら討伐をしているが、少し予定外のことが起きてしまった。想像以上に混ぜ物が繁殖をしていたことだ。討伐しても、討伐しても数が減っている様子がない。

「隊長、失礼します」

ピッシェ副隊長の声に、書類から視線を上げる。

「どうぞ」

テントに入ってきたピッシェ副隊長は、少し疲れた表情をしていた。その表情から、結果が思わしくなかったことが窺える。

「お疲れ様。どうだった？」

「やはり昨日見た魔物も混ぜ物だと確認が取れました。それと、子供の姿も確認できました」

魔物もやはりあれも混ぜ物だったか。しかも子供まで。通常、魔物の繁殖は年一回。魔物によっては数年に一回というものもいる。だが、混ぜ物の繁殖は今確認できているだけで三回。このペースで増え続けたら、森の均衡が崩れてしまう。

「明日、討伐をする。皆に連絡を頼む」

「分かりました」

「ありがとう。今日はそれが終ったらゆっくり休憩してくれ」

テントから出ていくピッシェ副隊長を見送ると、机に突っ伏す。疲れた。……帰りたい……。誰かに思いっきり愚痴りたい。でも、……はぁ。隊長が弱いと、隊全体の士気が下がるからな。まだ、我慢だ。でも……。

「失礼します」

体を一気に起こして、乱れた髪を手櫛《てぐし》で直す。

「どうぞ」

テントに補佐のアバルが入ってくる。

「お疲れ様、どうだった？」

「やはりいました」

「そうか」

森に長くいると、体調を崩しやすくなる。特に人間は、獣人に比べて森への適応能力が低い。普段なら問題ないぐらいでも、森ではそれが命取りになる。少しの変調でも申告するように言ってあるが、この隊の隊員達は頑張ってしまう者が多いのかなかなか言わない。そのため、定期的にアバルに隊員達の様子を見てもらっていたが、正解だったな。

「何名だった？」

体調を崩す者が多くなるなら、森から出ることも考えなくてはいけない。

「三名です。医者に見せたところ全員が疲れからくる体調不良だろうと。三日ほどゆっくりするように言ってあります」

三名か。連日の討伐で疲れたのだろうな。だが、思ったより少なかったな。

「分かった。ありがとう。彼らには無理をしないように言っておいてくれ」

「あの……」

「なんだ？」

アバルを見ると、深刻な表情をしていることに気付く。なぜ、そんな表情をしている？

「……」

……無言はやめてくれ！　そんなに言いにくいことなのか？　えっと、今日は朝から討伐をして、しっかり仕留めたぞ？　だから、討伐のことではないよな？　そうなると、他のことか？　討伐が終わった後はお昼の休憩をとって、隊員達の様子を見たが連日の討伐で疲れが見えたから午後からは休憩をとったぐらいだよな。休憩のことを相談しなかったことに、怒っているとか？　いや、アバルはそんなことで怒るような性格ではないと思うが。駄目だ、何も思いつかない。

「数名の隊員が、隊長に謝罪をしたいと言っています。どうしますか？」

隊員が俺に謝罪？　なぜ？　何かされた記憶はないが……気付いていないだけか？　いやいや、たぶん気付くはずだ。ということは、些細《ささい》なことで謝罪をしたいのかもしれないな。

「気にする必要はないと、言っておいてくれ」

小さなことでいちいち謝罪はいらない。アバルを見ると、眉間に皺を寄せている。あれ？　今の返答は駄目だったか？

「まだ、許せませんか？」

許せない？　えっ、本当になんの話だ？

「俺は別に怒っていない。だから謝罪も必要ない」

というか、俺が怒り続けるようなことなんて、この隊が結成されてから起こっていない。アバルを見ると、唖然と俺を見ている。……何か間違ったかな？

「あの、隊員達との顔合わせの時に、態度の悪い者が数名いましたが……」

最初の挨拶の時に睨んでいた彼らのことか？　睨むぐらいで実害がなかったから、相手にしなかった。それに、あれぐらいの行動は予想していたからな、特に気も留めなかった。

「そうだな。だが、それ以降は何もないから問題視することもないだろう」

俺の返答に少し戸惑った表情を見せるアバル。問題視した方がよかったのだろうか？　だが、ただ睨んだだけだ。俺達獣人の騎士にとって、睨まれるのは日常茶飯事だ。今でも、俺達獣人を気に入らないと思っている人間は騎士の中にもいる。そんな彼らから日々睨まれている。いちいち相手をするほど暇ではないし、無視するのが一番だ。

「混ぜ物の討伐では、一部の隊員が勝手な行動をとったこともありましたよね？」

確かにいたな。俺の命令を無視した奴らが。だが実害があったのは彼らの方だ。混ぜ物の攻撃を避けられずに、怪我を負ったからな。あの時は、かなり焦った。とっさに投げた石が、混ぜ物に直撃したおかげで攻撃がそれて、隊員の怪我は軽傷で済んだが。あれは、本当に運がよかった。

「その行動の結果は、彼らが自らかぶったからそれでいいだろう」

それに彼らのお陰で、命令を無視すると森の中では危険だと他の隊員は理解できた。実際にあの後から、命令にはすべて従ってくれているからな。それに、ピッシェ副隊長が命令違反の罰として直々に特訓をしたと聞いた。それでもう十分だ。獣人の命令を聞きたくないと思っている者がいるのは、仕方ない。

「分かりました。彼らには怒っていないため、謝罪は必要ないと言っておきます」

「悪いな」

謝罪か。正直、馴染みがない。数日前、肩がぶつかっただけで謝られたが、正直どう対応したらいいのか分からなかった。

「今までの影響か」

「ん？　どうした？」

アバルの声が聞こえたが、俺の耳でも聞き取れなかった。

「いえ、なんでもないです」

「そうか。明日も討伐があるから、今日の仕事が終わっていたらゆっくり休憩をとってくれ」

「分かりました」

アバルがテントから出ていくのを見送ると、腕を上に伸ばす。午後からずっと書類仕事をしていたので、肩が凝ってるな。

「終わるか」

簡易テーブルの上の書類を片付けていく。

「謝罪か」

ガジーにも、「隊員から嫌なことをされたら、騎士のルールに沿って罰を与えること」と言われている。それが必要なのだとも聞いた。だが、奴隷時代に比べたら睨みも、無視も、攻撃もかわいいものだ。あってないようなものは、特に嫌だと感じることもない。あえて言うなら、どうでもいいことに分類される。今の俺に、どうでもいいことに割く時間はない。だからなかったことにしたんだが、アバルの様子を見る限り、駄目だったのかもしれないな。罰が必要なのかも……。

「誰かに、丸投げできないかな？」

ピッシェ副隊長かアバルかラーシに。あっ、駄目だ。罰は与えるなら、俺が直接言うようにとガジーが言っていた。彼は、こうなることを見越していたのか？　それにしても、隊長職というのは面倒くさいことが増えるな。

「明日の討伐で憂《う》さ晴らしするか」

273.　エンペラス国　特別調査部隊補佐。

―エンペラス国　特別調査部隊　アバル視点―

マロフェ隊長が執務をしているテントから出る。しばらく歩くと自分が寝泊まりしているテントが見えた。立ち止まると、ため息が出た。

「アバル、どうしたんだ？　問題でもあったのか？」

もう一人の補佐であるラーシが、ちょうどテントから出てきた。

「いや、問題はない……こともないか」

俺の返ことに、首を傾げ不思議そうな表情をするラーシ。

「問題があったということか？　マロフェ隊長に報告に行っていたんだよな？　重病患者が出たのか？」

ラーシの言葉に首を横に振って否定する。

「いや、違う。全員、疲れからくる体調不良だったから数日ゆっくり休めば大丈夫だ」

「そうか、それはよかった。じゃあ、なんでそんな表情をしているんだ？」

「……理解したからかな」

俺の言葉に、訳が分からないという表情をするラーシ。

「ちょっとな」

先ほど見た隊長の表情を思い出して、表情が歪んだ。

「大丈夫か？」

ラーシの心配そうな声に、小さく頷く。大丈夫だ。ただ、自分の罪を目の前にして、その罪の大きさに狼狽《うろた》えただけだ。

「奴隷の存在が、歪だと感じても何もしてこなかった。その結果を、被害の大きさを目のあたりにして……逃げ出してきただけだ」

俺の言葉に、苦しげな表情をするラーシ。エンペラス国では当然だった、獣人の奴隷。微かな違和感はあった。だが、何もしなかった。かつてのエンペラス国ではそれが当然だったから。でも、隊長を見ていたら、そんな言い訳が許されるはずないと気付く。

彼は、何に対しても怒りを見せることがない。と言うよりも、表情がほぼ動くことがない。最初は、そういう人物なのだと思った。いきなり隊長職に就いたことで、緊張もあるだろうから。だが、あることがきっかけで気付いた。表情がないのではない、奪われたままなのだと。そのことに気付いてからは、彼の行動のすべてが奴隷時代に培ったものから来ていると気付く。誰よりも早く起きて準備をすることも、誰よりも前に出て戦うことも、どんな態度をとられても、一切怒りを見せないことも。すべて我々人が、彼らに押し付けてきたことだ。

「ホルン達が隊長に謝りたいと言ってきた」

「ホルン。あぁ、命令を無視した奴らか」

「そうだ。他にも数名、謝罪したいという者がいたから、隊長に言ったんだが……」

先ほどのやり取りを思い出して自嘲《じちょう》する。

「あまかった」

「えっ？」

期待していたんだと思う。少しでも、何か反応を返してくれることを。もしくは許していないと言ってくれることを。でも、まるで何も問題はなかったみたいだった。正直、あの反応に戸惑ってしまった。

隊員の態度が悪かったが、確かに実害はない。だがホルン達が命令を無視した時は、そうじゃない。ホルン達は軽傷だったが、隊長は腕を深く切られたのだから。しかも獣人は怪我の治りが早いから気にするなと言って、治療すら受けてもらえなかった。

そういえばあれがきっかけだったな。隊長が何を考え行動しているのか、気になったのは。それから隊長を観察して、気付いた。彼が今もまだ、過去に囚われているのだと。いや、過去としたのは人だけなのかもしれないな。

「そういえば、隊長の怪我の状態は聞いたのか？」

「聞いてない」

「なぜ？」

なぜ？　それは……なぜだろうか？　聞こうとも思わなかった。なんでだ？

「分からない」

「珍しいな。アバルが迷うなんて」

迷っているのか？　違うような気がする。ただ、何かを認めたくなくて。認めたくない？　何を……。

「あぁ、そうか」

あの日、治療を拒否された日。隊長の言葉にすぐに「そうだな」と思ってしまった。今思えば、怪我をしたのに治療をしないのはおかしい。なのに俺は「そうだな」と思ってしまったんだ。獣人だから「怪我をしても大丈夫」だと。

「俺は最悪だな」

「えっ？」

そうか。過去に囚われているのは隊長だけじゃない。俺もじゃないか。それに気付きたくなかったんだ。隊長が俺達に距離を置くのは、俺達のせいじゃないか。

「何をしているんだ？」

不意に聞こえた声に視線を向けると、ピッシェ副隊長が不思議そうに俺達を見ていた。そういえば、テントに入るのも忘れて話していたな。

「ちょっと、話し込んでいただけだ」

「テントの前で？」

ラーシの言葉に、首を傾げる副隊長に乾いた笑いを返す。今は、頭の中がぐちゃぐちゃだ。今ほど、自分のことが信じられなくなったことはないな。

「何かあったのか？」

副隊長の視線が俺に向く。なぜか、今日はそれをまっすぐ受け止められない。すっと視線を下げると、隣にいるラーシから戸惑った雰囲気を感じた。情けないが今は無理だ。水面下ではいまだに奴隷制度を支持する者達がいる。否定していたのに、俺は奴らと変わらない。

「ピッシェ副隊長は、何をしているんだ？」

ラーシが少し明るい声で副隊長に話しかける。俺の様子がおかしいから助けてくれたんだろう。

それにぐっと掌を握りしめる。

「あぁ、ホルフェとマフェが働きすぎだから、討伐する数を一人一匹までに制限しようかと思って」

「「はっ？」」

一人一匹に制限？　しかもホルフェとマフェが働きすぎ？　彼らは隊長と同じ獣人だな。

「もしくは一チームで二匹までとか。とにかくあの二人に少し制限してもらって、他の奴を働かせようと思って。そういえば、体調の悪い奴はこの中にいるか？」

副隊長が書類を俺に渡すので受け取る。名前の一覧に、チェックが数個入っているのが分かる。

「ムロは三ほど休むことになった。このチェックは？」

「今日ホルフェとマフェが組んだ隊員達だ。明日はこいつらの討伐時間を増やす予定にしているんだ。今日は楽をしてたからな」

楽？

「どういうことだ？　彼らも今日は頑張っただろ？」

ラーシの言葉に頷き、副隊長を見る。隊員の今日の働きを思い出すが、楽をしていたような様子はない。

「気付いてないのか？　ホルフェかマフェと組ませると、この二人に自然ときつい仕事が行くことに」

「「えっ？」」

副隊長の言葉に、ラーシも俺も固まる。そんなこと、思いもしなかった。いや、違う。本当にそうか？　さっき、俺も過去に囚われたままだと気付いたばかりだ。もし、自然にホルフェとマフェにきつい仕事が向くようにしていたとしたら？　ちゃんと見れば判断できることを、気付かないようにしていた可能性は？

「無視をしてたわけではないみたいだな。気付いていなかったって感じか」

副隊長の言葉に息が詰まる。

「……悪い」

「俺に謝ってもな」

副隊長の言う通りだ。謝る相手が違う。

「まぁ、隊長やホルフェやマフェに謝っても、きっと不思議な表情をされて終わるだろうけどな」

そうだろうな。謝ったところで、たぶん彼らには届かない。それにしても副隊長はよく見ているな。

「ピッシェ副隊長は、いつ気付いたんですか？」

「何を？」

「隊長達が、まだ過去に囚われていると」

俺の言葉に、副隊長はチラリと俺を見る。

「過去に囚われているのは、隊長達だけじゃないだろ？」

副隊長の言葉に言葉が詰まる。

「まぁいいけど。違和感があったのは、混ぜ物に襲われた村に行った時だな」

そんなに早く？

「俺、マロフェ隊長に必要とされたいと思ったんだ。昔の俺は何もできず、ただ眺めていただけだったから」

それは多くの者がそうだったはずだ。あの時、もっと何か出来ていればと。

「昔のことは、俺は仕方ないと思ってる」

仕方ない？　副隊長の言葉に、じっと彼を見る。

「あの時は、それがエンペラス国の常識だった。それを覆すのなんて、俺には無理だ」

それは、そうかもしれない。王は恐ろしい存在だったから。王の前では、体を小さくして決して目立たないように気を配っていたな。

「でも、今は違う。だから現状を変えるためにどうするか考えている」

274. 特別調査部隊副隊長。

―エンペラス国　特別調査部隊　ピッシェ視点―


あれは、アバルとラーシか？　いつもと雰囲気が違うが、何かあったのか？

「何をしているんだ？」

テントの前で深刻そうな表情で話す二人に声を掛けたが、何があったんだ？　アバルに視線を向けると、いつもはしない表情をしている。絶対に何かあったな。どうするべきか。この二人は、立場は俺の方が上だが先輩だ。それぞれ自分達で対応できる能力を持っている。だが、アバルの様子が今までと少し違うような気がする。ラーシは、普通を装っているが困惑しているようだ。同じ隊に配属されてかなり親しくなったと思うが、どこまで食い込むべきか。もう少しだけ話してから決めるか。

「何かあったのか？」

アバルが露骨に視線を逸らしたのは初めてだ。こういう時は、少し様子を見るのがいいのかもしれないが……。

「ピッシェ副隊長は、何をしているんだ？」

今は、ラーシの話に乗るか。それにもしかすると、この特別調査部隊が変われるチャンスかもしれない。まぁ、ただの勘だけど。

「あぁ、ホルフェとマフェが働きすぎだから、討伐する数を一人一匹までに制限しようかと思って」

「「はっ？」」

まぁ、一人一匹なんて討伐中のあの混乱の中で、できるわけないけどな。でも現状を変えるためなら、無理だと分かっていても言うだけ言わせてもらう。どうせ、ここだけの話だし。

ホルフェとマフェが獣人だからと、誰もが当たり前のように仕事を押し付ける。問題は、それをおかしいと誰も感じていないことだ。それどころか、されている方もそれが当たり前と受け入れてしまっている。そしてそれは隊長にも言える。俺は、それを変えたい。能力の関係で、仕事の量が違うのは分かる。だが、隊長やホルフェ、マフェに回る仕事はそういう区別ではない。ただ、獣人だからというだけで回される下っ端がする仕ことだ。そんなことは、決してあっては駄目だ。全部を変えるのは無理だが、特別調査部隊ぐらいなら変えることができるはずだ。俺は、副隊長という地位なのだから。

「もしくは一チームで二匹までとか。とにかくあの二人に少し制限してもらって、他の奴を働かせようと思って。そういえば、体調の悪い奴はこの中にいるか？」

書類をアバルに渡すと注意深く観察する。戸惑っていはいるが、今までとは少し違うな。これはもしかして、期待してもいいのか？

「どういうことだ？　彼らも今日は頑張っただろ？」

ラーシも違和感を覚えていると思ったが、俺の気のせいか。ラーシをじっと見る。視線が合うと、気まずく感じたのかすっと視線を逸らされた。なるほど、気付いているが認めたくないという奴か。その態度に嘲笑《ちょうしょう》する。甘えるなよ、そんなことが許されるわけないだろ。

「気付いてないのか？　ホルフェかマフェと組ませると、この二人に自然ときつい仕事が行くことに」

正しくは本人達の能力にあった仕事にプラス、他の隊員がすべき大量の仕事だが。細かい説明はいらないだろう。

「「えっ？」」

ラーシとアバルの言葉は同じだが、表情は違うな。アバルは、どうやら気付きだしたという感じか。驚いた後に、何かに気付いたような表情を見せた。ラーシは、まさか俺がそれを指摘するとは考えていなかったんだろうな。二人の様子を見て、アバルに視線を向ける。

「無視をしてたわけではないみたいだな。気付いていなかったたって感じか」

ラーシがピクリと体を揺らすのが分かった。だが、今は無視だ。

「……悪い」

「俺に謝ってもな」

ホルフェとマフェに謝っても、きっとその思いは届かないだろうけど。それは隊長も同じだ。彼らをああいう風にしてしまった責任は、人にある。俺は生まれた時から、獣人達に面倒なことはすべて押し付けるのが当たり前だった。だが、変わらなければならないんだ。今、このエンペラス国で人が生活できるのは、獣人達が猶予をくれたからに過ぎない。変わらなければ、人はエンペラス国から排除されることだって考えられる。

「ピッシェ副隊長は、いつ気付いたんですか？」

アバルを見ると、じっと俺を見ている。話し方がいつもと違う。

「何を？」

アバルが何を訊いているのか分かっているが、あえて訊いてみる。しっかりアバルの口から、聞きたい。

「隊長達が、まだ過去に囚われていると」

アバルの表情を見る限り、向き合えたみたいだな。経験値なのかな？　俺はすぐに向き合えなかった。どちらかと言うと、ラーシのように悪あがきした。ラーシを見ると、苦悶《くもん》しているのがわかる。

「過去に囚われているのは、隊長達だけじゃないだろ？」

俺の言葉に二人ともが反応を返す。

「まぁいいけど。違和感を感じたのは、混ぜ物に襲われた村に行った時だな」

俺に回されるはずの仕ことを全部やられたら、嫌でもおかしいと気付く。最初は、俺に回る仕事の少なさに疑問を持った。そして、俺の仕事を隊長が片付けていることに違和感を持って、隊長に仕事を自分に回すように言ったんだよな。あの時の隊長の「なぜ？　いつもと変わらないだろう？」という言葉と、あまりに不思議そうに俺を見る視線に唖然とした。いつから俺は、隊長に自分の仕事を回していたのか。なぜそれに、気付かなかったのか。変わったと思った今が、未だに過去に囚われていると知ってどうするか考えた。答えは簡単だ。間違いだと思うなら、正すしかない。その答えに辿りつくまで、結構時間がかかったけどな。

「現状を変えるためにどうするか考えている」

ほんの些細なきっかけで変われると思う。俺のように、時間がかかる者もいるだろうが。でも、何もしなければいつまでたっても変われないから。

「手伝う。今まで気付かなかった俺が言うのも、間違いかもしれないが」

アバルの言葉に、笑みが浮かぶ。彼なら色々経験しているから、いい助けになる。

「俺も手伝うよ。まぁ、俺の場合はまず自分からだろうが」

ラーシに視線を向けると、何かを決めた目をしていた。これなら大丈夫だろう。

「何をしたらいいと思う？」

さっそくで悪いが、何かいい案はないだろうか？　色々考えてはいるんだが、なかなか上手くいかないんだよな。

「そうだな。隊長達に仕事の量を減らすように言ってみたらどうだ」

アバルの言葉に首を横に振る。

「隊長には既に言ったが、不思議そうに首を傾げられただけだった。今は隊長の机の上にある書類を勝手に見て、俺の分だけ確保しているよ。少し時間が遅くなると終わらせてしまうから、結構大変なんだ」

始めたのは数日前からだけどな。

「そうか」

アバルの眉間に皺が寄る。

「俺達人の方に気付かせる方が、早く対処できるんじゃないか？」

ラーシの言葉に、確かにと頷く。要は、仕事を回さなければいいんだもんな。だが、どうやって気付かせればいいんだ？

「でも隊員を集めて説明しても、伝わらないかもしれないな」

ラーシの言う通り、言葉だけで伝えてもいいように解釈される可能性がある。誰も、自分達が仲間を奴隷のように扱っていると考えたくないはずだ。

「個別に会って、質問に答えていってもらう方法を取るか」

アバルの提案に首を傾げる。質問に答えていく方法？

「これだと、自分の行動を振り返って考えることができるはずだ」

なるほど。確かにいいかもしれない。

「そうだな、それでやってみよう」

これだけで解決するとは思わないが、まずは始めないとな。

275. 教育なのか！

子供達の寝顔を見る。さすがに今日は疲れたのか、おやつの後は次々と睡魔に負けていった。なんだろう、久しぶりに家の中が静かだ。

「そういえば、ヒカルはどうした？」

太陽達と一緒にいると思ったがいなかったし、今もまだ家に帰ってきていない。

「ヒカルなら、コア達と一緒に森で特訓中ですよ」

声に視線を向けると、森から帰ってきたところなのか体に葉っぱをつけたアイがいた。

「そうか。お帰り」

「ただいま。子供達は寝てしまったんですね」

アイが太陽達が寝ている場所に近付き、くんくんと匂いで様子を伺う。アイと一緒に帰ってきたネアも興味深そうだ。

「久しぶりに、静かだな」

「本当に」

俺の言葉にアイがしみじみ言う。その声に、すごく気持ちがこもっていると感じてちょっと笑ってしまう。でももしかして、そうとう迷惑をかけているんだろうか？

「子供達の面倒は大変か？」

「えっ？　大変ですが、楽しいですよ」

アイが少し考えて答えてくれると、隣にいるネアも頷く。

「そうか。何か問題があったら言ってくれ」

俺の言葉に嬉しそうに尻尾を振るアイとネア。二匹の頭を撫でると、尻尾の振り方が遠慮がちに激しくなった。いつもはコア達が近くにいて遠慮しているからな。可愛い。

部屋を見回すと、おやつの後片付けも終わったのか一つ目達がのんびり話をしていた。そろそろ、話をしてもいいかな？　今日のことを踏まえて、何個か一つ目達と約束を取り付けないとな。言い負かされないように頑張ろう。

「一つ目達、ちょっと集まってくれ。話があるんだ」

俺の言葉に、一つ目のリーダーが全員を集めてくれた。お昼寝の邪魔にならないように、ウッドデッキへと出る。

「今日は、子供達の面倒を見てくれてありがとう」

まずはちゃんとお礼を言わないと。任せきりになってしまっているしな。俺の言葉に、一つ目達がそれぞれ首を横に振る。

「どんどん、任せてください」

一つ目のリーダーの言葉に苦笑が浮かぶ。俺がお願い事をすると嬉しそうにするが、甘えすぎないようにしないと。駄目人間が出来上がりそうだ。

「ありがとう。ただお願いしたいことがあるんだ。ヒーローごっこは家の中、もしくは庭だけにしてほしい。そして声を周りに響かせないでほしいんだ」

俺の言葉に、不思議そうな雰囲気の一つ目達。

「森の中で急にあんな声が響いてきたら、驚くだろう？　森には獣人や人が来るから」

俺の言葉に、一体の一つ目がポンと手を叩く。

「それなら問題なしです。彼らには声を届けていないですから」

ん？　風の魔法で声を広げたって……あれ？　違ったか？

「主に子供達の成果を聞かせたくて、今日は風の魔法を使いました」

……なるほど。それで、俺の下には鮮明に声が聞こえたのか。皆、噛み噛みだったけど。

「そうだったのか。それよりなんで急にヒーローごっこを始めたんだ？」

ずっと疑問に思っていたんだよな。気付いたら、子供達がヒーローになって家の中を走り回っていたから。一つ目達を見ると、なぜか俺をじっと見つめ返してきた。

「主が子供達の教育などに悩んでいたので、我々も調べたのです」

一つ目のリーダーが、声に力を入れる。その迫力にちょっと体が反る。

「そうか。大変だったな」

えっと、つまり俺が教育に悩んでいたからヒーローごっこを始めたと？　ヒーローごっこと教育にどんな関係があるんだ？

「主が心配したように、子供達は見た目の年齢のわりに少し子供っぽいところがあります」

そうなのか？　いや、俺はそれには気付いてなかったんだが。でも、確かに見た目は八歳ぐらいだけど、行動が子供っぽいか？　いや、でもあんなもんじゃないか？……久しく子供と触れ合っていないから、分からん。

「なので、情緒面の成長を促そうと」

何だか、思ったよりすごい話になってきた。

「情緒面の発達にはごっこ遊びがいいそうです。それでヒーローごっこを取り入れることにしました。空想が子供達の成長にはいいのだとか」

そうなんだ、知らなかった。

「子供達は少し、勝手なところが強かったです。自分本位というか。なのでヒーローごっこの遊びを通して、仲間の大切さを学んでもらおうと思いました」

そういえば、最近皆で協力しているのをよく見るな。ちょっと前までは、すぐに他の子のものを取って喧嘩に発展してたのに。すごい、ヒーローごっこの教育が成功してる。

「ヒーローごっこのストーリーは、子供達が考えています。空想したものを自分の口で話す。これもいい教育だそうです。残酷な空想をする時もありますが、それは相手にとても嫌な感情をもたらすことを教えることができます」

すごいな。ヒーローごっこって、色々勉強になるんだな。

「主の心配がこれで少し減ると思ったのですが」

ごめん。俺の心配は、子供達がこの世界に馴染めるかどうかだった。

「ありがとう。すごいな一つ目達は」

いや、本当にすごい。一番重要なことをしてくれたんだから。

「本当にありがとう」

一つ目達の数体がぐっと手に力を入れたのが見えた。もしかしてガッツポーズか？　可愛いな。

「後は、力加減を教育できれば第一段階、完了です」

力加減か、確かに重要だな。今日の子供達の話はちょっと引いたからな。ん？　第一段階？　次があるのか？

「第二段階があるのか？」

「もちろん！　それぞれの得意分野を伸ばすことです」

得意分野を伸ばす。まぁ、それも重要だな。そう、重要だ。

「そのため、今我々は急いで色々な知識を詰め込んでいます。そして第三段階は子供達の夢を実現させることです！」

夢か。そうだな成長したら皆それぞれの夢に向かってここを出ていくんだろうな。まだ先のことなのに、ちょっと悲しい。

「主を支える者達としてしっかり教育しますので、ご安心を」

先のことまで考えて……ん？　最後、何かおかしくなかったか？　「主を支える」とか言わなかったか？　主は俺のことだよな。俺を支える？

「森を出て各自分野で名をはせ、それぞれが主の素晴らしさを広げれば、すぐに主を信仰する――」

「ストップ！」

しんこうってなんだ？　まさか信仰か？　いやいや……えっ、どこに向かっているんだ？　そうか、俺の知らないしんこうがあるのかもしれない。

「しんこうって？」

「神仏などを信じて崇《あが》めることです。つまり、主を信じて崇めることです！」

やっぱり信仰か！　頭痛がしてきた。

「えっと、それは駄目だ。信仰はさせなくていい」

「「「「えっ！」」」」

一つ目達が、驚いた声を出す。声が出てないものも、驚いているのが分かる。というか、いつから信仰なんて話が出てたんだ？

「俺は、崇められたいとは思っていないから」

ため息を吐き、一つ目達を見る。今日、話して良かった。知らない間に、恐ろしいことになっているところだった。

「そんな……」

一つ目達とは違うところから声が聞こえた。視線を向けると、シュリが俺を見て固まっている。

「どうしたんだ？」

「崇めたら駄目なのか？」

嫌な予感がする。今の訊き方は、これからというより既に崇めているように聞こえた。えっ、まさかね。

「……」

口が開くが声が出ない。答えを聞きたくないと本気で思ったのは初めてだな。だが、確認しないと。

「崇めてるのか？　俺を？」

「当然です。主は森で最も尊い存在ですから」

「……」

シュリの言葉に、一つ目達が当然と頷く。誰か、ヘルプ！

276. 普通の人って？

ただの人だと何度か説明したはずなんだが、どうして崇める対象になっているんだ？　困った。どう説明したら、理解してもらえるんだ？　ん〜、……本当に困ったな。何も思い浮かばない。仕方ない、分かってくれるまで何度も説明するしかないか。

「いいか、俺はただの人だ。確かに力はあるが、普通の人なんだ」

「主は人ではないだろう?」

水色が不思議そうに俺を見る。あれ、いつの間にここに? 周りを見ると、他の龍達も親玉さん達まで集まってきていた。

「主?」

あぁ、水色の質問だったな。えっと、ん? 人ではない?……あっ、そうだった! 俺は人じゃない、よく分からない存在になっていたんだった。忘れてた。そうか、説明の仕方が悪かったのか。

「そうだな。俺は今は人ではない。だが、この世界に飛ばされる前は本当に普通の人だったんだ」

毎日仕事に追われる、普通の一般人!

「「「「普通の人」」」」

一つ目達が、俺を見ながら首を傾げる。なぜ、不思議がる。一緒にいたら、俺がいかに普通の人……人じゃないならなんて言えばいいんだ? あ~、もう!

「俺は、この世界の人と同じだと思う」

俺はこの世界の人を知らないが、大丈夫か? 何か、気になるな。あっ、駄目だ。この世界の人は、奴隷を当たり前に酷使するんだった。慌ててクウヒとウサを見る。二人とも、衝撃を受けている様子はない。よかった。

「ごめん。えっと、この世界の人と同じということはないかな」

俺の言葉に、不思議そうな皆の視線。そうなるよな。分かる。俺が聞く側でも、同じ反応すると思う。とりあえず、落ち着こう。慌てて説明しようとするから、こんがらがるんだ。

「主は、人だったと前もそう言っていたな」

親玉さんの言葉に頷く。思い出してくれたみたいだ。親玉さん、ありがとう。

「そうだ。その時の感覚を今も持っている。だから崇められるような存在と言われると、違和感があるからやめてほしい」

よしっ、いい感じに説明できたんじゃないか？　皆の様子を窺うと、それぞれ考えてくれているのが分かった。よかった。何とか、ここでちゃんと理解してもらわないとな。森から出て宣教されたら、最悪だ。

「そうなのですね。森の神と言われているので、崇めるのが当然だと思っていました」

一つ目のリーダーが、小さく頭を下げる。

「いや、……ん？」

気にしないように言おうとしたけど、今何か不穏な言葉が交ざってなかったか？　森の……かみ。まさか、神⁉　そっと一つ目のリーダーに視線を向けると、短い腕を組んで何やら頷いている。聞き直したい。俺のあずかり知らないところで、俺がどう呼ばれているのか。だが……非常に恐ろしくて、聞けない。ここは聞こえなかったことにしよう。

「そうか。主は森の神と呼ばれるのは嫌なのか」

ふわふわの言葉が耳に届く。しっかり、聞いてしまった。誰だよ、森の神なんて言い出した奴！やめてくれ。

「あぁ、俺はそう呼ばれるのは不本意だ。だから駄目だからな」

絶対にやめてくれ。「森の神」なんて、すごい重いものがのしかかった気分になる。それに、神という言葉に拒絶反応が。……神の実態を見せられたからな。うん、あれにはなりたくない。

「分かりました」

飛びトカゲの言葉にホッと胸を撫で下ろす。よかった。今回は前の時と違って、皆が納得したような気がする。

「主」

一つ目のリーダーが首を傾げながら俺を見る。

「なんだ？」

「普通の人とはどんな人ですか？」

「…………」

どう答えればいいんだ？　普通は、一般的な……感覚？　あれ？　普通って、なんだ？

「主？」

何か言わないと。

「あぁ、平均的な、一般的な人かな？」

一つ目達を見る。頷いているけど、分かってくれたんだろうか？　飛びトカゲを見ると、何か思案している様子。これ以上の質問は遠慮したいが、許してもらえるだろうか？

「一般的ですか」

一つ目のリーダーの質問に頷く。

「なるほど。ん？　しまった！　夕飯の用意をしなければ！」

一つ目のリーダーの言葉に、他の一つ目達が慌てて動き出す。どうやら話し合いはここで終わるようだ。助かった～！　ありがとう、一つ目。君達の勤勉なところに感謝です！

「主、分かりました。普通の人がどのような者なのかしっかり勉強して、主に尽くしたいと思います！」

あれ？　通じたんだよね？　というか、普通の人を勉強？

「なるほど、我々もしっかり学ばなければ」

飛びトカゲの言葉に、眉間に皺が寄る。なんで皆、学ぶ話になっているんだ？　それに学ぶって、まさか普通が何か学ぶのか？

「なんか、余計なことを言ったような気がする」

意思疎通に大切な言葉が通じるようになったはずなのに、なぜだろう。ものすごい巨大な壁が立ちはだかっている気がする。おかしい。言葉は通じているのに……。いや、通じてないのかな？

「はぁ。まぁ、今日はこれぐらいで、次の機会に頑張ろう」

そうだ。俺には、まだやることがあるんだった。リビングに戻り、ベビーベッドに近付く。そっと中を覗くと、一匹は目を覚ましていたが、二匹は目を閉じている。寝ているのかな。

「……癒やされる」

あぁ、違う。栄養？　になるはずの闇の魔力をあげて様子を見ないと。ズボンのポケットから、復元した闇の魔力を固めた魔石を出す。

「固めたけど大丈夫かな？」

溶かす方がいいのか？　でも、あの力をここで溶かすのはちょっと恐ろしいな。とりあえず、魔石を卵に近付けてみるか。勝手に闇の魔力を吸収してくれるかもしれない。

「上手くいくといいが」

魔石を卵の傍に置いてみる。……何も起こらない。やっぱり固めた闇の魔力を溶かさないと駄目かな。

「結界を厳重に張れば大丈夫か？」

あれ？　起きている一匹が魔石に反応しているな。ピシピシッ。

「げっ」

魔石にヒビが入ってきてる。固めたのが溶けてきたのか？　溶けるようなイメージはつけなかったのに！

「あれ？」

固める魔法をもう一度掛けようと、魔石に手を伸ばすが途中で止まる。既に魔石のヒビからは黒い光が溢れていた。が、黒い光は傍にあるケルベロスの卵にスーッと吸収されている。

「成功？」

あっ、卵の中の子達は大丈夫か？　卵の中を覗き込むと、三匹とも目を覚ましていた。そしてきょろきょろと首を動かしている。やばい。何か、問題が起きたのかもしれない。吸収を止めた方がいいのか？

「どうしよう……あっ、尻尾が揺れてる」

三匹はきょろきょろと不思議そうに首を動かしているが、苦しんでいる様子はない。もう少し、様子を見ようかな。

「主、闇の魔力はケルベロスに届いたか？」

飛びトカゲがそっとベビーベッドを覗く。

「たぶん、大丈夫だと思う」

魔石にヒビが入ってから少し経つが、ケルベロス達に変化は起きていない。最初は戸惑っていたようだが、今は落ち着いている。

「そうだな。さすが主だな。まさか闇の魔力を作り出すとは」

「再現で作ったわけではないぞ」

飛びトカゲが、感心した様子で頷くが俺は記憶の中の力を真似ただけだ。まぁ、今回は少し手こずったが。

「これで、生まれてくるかな？」

ちょっと楽しみだな。あっ、ケルベロスがここにいるって魔界に知らせなくていいのかな？

277. 音？

「おはよう」

皆に挨拶をしながらリビングに入ると、ケルベロスの卵があるベビーベッドに龍達が集まっているのが見えた。小さくなっているが、五匹も集まると迫力あるな。部屋の中には、神妙な表情のコア達もいる。それに首を傾げながら、龍達に近付く。

「主、おはよう」

飛びトカゲが挨拶をしながら横を空けてくれるので、飛びトカゲとふわふわの間に入り込む。ちょっと窮屈だな。

「何かあったのか？」

ベビーベッドを覗きこむが、特に変化は見られない。魔石を見ると、まだ闇の魔力は供給されているようだ。少し離れた場所にある棚を見る。そこには残りの魔石を置いてある。

「まだ、最初の一個目なのか？」

棚の上には三つの魔石。

「あぁ。まだ問題なく力を供給している」

飛びトカゲの言葉に、ベビーベッドの上の魔石を見る。供給がゆっくりなのか、魔石の中の闇の魔力が膨大なのか、どっちだろう？　復元した時に、そんなことを考える余裕はなかったな。

「それで、どうして皆はここに集まっているんだ？」

龍達の顔を順番に見る。

「えっ？　卵から音がしたから、様子を見に来たんだけど……」

ふわふわの言葉に、卵に視線を向ける。音？　耳を澄ませるが、何も聞こえない。

「聞こえないけど」

「今は鳴っていないが、家中に鳴り響いていただろう？」

飛びトカゲの言葉に首を傾げる家中に鳴り響いていた？　えっと……知らない。

「聞こえなかったけど……」

「「「「えっ？」」」」

俺の言葉に驚いた視線が五つ。えっ、そんなに大きな音がしているのだろうか？

「悪い。本当に聞こえなかった」

「そうか。なぜだろうな。クウヒ達も聞こえたんだが」

クウヒ達にも聞こえるのか。クウヒ達を探すと、食事をするいつもの場所に座ってこちらを見ていた。

「おはよう、クウヒ、ウサ。二人にも聞こえたのか？」

俺の言葉にクウヒとウサが同時に頷く。俺も聞きたいな。

「どんな音なんだ？」

「高いキーンって感じだったよ。ねっ」

ウサがクウヒに視線を向けると、クウヒも頷く。高いキーン？

「コアや親玉さんは聞こえたのか？」

リビングにいるコアと、ウッドデッキからリビングに顔を出している親玉さんに声をかける。二匹も聞こえたのか、俺を不思議そうに見て頷く。聞こえるのか。もしかして聞こえないのは俺だけ？

「聞こえなかったのは？」

俺がリビングを見回しながら訊く。が、全員が聞こえているのか、誰も反応しない。マジか。なんで俺だけ聞こえなかったんだ？

「その音を聞いて、何か違和感はあるのか？」

リビングを見回す。

「少し不安な気持ちになるな」

コアが、表情を少し歪める。不安な気持ち？

「ちょっと嫌な感じ」

ウサの耳が少しねてしまっている。他の者達も、似たような印象を受けたみたいだ。ケルベロスの卵からの音。魔界の門番らしいから、魔界関係の音なのかな？　これは、アイオン神に確かめた方がいいな。

「分かった。体に異変を感じたら早めに教えてほしい」

俺の言葉に、皆が頷いてくれる。今のところは嫌な感じだけだが、これからどうなるか分からないからな。

「おはよう。調子はどうだ？」

卵の中を覗き込む。三匹とも目を開けて、こちらの様子を窺っているのが見えた。卵にそっと触れると、じんわり温かさが伝わってくる。いつもと……、

「あれ？」

なんだろう。何かが違うような……手から微かに違和感を覚える。ん？　卵をじっと見る。卵に変化はない。でも、なんだろう……手から感じるものが違う。

「大きくなってるのか？」

見た目はほとんど変わらないが、手で触れた時の感じが少し違う。

「大きく？」

コアが、俺の右肩の上から顔を出して卵を見る。

「あぁ、手に触れた感じに違和感があったんだ。おそらくほんの少し大きくなっているみたいだ」

いいことなんだろうか？　あれ？　卵って成長したっけ？……まぁ、魔界の卵だからな。卵に触れている指に、少しだけ力を入れる。硬い殻の感触が伝わる。硬い殻があるのに、どうやって成長したんだ？……考えても無駄だな。この世界では卵も成長する。そういうことだろう。龍達を見ても、卵の成長に驚いていないしな。うん、そういう世界だ。

「生まれるかな？」

卵の成長より生まれることの方が重要だ。

「どうかな？　伝わってくる力は昨日より強くはなっているが、ケルベロスの卵を目にするのも初めてだから、予想がつかない」

飛びトカゲの言葉に龍達が頷く。生きてきた世界が違うから、分からなくても仕方ない。

「そろそろ、アイオン神を呼ぶか」

聞きたいことも色々あるしな。ロープに伝言を飛ばすようにお願いしようかな。

「呼ぶのか？」

「あぁ。ケルベロスの卵について気付いているのか確かめたい」

もし、ケルベロスの事に気付いていながら、無視をしているのだとしたら……どうしてやろうかな。いい加減、我慢も限界だ。不意打ちで一撃でも――。

「主！」

「えっ？　えっと、あれ？」

今、何かすごい過激なことを考えなかったか？　コアや飛びトカゲ達を見ると、その表情には怯えが見える。

「悪い。何かおかしかったよな。ごめん」

「えっと、いや大丈夫だ。ちょっと一瞬だけ、恐ろしい表情をしたように見えたが、気のせいだろう」

コアが何気ない風を装ってくれているが、確実に怯えてるよな。あ～、俺のせいだよな。なんだろう、ここ最近なぜか過激な考えがちらついている。いつからだっけ？　闇の魔力を再現したぐらいからか？……マジ？　確かに毒々しい印象はあったけど、精神に影響するのか？　まだ、そうと決まったわけじゃないけど、気をつけておかないとな。周りにいる仲間を見て、肩を竦める。

「闇の魔力の影響かも」

俺の言葉に、苦笑する仲間達にホッとする。避けられたら泣く。

「気をつけるけど、何かあったら教えてくれ。頼むな。えっとなんだっけ？　そうそう、アイオン神を呼ぶんだよな。えっと、闇の魔力の注意事項や皆が聞いた音についても、何か知っているかもしれないからな」

「ちっ」

舌打ちに視線を向けると、ふわふわがすごく嫌そうな表情をしていた。

「あれの知識はある程度は役に立つから、呼ぶしかないか。仕方ないが」

「『あれ』って言ったら駄目だぞ。上位神なんだから」

ふわふわの言葉に、一応注意を入れる。なんせ、本当に上位神なのかって思うことは多々あるからな。

「あれで上位神なんだよな」

水色が、ふっと鼻で笑う。いやだから、言いたいことは分かるけど、

「『あれ』呼びは駄目だって」

そうだ。アイオン神が来たら、ケルベロスが生まれた後のことも相談しよう。あれ？　他にも何か聞きたいことがあったような気がするな。なんだったかな？……なんだかここ最近、思い出せな

いことが増えた気がする。闇の魔力を再現する時も、新しい力を作った時のことを全く思い出せなかった。それほど昔のことじゃないし、さらっと忘れられるほどの小さなことでもないにも拘わらず。もしかして、忘れっぽくなっているのか？

「主、どうした？」

「いや、なんでもない。いつ頃アイオン神に来てもらおうかと思ってな」

この世界の崩壊のこともあるのに、俺のことで心配をかけるのも悪いからな。……そうだよ。俺は、世界の崩壊の話を皆にしたんだよな？　リビングを見回す。いつも通りに、食事をしたり寛《くつろ》いだり。庭に視線を向けると、朝から元気に特訓に励んでいる姿もある。

「普通すぎないか？」

ずっと、少し違和感を覚えていた。それが何なのかようやく分かった。あまりにも、皆が普段通りだからだ。いや、悲愴感の中で過ごしてほしいなんて思っていないから、これでいいんだが。それにしたって……。

「主、用意が終わりました」

一つ目の言葉に、机を見ると綺麗に朝食が並んでいる。

「ありがとう」

美味しそう。クウヒとウサが、ソワソワしている。お腹が空いているのだろう。

「食べようか」

後で考えよう。とりあえず、アイオン神に伝言を送ってもらうようにロープにお願いすることだけは忘れないようにしよう。あっ、ロープにも声をかけておくか。すぐに来られない可能性があるからな。魔石をイメージして、「ロープ、ロープ」と心で声をかける。……やはりすぐには返事は来ないな。まぁ、名前を呼んでおけばいつか気付いてくれるだろう。

「主、食べないの？」

ウサの言葉に視線を向けると、不思議そうに首を傾げている。ロープに声をかけていたんだが、周りからはパンを持ってぼーっとしているように見えたようだ。

「ロープに声をかけていたんだよ」

「そっか」

笑顔を見せるウサの頭を撫でて、パンをかじる。やっぱり、子供達だけでも何かあった時のために、アイオン神にお願いしておこうかな。本人の意思に反するんだが……難しいな。

書き下ろし番外編・さて、作りましょう！

―一つ目視点―


「あっ、また取られている」

棚に置いてあった、カゴの中のお菓子の量が間違いなく少なくなっている。周りを見るが、既に取った者達の姿はない。

「どうしました？」

リーダーの言葉に、背を正す。

「申し訳ありません。また、取られたようです」

俺の言葉にため息を吐くリーダー。怒られるかな？　これで連続五回だもんな。でも、俺も仕事があるからここでずっと見張りはできないし。

「もっと強固な対策を考える必要がありますね」

リーダーの言葉に、頷く。確かにその通りだ。お菓子の棚まで来るには、数個のトラップがあるがこの場所にも主が来るため、仕掛けられるトラップは安易なものばかり。今ではトラップの意味もなくなりつつある。

「どうしたらいいでしょうかね？」

リーダーと同じように首を傾げる。お菓子を隠せて、守れるような場所。

あっ、そういえば仲間の誰かが言ってたな。「シュリ殿が作る巣は、利用価値がありそうだ」と。

「リーダー。シュリ殿が作る巣を参考にしてはどうでしょう」

「シュリの巣？　役に立ちますかね？」

リーダーの不思議そうな雰囲気に、頷く。

「我々は自由に出入りできますが、他の者たちは入れないそうです」

前に子アリを巣の中まで追いかけた時に「なんで入れるんだ！」と驚いていた。あまりに驚くものだから話を聞けば、「シュリやその子供たちが許可を出さないと入れない」とか。我々一つ目や農業隊が自由に出入りできるのを、かなり不思議がっていた。そういえば、その原因はいまだに不明だったな。最初に巣に突撃したのは……リーダーだったな。何かしたのかな？

「リーダー。初めてシュリ殿の巣に入った時に、何かしましたか？」

「えっ？　私が？」

不思議そうに首を傾げるリーダーの様子に、俺も首を傾げてしまう。リーダーで、なかったら誰なんだろう？

「そういえば、初めて入った時に何か拒絶されたような感覚がありましたね」

それだ！

「主の大切なものを盗んだ愚か者を許すわけにはいかないので、巣を破壊しようとしたら、なぜか巣の中に入っていたんですよね。あれは、なんだったんでしょうね？　そういえば、あれ以降はとても協力的ですね」

巣自体が破壊を恐れて、シュリの許可なく自由にできること許したのか。リーダー、いったいどんな方法で破壊をしようとしたんだ？　いや、聞く必要はないな。きっと完膚《かんぷ》なきまでに破壊しつくそうとしたんだろうな。

「今のシュリの巣は、探している者の場所まで教えてくれるから、親切ですよね」

……。

「そうですね」

気にしない方がいいこともある。

「シュリの巣は、確かにいい保管場所になるかもしれませんね。シュリに協力をお願いしましょう」

「協力してくれるでしょうか？」

「大丈夫でしょう。手はあります」

……何をするんだろう。

「わ、プレゼントをする方法でいいかと……」

「その手もありますね」

えっ、本当にどんな手を使うつもりだったんだ？　普通は、賄賂《わいろ》……ごほっ、プレゼントからでは？

「では、さっそく協力をお願いしに行きましょうか」

「何をプレゼントしますか？」

シュリ殿の好きな物は、ワインと唐揚げ。そういえば、肉を挟んだサンドイッチも好きだったな。

あとは……果物を混ぜたパンも最近はハマっていたな。

「果物を混ぜたパンで釣り……協力を仰ぎましょう。それで無理ならワインを少し」

「そうですね。それで様子を見ましょう」

シュリ殿も好きなものには目がないからな。きっと協力をしてくれるだろう。

「それで無理な場合は……ふふっ」

絶対に協力をしてもらえるように話を持っていこう。頑張れ、俺！


何処にいるんだろう？　リーダーと庭に来たが、今日に限って訓練をしていない様だ。

「巣にいるんでしょうか？」

庭を見渡すリーダーに、挙動不審な行動をする親蜘蛛三匹と孫アリ二匹。きっと、お菓子を盗んだ者たちだな。現行犯でない以上は捕まえられないが、そんなにビビるなら盗まなければいいのに。

ん？　リーダーも気付いたようだな。雰囲気が……あっ、親蜘蛛たちが逃げた。

「巣に入れなくなると、確保できなくなりますね」

「……そうですね」

「入れるけど、出れないように、できるでしょうかね？」

「……どうでしょうね」

「シュリの巣は、意思があるようなのでおど……協力をしてもらえるように話すしかないですね」

岩でできているため温度は感じないはずなんだが、寒い。

「お願いしましょうね」

「ふふっ」

凍えそうだ。

「あっ、いましたよ」

リーダーの視線を追うと、巣から出てくるシュリの姿が見えた。あっ、我々の存在に気付いたようだな。あれ？　なんで、巣に戻ろうとしているんだ？

「シュリ」

何をしたんですか？　シュリ殿！　なんで、そんなにビビっているんです。リーダーがもっと怖くなるじゃないですか！

「シュリにお願いがあるんですが、当然聞いてくれますよね？」

リーダー、言葉は丁寧だけど圧がすごい。

「なんでもさせていただきます！」

「そうですか？　ありがとうございます。話はスムーズに終わりましたね」

いえ、今のは話し合いではないと思います。ほぼ、脅し……いえ、お願いでしたね。

「よかったですね」

「……そうですね」

えぇ、本当に。プレゼントに迷う必要もなかったですね。

「あの、我は何をしたらいいのだ？」

シュリ殿が俺を見つめる。けっしてリーダーに視線を向けようとしない。まさか、お菓子を盗んだのか？　いや、シュリ殿の好きなお菓子ではなかった。だから違うと思うが……。

「最近、よくお菓子や残っていた料理を無断で盗む者がいるんです。無断で」

なぜ、二回言ったんだ？　しかもちょっと強めた。ん？　シュリ殿の表情が強張っているような……あっ。まさか残っていた料理を盗んだのか？　じっとシュリ殿を見ると、視線を逸らした！

これ、アウトだ。

「それで、保管する場所に少し手を加えることにしまして」

「そうなのか。それで、我は何を？」

強がっているけど、震えてる。そんなに怖いなら、盗まないで欲しい。

「シュリの巣を使った保管場所を作ろうという話になったんだ。シュリの巣は、入れなくすることも出来なくすることもできるだろう？」

「……できるが……巣を作るには、魔法で巣核を作る必要が」

「作ってくれるよね」

あれ？　いま、リーダーの周りに黒い煙が見えたような。目をこすって、もう一度リーダーを見る。当たり前だが、そんな黒い煙など無い。なんだ、やっぱり見間違いか。

「シュリ？」

「もちろん！　巣核を作るのに少し時間が必要だが」

「どれくらいの時間が必要なんだ？」

「三〇日ぐ――」

「一〇日で」

えっ？

「えっ？」

「ん？　どうしたんだ、シュリ？」

いやいや、三〇日掛かる者を一〇日とか。さすがに無理だと思う。これはやめた方がいいよな。

「リーダー、焦って巣核と言うものに不備が出ると困るから、せめて……二〇日に」

睨まないでぇ〜。

「確かにそうですね。では、二〇日で巣核を作り上げてくださいね。不備がないように」

「二〇日……分かった」

「それで、今回は見逃してあげます」

「ひっ……ははっ」

あっ、ふらふらしながらシュリ殿が巣に戻っていく。たぶん、急いで巣核を作ってくれるんだろうな。頑張ってください。

「自ら落ちてくれましたね」

……落ちて。

「ははっ」

「では、どんなトラップを作るか考えましょう。楽しみですね」

うわっ、リーダーがすごく楽しそう。俺が提案したけど、早まったかな。

「最初のトラップは無難なものがいいですね。ちょっと頑張れがクリアーできるものです。クリア

ーしてホッとしたところで、本命のトラップが可動する。こちらは、魔法を使用したもので、簡単にはクリアーできないようにしておいて、盗みに入ったことを後悔させないと。ふふふっ」

おかしいな、まだ冬じゃないのにすごく寒い。

あとがき

初めての方も、お久しぶりの方も、この度は「異世界に落とされた…浄化は基本」の五巻を購入して頂き、本当にありがとうございます。皆様のお陰で、なんと五巻まで発売することが出来ました！　多くの方がこの本を手に取ってくれたお陰です。またイラストを担当してくれたイシバシヨウスケ様、今回もありがとうございました。

五巻では、四巻までとは大きく異なる部分があります。それは、翔と周りにいる仲間達が言葉を交わすことができる世界になっているからです。これまでは、それぞれ勝手に想像していたのが、これからは会話を通して思いを伝えます。正直、この変化は自分で決めたのですが、怖かったです。なぜなら言葉が通じないことで出来上がっていた世界観を、潰すことになりますから。環境が変わることで翔に起こる変化や、仲間達とどのように関わらせていくか。細かい設定が決まらず、かなり迷走しました。よく途中で投げ出さなかったなと、自分でもちょっと感心しています。

五巻では森を中心に書きましたが、人の国や獣人の国、エルフの国のことを少しですが紹介しました。奴隷制度がなくなった人の国では、どんな変化が起きているのか。その変化を受け取る側の苦悩や決意。実は、この部分は何度も書き直しました。でも、そのお陰で、気持ちの変化を表現できたのではないかと思っています。また、獣人のエントール国やエルフのオルサガス国ではどんな問題が起きているのか、ちょっとだけ書きました。ただ、この二つの国の問題は、六巻でも解決できそうにありません。いつか解決させますから、暫くお待ちください。

ＴＯブックスの皆様、担当者Ｋ様、今回もたくさん助けていただき、本当に感謝の気持ちでいっぱいです。皆様の手を借りて無事に五巻も発売されました。ありがとうございます。これからも、どうぞよろしくお願いいたします。

最後に、この本を手に取って読んで下さった方に心から感謝を、そして、これからもどうぞよろしくお願いいたします。「異世界に落とされた…浄化は基本」はコミカライズも発売中です！　そして、私のもう一つの作品「最弱テイマーはゴミ拾いの旅を始めました」のライトノベルとコミカライズも、よろしくお願いいたします。

二〇二一年九月　ほのぼのる５００

とされた…

浄化は基本！6

異世界に落
虎穴に入らずんば虎子を得ず。
——いざ、魔界へ⁉
ゴーレムたちも
大活躍⁉
2022年刊行予定!!

て
好評
連載中!

異世界に落とされた…
浄化は基本！ @comic
［漫画］中島鯛
［原作］ほのぼのる500
［キャラクター原案］
イシバシヨウスケ
第①巻
発売中！
第②巻
9/15
発売！
COMIC
コロナ
CORONA
TOcomics

異世界に落とされた…浄化は基本！5

2021年10月1日　第1刷発行

著　者　ほのぼのる500

発行者　本田武市

発行所　TOブックス
〒150-0002
東京都渋谷区渋谷三丁目1番1号　PMO渋谷Ⅱ　11階
TEL 0120-933-772（営業フリーダイヤル）
FAX 050-3156-0508

印刷・製本　中央精版印刷株式会社

ISBN978-4-86699-321-8